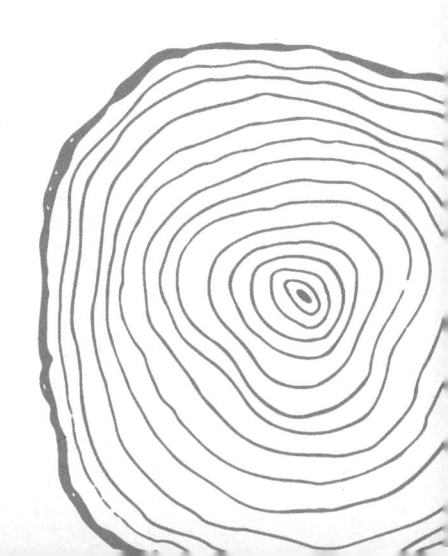

Be Free
Like
a
Tree

像树一样自由

给孩子们的信

Be Free Like a Tree

著 胡泳

人民文学出版社

图书在版编目（CIP）数据

像树一样自由：给孩子们的信/胡泳著.—北京：人民文学出版社，2022
ISBN 978-7-02-017209-2

Ⅰ.①像… Ⅱ.①胡… Ⅲ.①随笔—作品集—中国—当代 Ⅳ.①I267.1

中国版本图书馆CIP数据核字（2022）第085560号

责任编辑　曾笑盈
装帧设计　李思安
责任校对　李　雪
责任印制　王重艺

出版发行　人民文学出版社
社　　址　北京市朝内大街166号
邮政编码　100705

印　　刷　天津善印科技有限公司
经　　销　全国新华书店等

字　　数　223千字
开　　本　850毫米×1168毫米　1/32
印　　张　10.5　插页3
版　　次　2022年8月北京第1版
印　　次　2022年8月第1次印刷

书　　号　978-7-02-017209-2
定　　价　59.00元

如有印装质量问题，请与本社图书销售中心调换。电话：010-65233595

目 录

像树一样自由（代序） 胡栩然 ___ 001

妈妈的话·壹 初见 劭斐 ___ 001

年 轮

2009 你们的出生，我们的二次出生 ___ 013
2010 爱，是什么？ ___ 022
2012 有不忍人之心，行不忍人之事 ___ 036
2013 时间流呀流，"吓人的四岁"这一年 ___ 044
2014 真的，圣诞老人是有的 ___ 057
2015 幼儿园里，长"生本领" ___ 063
2016 走过了爱的路，就可以走到其他路上 ___ 073
2018 小鱼、螃蟹肩并肩 ___ 082
2019 年中人与年轻人的冒险 ___ 091
2020 镜子里的好朋友 ___ 103
2021 七色彩虹一样的情感 ___ 113
2022 男孩，你一样可以哭 ___ 124

妈妈的话·贰　无声　劭　斐____139

成　长

屏幕之外，天高地阔____151

万物生灵，慈悲以待____164

你们教给爸爸妈妈的"白金律"____175

关于家务劳动不得不聊的事儿____187

与你们一起探索数字世界____201

宇宙大爆炸和哲学家____213

你不是海浪，你是大海的一部分____227

读 书

读书是探险，不是旅游____241

我的孩子，你有绿色的拇指！____254
   关于《绿拇指男孩》

偷走时间的窃贼____264
   关于《毛毛：时间窃贼和一个小女孩的不可思议的故事》

只要你敢于想象____285
   关于《绿山墙的安妮》

每一个女孩都是在逃公主？算了吧____305
   关于《格林童话》

      妈妈的话·叁　第零名　劭　斐____319

            跋____327

像树一样自由（代序）

胡栩然

那时候我和我爸达成一种共识："像树一样自由。"弟弟妹妹说，树又不能动，还会被砍，哪里自由了？

"那小鸟自由吗？"

"嗯。"

"那为什么不自由的树能让自由的小鸟停下呢？"

"对啊，为什么？"

有的树长在马路边，被刷上白灰来防冻，被几根木头支撑着防止长歪；有的树长在庭院里，枝叶扫到房子时，就会被修剪甚至砍去；有的树长在旷野里，面对自然中的干旱洪涝、电闪雷鸣。

树自由吗？什么是自由呢？

爸爸说："树的自由，乃是因为它有根。"

在泥土里扎根，接受阳光和雨露，知道自己会长成什么样子，努力生长，不随波逐流，不茫然失措，这就是自由。

你也像树一样吗？

初见　妈妈的话·壹

一

父母与孩子初见的美好，胜过一切关系。

刚出生孩子的模样很少好看，初见未未、末末的时候，却觉得他俩简直漂亮极了。

夏天是青岛的旅游旺季，八月经常闷热，2009年的八月，格外难熬。病房内空调温度固定在28度，勉强受用。

医院离海不远，附近有老青岛十景之一"燕岛秋潮"。秋季起潮的夜晚，大浪在夜色里翻动、破碎，不知道去了哪里。

人在其中，溶于万物。

妹妹的第一声啼哭，很弱，像只小猫；哥哥有没有哭呢？模糊不清，只记得医生抱给我看，"这个是男孩"。纪医生是青岛最好的产科医生之一，她很快乐，"是龙凤胎"。

末末4斤9两，46厘米；未未5斤1两，47厘米。哥哥黄疸重，黑不溜秋；妹妹左侧脸被挤了一下，眼睛一个大，一个小。

所有风险都做了预案，生产时，却还是发生了可能致命的大风险。手术中间，护士出来跟爸爸讲："要有足够的心理准备"。幸运的是，有人就是能靠技艺的精湛和日常工作的认真，做拯救别人性命的大事，了不起。

孩子出生后，两个护士只抱着给爸爸看了一眼，就把他们双双带去了儿科保温箱。

当天下午，纪医生来查房。"孩子有酒窝吗？"私心里，我一直惦记着爸爸的酒窝能遗传给女儿。

"有的，"她答，"不过只看到男孩有，圆脸，很像爸爸。"

不久就会发现，女儿就是一个小版的妈妈呢，酒窝哪有那么重要。

五天后，他们才从保温箱出来。哥哥黄疸还没退完，瘦小，脸看上去并不圆，酒窝也不明显。在婴儿床上，由大人包成一个卷，裹成一个姿势，脑袋也转不了，眼睛紧盯着墙，表情严肃，皱着眉头，像在思考什么。他坚持不睡，神态完全不像小婴儿，像个老灵魂。

妹妹皮肤白白，安安静静，非常符合小婴儿甜甜的样子。儿科护士们说，舍不得妹妹出院，她乖得令人疼惜。

哥哥呢？后来我猜，哭了不少。

二

把小婴儿抱在怀里，成了完全的母亲，过渡得没有丝毫缝隙。

日子变得温柔起来，说话声大了都怕有伤害，怎么看他俩都不够。

叮嘱亲朋好友，来看宝宝的时候，感冒了，一定改天再来，进门一定要洗了手才能抱孩子。

第一次做妈妈，育儿书翻得勤奋，恨不得对标好每个成长阶段，沿着这书上的路，一直走到十八岁。仿佛十八岁就在第二天。

"妈妈，你能不能别老这么说我，这样用词伤人。"快十二岁的时候，哥哥对我抗议。

现在的我，不但常常大声批评他们，有时候话还说得非常难听。

赶紧给他道了歉，得到了谅解。男孩已经明白这是妈妈的气话，但要求被尊重。

这是和儿子多次冲突后达成的状态。我发火的样子很丑，他被训哭的样子也不好看。

养育小孩，跋山涉水，峰回路转，变了又变。

一开始恨不能捧在手心里，甚至每一个行为都要往心理学上靠；每个小细节、每项小动作，都要符合教育规律。

慢慢地，随着孩子渐长，疲劳耗尽耐心，到了十二岁，该好好研究青春期孩子的心理，育儿书反而看得少了很多。

让人稍稍安心一点的是，养育孩子，没有唯一正确的方法。用心未见得全对，散养也未见得不对。而且，有意教育的不一定成功，无意的反而有效。

带着新问题不断回归书里，是个好办法。

三

第一次看到哥哥急哭，他才两个多月。不知道哪里不如意了，他大哭不止，嗓音嘹亮，标准的婴儿哭，小脸憋得通红，嘴巴都是方形的。

姥姥说,别让他哭了,他就是个小宝宝,抱起来哄哄就好了。

"书上说,小孩子哭也是一种锻炼,建议任由他哭一阵子,不用惯。"我很执拗。

不过,如果再回到那个时刻,我会把他抱起来,给他抚慰,因为他并不是书上的那一类小孩。

那些令人不悦的大哭声里,也暗藏着一个漂亮嗓音。事物的反正面不会一下子给你看。

小生命生机盎然,超越父母的想象,每一刻都在生长。你刚认识了他们的一个样子,第二年可能又变化了。

妹妹在做小宝宝的时候向来胆小害羞,见到陌生人,她就不敢看人家,小脸躲在大人肩头上,适应一段时间才敢抬头。两岁半的时候,和未曾谋面的邻居聚会,看她头也不敢抬,胆怯地吃完了饭,我有点愁,这么胆小,以后咋办呢?

一个月后,她隔着栅栏,小脸灿烂,忽然说:"Perry 伯伯,我已经不怕你了。"

"未未,我也不怕你了。"伯伯很幽默。

自从说出"我已经不怕你了"这句话，妹妹就对这个世界勇敢多了，也不知道她小小的心里曾经想过啥。

四

2016年圣诞节在巴黎，正好赶上了蓬皮杜中心年度大戏：《马格利特：图像的背叛》特展。

小男孩看过了马格利特，看别的画兴致索然，"这些我都看不上。"看到塞·托姆布雷的蜡笔线条画，他居然说："这也叫艺术？"

我想起他一岁七个月画的第一幅涂鸦《大鸡蛋》（他自己命名的），顿觉自家孩童真是天然艺术家。爸爸却打击我说，你难道不知道天下家长们看到托姆布雷的画，最常见的一句话就是："我孩子也能画出那个来。"

回到住处，小男孩即兴作画，名字是：《乱七八糟的钟表》。

看到画，我暗笑，知道自己又陷入了那个"夸大孩子的'好'，过忧孩子的'坏'"的父母常景里。

深陷其中，受认知局限，看不透，又看不远。

当时，哥哥并不算喜欢马格利特的那幅《图像的背叛》，七岁的小孩只看到了一支烟斗。

"烟斗本身很普通，但又用标题否定它，反差的文字吸引人。"十二岁的哥哥现在这样看。

马格利特的烟斗是一幅画，当然不是真的烟斗。

五

初见孩子们之后的一路养育，犹如哥哥看《图像的背叛》。画还是那幅画，"看"法却可能变了样。

平常的事物，非同寻常；熟悉的东西，充满了疑问。

好与坏，必然与偶然，从来不会固定；而天真与复杂，真实与谬误，无时无刻不在转化之中。

看不见的东西深藏在看得见的东西的背后，唯有全部奥秘被强迫揭示，它们才最终——在更深的意义上——被看见。而洞见本源是父母们一直希望拥有的超能力。

初见中有初见,每一天,又是当下的初见。有些事需从头来过,一番磨砺,才会真得初见。

六

第一个生肖年轮,点点滴滴如在眼前:

三个月,妹妹午睡,梦里像大人一样伤心大哭,醒来再无哼啊哼啊的婴儿哭。

七个月,哥哥因为牙龈厚,艰难萌出第一颗乳牙。

一岁,哥哥指着生日蜡烛拖长音:"灯——"

两岁,在斯坦福,看博物馆走累了,哥哥横躺在了一幅巨画前。

三岁,妹妹摘下一朵蒲公英,"扑"的一声吹散,说:"我把它吹灭了。"

四岁,俩人互相抹了满脸的护臀膏。

五岁,妹妹喊:"家里有只蚊子,它飞过我身边的时候还看了我一眼。"

六岁,哥哥画了个手机:"妈妈,我非常想你,我已经有100年没有见你了。"

七岁,在维也纳看万圣节游行,哥哥一开始很怕"鬼",直到"鬼"向他撒糖。

八岁,妹妹放学归来,问:"妈妈,一万天多久啊?"

九岁,哥哥冒话:"有人活到100岁,是不是很好?"又说:"可是,那也很短啊,一年过得那么快,很快就过去了。"

十岁,哥哥问:"如果神创造了万物,那么神又是怎么来的?"妹妹:"人生就像一列火车,有人上车,和你快乐地玩,然后,某一站她就下车离开了,火车还要继续前进。"

十一岁,小孩们给妈妈准备了连续第七个母亲节早餐,妹妹说:"希望能治愈你的一些不开心。"哥哥说:"付出爱,让别人快乐,原来自己也会这么开心。"

十二岁,小学毕业册上给新晋幼儿园小朋友留言,妹妹写:

"尽情享受你的幼儿园生活，以后你会想念现在的一切。"哥哥的话："不要玩太多游戏。"

给他们讲这些故事，妹妹笑："童事无忌啊。"

在蓬皮杜中心，我和爸爸，还有未未和末末，站在托姆布雷巨幅的"乱涂乱抹"之前，想要"理解"他看似随意的线条。

"我花了四年时间才画得像拉斐尔，"毕加索曾说，"但花了一辈子时间才画得像个孩子。"然而，毕加索的"孩子"还知道如何留在线条内，托姆布雷的"孩子"却根本不受线条和其他限制的影响。

他就是喜欢用孩子的方式做标记，并保持这种简单的姿态，不管别人怎么想，怎么说。

这么看，初见，就是永远不失孩子般的天真和快乐吧。

劭斐
2021 年 6 月 8 日

年轮

这里。记下这些,回忆已属于未来。

你们的出生，我们的二次出生

二〇〇九年 十二月二十日

是的，当爸爸妈妈就那么凝视着小婴儿的时候，我们也再次出生了。

亲爱的未未、末末：

在"〇〇年代"（2000 年—2009 年），爸爸的三个孩子陆续出生。包括然然姐姐，你们都是 00 后。

未未爱笑，末末爱思，在这个 2009 年的秋天，你们俩小孩就这样约好一起来了。

这时的然然姐姐八岁。每天手不释卷的然然，告诉爸爸一个词："煮书"。然然喜欢上一本幾米的漫画书《小蝴蝶小披风》，每天都要看一遍。爸爸问她，每天看同样的一本书烦不烦啊？

她回答："我在煮书。书要'煮'，每次看到的都有不一样。"她还说，不是每天看，有些东西就会忘。

书中的小蝴蝶与小披风都是八岁。

在同一个小小时空中，
小蝴蝶和小披风面对着相同的情境，
但他们的人生却大不相同，
他们都不明白这是什么原因，
但也不想真的理解……

然然姐姐说：然然的人生注定和爸爸的不同，但她也不想真的理解……

今天是 2009 年 12 月 20 日，你们的年龄是：0 岁 130 天。

夜里，现在，你们只吃一次奶了。子夜以前，妈妈要把你俩挨个从小床上抱到大床上，你们会闭着眼睛在 15 分钟左右吃完一瓶奶，然后，再被抱回到各自的小床上，换上睡袋，这样基本上你们可以再睡到天亮。到清晨 6 点左右，你们又会像小闹钟一样醒来。像往常一样，小末末会哭上几嗓子喊人快来抱；小未未则会静静地等着，大人一来到身边，就露出甜甜的笑。

新的一天又开始了。

然然，还有未未、末末，都是被医生"抱"到这个世界上的。未未、末末，由于你俩结伴而来，更是"迫不及待"地被抱出来。

因为是早产儿，你们一生下来不得不立即与妈妈再度分离。护士抱着两个被包得只露出一点小脸的婴儿,儿科的医生跟着,一起来到产房外,匆匆给焦急守候的亲人们"过目"一下,旋即你们就被转到了儿科病房,病历卡上的年龄填着:20分钟。

你们在保温箱里住了四个白天、两个半天、五个夜晚,才回来和爸爸妈妈团聚。

在分离的几天里,爸爸妈妈安慰自己:如果宝宝们在身边,以妈妈的身体状况,也照顾不好你们,你们还那么小,那么小,有专业人士照顾着,比在妈妈身边好。

只是后来想到,你们从温暖的"小房子"一下子来到陌生的世界上,孤零零地待在保温箱里,你们饿了,哭了,想睡觉了,没有妈妈的熟悉声音和抚慰,你们是否有过无助、害怕?

关于出生,中文的动词是主动态,英文是被动态,"be born",直译成中文应该是"被出生了"。我想,英文的意思显然更对。我的生命起点不在我自己手里,不是由我决定的。简而言之,人是被抛到这个世界上。

作家 D.H. 劳伦斯有句话叫"生命冲进我们"。每当看到宝宝们,就会想起这句话。未未、末末,你们就这么来了,带着生命所有原始的秘密力量,成了我们的亲人。

爸爸喜欢印度诗人泰戈尔的诗——《开始》:

"我是从哪里来的,你在哪里把我捡来的?"孩子问他的妈妈。

她把孩子紧紧地搂在胸前,半哭半笑地回答道:

"你曾经是我藏在心底的心愿,宝贝。

……

"天堂里的第一个宠儿与晨曦一同降临,你沿着世界生命的溪流漂浮而下,终于在我的心头停泊。

"当我凝视着你的脸时,神秘感震撼着我,原属于一切的你,竟成了我的。"

……

是的,当爸爸妈妈就那么凝视着小婴儿的时候,我们也再次出生了。你们唤起了我们内心那些隐藏的、储备了几代的父母情怀,爸爸妈妈进入了又一个层面的轮回。在人类的生命链上,孩子们来了,我们接力为父母,在生活的这一时刻,我们必得唤醒自己的内心,以便第二次出生。

另一位诗人纪伯伦的《孩子》一诗(收于著名的散文诗集《先知》中),与泰戈尔的《开始》异曲同工:

你的孩子不是你的,
他们是"生命"的子女,是"生命"自身的渴望。
他们经你而生,但非出自你,
他们虽然和你在一起,却不属于你。

你可以给他们爱，但别把你的思想也给他们，
因为他们有自己的思想。
你的房子可以供他们安身，但无法让他们的灵魂安住，
因为他们的灵魂住在明日之屋，
那里你去不了，哪怕是在梦中。
……
你好比一把弓，
孩子是从你身上射出的生命之箭。
弓箭手看见无限之路上的箭靶，
于是他大力拉弯你这把弓，希望他的箭能射得又快又远。
欣然屈服在弓箭手的手中吧，
因为他既爱那疾飞的箭，
也爱那稳定的弓。

这首诗启发爸爸妈妈思考，在养育子女时，不应把他们当成自己的财产，而是把他们当成一个独立的灵魂，一种生命自身的结晶。如果做父母的，总是用自己的想法来塑造孩子，那么，就是在消除孩子灵魂内在的生命力量。

未未、末末，等你们再长大一些，大概也会向爸爸妈妈问起同样的问题：我是从哪儿来的？那个时候，爸爸妈妈该怎样回答呢……

一种看似正确的答案是，孩子是从父母那里来到这个世界上的。在生物学上，这无疑是正确的。但是，从精神方面来看，这个想法

却未必准确。

《孩子》一诗中，纪伯伦借先知之口，从灵魂的而不是身体的角度，启示我们重新看待孩子和父母的关系。

根据先知的说法，一个灵魂需要某种通道才能降临世界。父母就是这样的通道。父母滋养着孩子的灵魂，直到他们脱弓而出，开始发现自我的奥秘。也就是说，灵魂通过父母获得人的化身后，开始了世界之旅。在这过程中，作为凡人的父母，与孩子在一起并引导他们。然而，当时间走到尽头时，灵魂又回到了它的原点。所以，父母是孩子的暂时伙伴。最终，所有人都属于"明日之屋"。

弓的"弯曲"可以想象为人的思想的灵活性。如果父母的思想在养育的过程中没有僵化，他们就会成为孩子精神发展的理想工具。弓越能弯曲而不折断，箭就越可以迅捷向前。同时，弓还必须足够稳定，不应该因恐惧而颤抖，也不应该因失望而放弃。只有坚定而灵活，孩子才能到达最终目的地。

而一切的一切在于：弓和箭只有紧密结合在一起，才会发生作用。

未未、末末，你们就是从爸爸妈妈身上射出的生命之箭。我们愿奋力做那稳定的弓。

你俩出生时，八岁的然然姐姐正处于问问题的年龄。

她在作文里这样叙说自己的童年："童年是一个匣子，金色的匣子。里面装着童趣、装着梦幻、装着想象、装着一份快乐，更装着十万个、百万个、千万个、万万个为什么。"

虽然八岁了，但然然姐姐在爸爸眼里仍然像个五岁的孩子。她放学回家第一件事，就是把自己的各种玩具都拿出来，有时摆一地，有时摆一桌子，然后沉浸在各式各样的世界里：有时是动物园、有时是厨房、有时是医院、有时是在火车上……

不论外界发生什么大事，孩子始终不受影响、安安静静地玩自己的游戏。

还在然然姐姐五岁的时候，爸爸就曾仔细观察过，发现一个四五岁的孩子通常会独自玩游戏很久很久。这些游戏究竟含着什么深意，有何吸引人之处，并非一个成年人所能了解，而且它们需要的东西也不多：三五块石子、一小段木头，或者再在木头上戴上一朵蒲公英作头盔，仅此而已；其中最主要的，是那个幸福年龄的没有受过破坏也没有受过恫吓的纯洁、强烈、热情、天真的幻想。对于生活中出现的惊奇，他们立即就能感受到美的一面。

在那样的年龄，生活还没有撞疼孩子们，责任感和悔恨也还都不敢损伤他们，那时他们还敢于看，敢于听，敢于笑，敢于惊讶，也敢于做梦，然而另一方面，世界却还不曾向他们提出什么要求……

那时孩子们非常愿意与之亲爱的人，还没有用他们的焦急不耐来折磨小朋友，逼迫这些小不点及早显示出能够承担某些任务的标记和证明……唉，时光飞逝，没有多久，一切就会像泰山压顶似的加在小孩子的头上，他们就要受压迫，受折磨，一会儿被拉长，一会儿又被挤短……

《小蝴蝶小披风》里有这么一句：所有的开始总是那么毫无道理

的美好。

然然姐姐在旁边批注道：

> 小蝴蝶和小披风其实都是温柔善良而又懂礼貌的乖小孩，后来却掰手腕掰得变成了魔鬼——所有的结束总是那么毫无道理的无情。

两个月前，2009 年 10 月 23 日，1919 年出生的太姥爷来看望 2009 年出生的你们，新旧生命之间，有那么明显的划痕。新生的鲜嫩与年老的沧桑，所有的人都将在这路途上走，这是我们每个人的星际旅行。在无限的宇宙里有限的存在，在浩渺的历史长河里微小的我们，在未来的未知里展开每一天。

未未现在能转着曲调唱歌一样咿咿呀呀了，大家看到妈妈小时候的照片都说："像，真像！"未未像妈妈。

末末则酷似爸爸的缩小版，俩酒窝，圆圆脸，皱着小眉头，总是思索状。

"孩子们是你们的童年合影"，一位一向有点神秘主义的阿姨看到你俩的满月照后，同爸爸妈妈如此评论。

宝宝们现在喜欢一个"长长——长长"的抚触。你俩躺直了，四肢都顺溜地贴近身体，静静地，妈妈从头到脚顺着抚摸下来，口里念叨着："长长——长长。"你俩微笑着，享受着，好像就在长着，长成健康、聪慧、快乐的孩子，长成你们自己。

两天前，12月18日，你俩外出打防疫针。4个多月的末末居然不晕车，不停地往车外看。"末末看，车、红色的车、白色的车，大车、小车、大树、房子……"姥姥顺势指给末末看。

末末听着，末末盯着看，末末尚不能言语，末末到底看到了什么？

一旁的未未正酣睡，车一路上走着。这是很普通的一个上午，很快你们就到达打针的社区医院，露出小胳膊，扎上针。末末清脆的"婴儿哭"响彻医院走廊，小女孩未未则比小男孩末末坚强许多。在你们的大脑里，又留下一个关联印痕："针——疼。"

这是很多孩子成长道路上一个很普通的镜头，一个个印痕就这样在大脑里刻下，积累到一定程度，逐渐形成自己的行为习惯、性格特征，构建起自己的心灵。

亲爱的未未、末末，你们就这样相约一起来了，慢慢地，你们就会长大。

然然姐姐，不可避免地会迎来游戏世界与现实世界的碰撞。

而爸爸妈妈，学着第二次出生，重生以后，就要在"挚爱、忍耐和温情中，拥有我此时此地的生命"。

爱，是什么？
——想象九年后，你们十岁了

二〇一〇年 十二月三十一日

爱要始终成长，如同蛇要脱皮，蝉要脱壳，狗要脱毛，小孩子要脱乳牙。

亲爱的未未、末末：

注视着刚满16个月的你们，想象你们已经十岁，此刻就是未来的回忆了。

对着你们的小脸，爸爸妈妈勤奋地每天重复同样的话：

对小男孩末末说："I love you, momo."末末扬起胖嘟嘟的小脸，声音清脆："I view you, daddy."

对小女孩未未说："I love you, weiwei."未未带点羞涩："I you, mama."

九年后，你们十岁，会清晰地吐出"我爱你"这世界上最美的三个字，那时，你们将怎样和爸爸妈妈对答?

"世界需要爱心，人类需要帮助，所以，我们都要有爱心。"这是你们的一个电动玩具常"说"的几句话。妈妈有意引导你们多玩它："未未、末末，爱心呢？"你们会迅速跑过去，噼里啪啦按一通。末末一边玩一边说："爱心"；未未不说，但会指着胸口，那儿是她爱心的位置。

爱这个世界。这是爸爸妈妈想引领你们回味的答案。

十岁的时候，你们的爱心应该已经从萌芽到生根了吧？

然而，爸爸妈妈果真能够引领你们去爱吗？

未未、末末，你们此刻还小，还无法表达什么是爱。然而，爱是与生俱来的，孩子们未被污染的天性本身，对成年人也是一种爱的教育。

有一些职业人士向一群四到八岁的孩子提问："爱，是什么？"以下是一些回答：

> 我奶奶得了关节炎之后，无法再弯腰去涂脚指甲。所以我爷爷就一直给她涂，甚至直到他的手也得了关节炎。那就是爱。（丽贝卡，八岁）
>
> 如果有人爱你，他们喊你名字的方式是不一样的。你就是知道你的名字在他们的嘴里是安全的。（比利，四岁）
>
> 爱就是一个女孩喷上香水，一个男孩涂上须后蜜，然后他

们一起出去，嗅各自的味道。（卡尔，五岁）

爱就是你出去吃饭，把你的大部分薯条都让别人吃，却不要他们给你任何薯条。（克利希，六岁）

爱是当你疲劳时让你微笑的东西。（泰利，四岁）

爱就是当我妈妈给爸爸准备咖啡时，在递给他之前先尝一口，以确认味道没问题。（丹尼，七岁）

爱就是一直不停地吻啊吻。然后，在你们吻累了之后，你们还想在一起，说个不停。我妈妈和爸爸就是那样。他们亲吻的时候好粗鲁啊。（埃米莉，八岁）

如果你想要学会爱得更好，你就应该从你痛恨的一个朋友开始做起。（尼卡，六岁。我们这个星球上需要千百万个尼卡。）

爱就是当你告诉一个人你喜欢他的衬衫，他然后就会每天都穿着它。（诺埃尔，七岁）

爱是一个小老太太和一个小老头在熟识这么多年后还保持为朋友。（汤米，六岁）

我在钢琴独奏的时候，在台上吓坏了。我望着四周的那些观众，看见爸爸在朝我挥手和微笑。他是唯一一个这样做的人。我就不害怕了。（辛迪，八岁）

爱就是你的小狗舔你的脸，哪怕你让它一整天都自己待着。（玛丽·安，四岁）

当你爱某个人，你的眼睫毛会一上一下的，有小星星从你的眼里跑出来。（卡伦，七岁。多么奇特的想象啊！）

如果你没有那个意思,你就不应该说"我爱你"。可是假如你真的那么想,那你就要常常说。人们忘性太大。(杰西卡,八岁。爸爸妈妈们都听到了吗?)

我问九岁的然然姐姐:什么是爱?然然先说,爱是一种情感,然后,话锋一转,讲起了海边神奇的红树林。

红树长在海边的潮水带上,又缺氧、盐度又高,潮水一涨一落的,它们一会在水下,一会在烈日下……

红树的果实成熟后不是从树上掉下来,而是种子直接在果实里开始长,渐渐变成小苗苗,小苗苗成熟后可以直直落下插到软泥中,几小时后便长出根和叶片;这些小苗苗即使在涨潮时落入水中,也能随波漂流,数月不死,一旦遇到泥沙,便可生根发芽,甚至到几千里外的海岸扎根生长……

红树要在软泥里固定不动,是非常费劲的一件事,软泥里面氧气不足,聪明的红树植物就形成多种多样的呼吸根,这些根在地面上生长。退潮时,根可以直接从空气中吸收氧气;而涨潮时,这些根与海水的接触面大,也可以从海水中吸收氧气……

我问然然,你是说爱如红树林吗?她笑而不答。
未未、末末,等你们十岁时,将会怎样表达爱?

爱要始终成长，如同蛇要蜕皮，蝉要脱壳，狗要脱毛，小孩子要脱乳牙。任何活的东西都要成长，像再出生的童年。

爸爸妈妈希望，在未来九年的时光里，和你们一起锻炼人与生俱来的感觉和机能，争取自我的解放，像大思想家马克思所说的："人以一种全面的方式，也就是说，作为一个完整的人，占有自己的全面的本质。这样的人将运用他的个体的一切官能——视觉、听觉、嗅觉、味觉、触觉、思维、直观、感觉、愿望、活动、爱，等等——与这个世界发生属人的关系。"

今天凌晨，爸爸喜欢的作家史铁生走了，他留下一句话："爱是人类唯一的救赎。"

而在1700多年前，古罗马哲学家圣奥古斯丁曾告诫人们："爱，但要小心你所爱的"，因为"爱不是别的，而是为了它自身的缘故而渴望某物"。该怎么理解呢？我们的所爱，投着我们自身的倒影。更深层的意义上，我们就是我们所爱的东西——我们成为它，就像它成为我们一样。因此，我们出于怎样的缘故去爱，爱着什么，这是一个问题。

这就是为什么，一种慷慨的、没有占有欲的爱——一种即便未能达到自身的渴求、也不会丝毫减弱的爱——看起来像是一种不亚于超人的壮举。

愿我们的爱，朝这个方向茁壮生长，直到——爱这整个世界。

爱这个世界，就是将一个人的自我与世界现实予以调和。一位叫作汉娜·阿伦特的后世哲学家,受到圣奥古斯丁的启发,提炼了"对世界的爱"(for love of the world)的说法。用她的话来说,我们必须"面对并接受真正发生的事情"。哪怕世界就是眼下这样,充满了破碎和不完美,人也要与生命的不完整性、与世界的脆弱性和解。"对世界的爱",意味着对生命的关怀,以便它能够继续存在。因此,爱世界成为一种责任。而要做到这一点,需要保存希望——相信改变总是可能的。

爱这个世界,也包括我们自己与过去的事情和解,这样我们就可以继续生活,继续创造,寻找快乐,探求观点,建立新的友谊,继续体验许许多多意想不到的可能性。

亲爱的未未、末末,让爸爸妈妈提前寄语你们:爱这个世界!享受这广阔的生活。

还是14个月多点的时候,你俩一起外出,秋叶满地,姥姥捡了一片落叶递给小女孩未未。一拿在手里,"末末,末末",妹妹赶紧转身找哥哥。她是想要哥哥也有一片落叶,好像什么东西都不忘记与哥哥分享。

"谢谢,妹妹。"哥哥已经能够直接向妹妹表达感谢,还会总结发言:"妹一个,哥个个(还不能说准'哥一个')。"两件东西,一人一个。

一位育儿专家这样说:到了五岁左右,儿童才开始喜欢和他人分享东西,这是一种成长的规律,而在此之前,儿童的物品应归自己所有，不能强迫孩子放弃自己的东西。

不过，这一条对双胞胎并不适用，你们在更早的时候就学会了分享。爸爸妈妈认为，双胞胎是培养公正的最好机会。因为一起成长，你们从小就被教育应该懂得遵循分享的规则、轮流的规则。

到了16个月，小男孩未未会说"妈一个"，有好吃的，先送到妈妈嘴边；小女孩未未更大方，好吃的，来者都有份：给她蛋卷，她会举起来，自己吃一口，让旁边的人挨个尝一口。

十岁的时候，想必你们学会了分享更多吧？从分享物品，到分享喜悦。分享就是爱。

爱不是纯索取，也不是纯给予，生活中与他人的最高体验是分享爱。当两个或更多的人从内心深处充分地分享爱时，就会体验到爱的循环。

几个月前，你们能自己喝水了；这几天里，你俩一下子要自己喝奶了。"奶，奶"，小手接过妈妈手里的大奶瓶，自己举着，靠在沙发上，咕咚咕咚地喝，或是，不紧不慢，静静吮吸。

你俩一边喝奶，一边各拿一本小画书，一个喜欢《丑小鸭》，一个喜欢《雪孩子》。看着你俩怡然自得的模样，爸爸妈妈恭喜你们，离自主驾驭生活又迈进了一小步！

亲爱的未未、末末，十岁的时候，你们的日常生活应该已经自理得挺好了吧？

能够自主地驾驭生活的最基本的东西，是我们每个人最终走向个体独立自由的前提。

心理学家说，人类生命的头两年都花在如何从无助的情境中挣脱出来。头两年，使个体具有控制力的两个重要的里程碑，就是走路与说话。从一岁多的你们的身上，爸爸妈妈看到了为取得自主，你们所付出的巨大努力。

未未虽比哥哥走得稍晚，但懂得张开双手，小心翼翼地保持平衡；而末末走起路来不管不顾，兀自向前冲，所以磕磕碰碰的几率比妹妹大得多。

刚学会走路的时候，你们跌倒了会爬起来，遇到阻挠仍继续前进。由于不能完整地用大人的语言表达自身的诉求，你们发明了一套小小的语言体系，迫使爸爸妈妈去学习你们的语言。即便缺少语言和符号，你们这些蕴藏着惊人能量的幼儿，十分善于运用身体的每个生理系统，来使自己同周围的世界和人产生关系。

到了十岁的时候，爸爸妈妈希望你们，不仅会跑，而且会停；不仅会说，而且会听。

"妈妈，鞋——""爸爸，鞋——"妹妹着急地喊。爸爸妈妈要陪宝贝们在地垫上玩，脱下拖鞋放在一边。未未不同意。鞋子是必须穿在脚上的，这是她的秩序逻辑，是必须遵守的。还不到一岁，妹妹就表现出是个特别有秩序感的孩子。

根据著名教育家蒙台梭利的观察，儿童对秩序的敏感期在一至四岁之间最为普遍。这个年龄段的孩子，渴望从他们的环境和日常安排中获得一致性。

很多时候，幼儿发脾气，或似乎失去平衡，是由于他的日常生活发生了微妙的变化。当幼儿正处于对秩序的敏感期，最小的改变都会影响他。

爸爸妈妈一直在迎合这个敏感期。妈妈建立了一个适用于全家人的日常作息表，每天的例行事务是一致的，很少被打断，有明确的基本规则。此外，环境保持清洁和简单。

今天，你俩生活作息一如既往地有规律，晚上早早睡了，入睡前安静，快乐。

十岁的时候，你们应该已经养成良好的生活习惯了吧。一点一点，从物质环境的秩序出发，到人文环境的秩序，到心理环境的秩序，"有序"这一特性，对于成长中的你们意味深长。

爸爸试着给你俩讲海伦·凯勒的故事，她说："工作，生产，从混乱中带来生命，使个人成为一个世界，一个秩序；而秩序就是乐观。"

就在今晚，"扑通"一声，妹妹仰面倒在地板上，哥哥去拿一个玩具，不小心冲撞到了妹妹。一定疼，妹妹小眼泪快出来了，瘪嘴要哭。"未未，妈妈摸摸就好了，"妈妈赶紧抱起来，"我们原谅哥哥，他不是故意的，好吗？"妹妹不哭了，很快忘记了这不愉快。

妹妹是个宽心的女孩，磕磕碰碰一般不在意，遇到不如意，大人一哄就好。她有乐观的天性。

如果任由我们选择自己的环境，爸爸想，所有的人都会是乐观主义者。可问题是，很多时候我们不由自主。

这一年，你们以真正惊人的速度在学习、成长，同样，爸爸妈妈也看到你们经历令人震惊的失败次数。爬沙发、爬茶几、爬电视柜，直到最后试图爬上床……看着你们所尝试的无数事情和失败，看着这些失败对你们的打击有多么小。

然而，随着你们逐渐长大，爸爸妈妈担心，每过一年，你们就会对失败不再那么淡定。

到了十岁的时候，你们甘冒失败风险的意愿比起现在来，恐怕已大为降低。爸爸妈妈深知，进入青少年以至成年，大多数人脑子里都会累积一个巨大的失败目录，里面满是试过一次就失败的记载，让人再也无意去尝试，因为感觉再怎么做，也不如自尊所要求的那样好——或者，干脆认输算了。

为人父母者，唯一能做的，是不要通过灌输恐惧、惩罚失败，或使成功显得过于珍贵，而把你们往这条畏缩之路上推得更远。

作为起点，爸爸妈妈希望你们做悲观的乐观主义者。这是因为，不计成本的乐观主义就好比一所建在沙子上的房子。一个人必须了解黑暗，熟悉悲伤，才能把自己变成一个真正的乐观主义者。

哪怕到了十岁，你们可能也无法完全理解这些，但不要紧，一切等你们慢慢去体会：这个宇宙的大和个人的小，时间的无限和生命的有限，未来的莫测以及当下的真实……

"李白乘舟将欲——"妈妈说，末末接，"行。"

"忽闻岸上踏歌——"妈妈说，末末接，"声。"

"桃花潭水深千——"妈妈说，末末接，"尺。"

"不及汪伦送我——"妈妈说，末末接，"情。"最后一个"情"字，末末发的是悠长的二声。

一首诗成功接龙完，末末一脸的兴奋。15个月多点，一本唐诗集，18首，末末基本都能这样连续接龙下来，是个专注度和记忆力很强的孩子。

"末末，天才！"妈妈有点孩痴。

"天才！"末末也毫不谦虚。尽管压根就不知这个词在赞美什么。

与哥哥末末不同，未未学东西是比较不经意的，只是一边玩，一边把一些东西记在脑海里。好像心中有一口井，总会在合适的时候汩汩地涌泉。

亲爱的未未、末末，不管哪种学习方式，寻找最适合你们的！十岁的时候，你们小学四年级也结束了吧。

"未未，你咋什么时候都这么笑眯眯的呢？有那么乐吗？等你上学了，有了作业，就不会这么快乐了。"正读小学四年级的然然姐姐，一边做作业一边对妹妹说。

要培养你们做天才吗？从未做过父亲的史铁生说过这样一句话："其实对父母来说，培养一个人格完善的人比培养一个高材生更重要。"如果现行教育制度致力于培养病梅，那还不如让你们做野草。爸爸妈妈愿意和你们一起，寻找在现行制度下的快乐生活。没有完美的教育制度，但可以有通达的态度。

"妈妈，naonao。"妹妹一天里多次指着电脑，要和姥姥视频。姥姥照顾俩宝到16个月，暂时离开了，妹妹尤其想姥姥。

"大吊车——"哥哥一看到电脑，则要妈妈搜索车的图片给他看。

一到电脑旁，你俩的小手就都开始忙了，按键盘、转鼠标，才16个月大，鼠标已经滑动得很熟练了。平时还会跟然然姐姐抢iPad玩。

你俩真是地道的网络原住民！

十岁的时候，你们会成为"网虫"吗？

在你们长大的时代，互联网是一种社会力量，也是新文化价值的中心。爸爸刚好在它方兴未艾的时候，注意到它的力量，并因此成为一名研究者，钻研了下去。爸爸深知，它越是以凯旋的姿态出现，就越需要对它进行某种审视。

爸爸毫不怀疑你们会因互联网有所得，但也必定有所失。而这些得失，既是道德上的，也是智力上的；既是情感上的，也是身体上的。

人类正在爱着一些可能无法回爱我们的事物。也许终有一天，一个问题会在你们这代人的上空回响："我错过了什么，我到底错过了什么？"

养育你们的过程是辛苦的，也是快乐的。

晚上，妈妈给未未发了把梳子。"爸爸，梳！妈妈，梳！"未未奔跑于爸爸妈妈之间，举起小梳子，让爸爸妈妈低下头来，她给梳头。爸爸告诫小姑娘："只能梳头发啊，不能梳眼睛、鼻子、嘴。"

末末看到，也拿起一把小梳子，很认真地来给爸爸梳头。梳啊梳，梳得很好，就是——一直在用梳子把梳。

这点小插曲，就足以让爸爸妈妈快乐非常。一天的疲劳感顿时消失了。

话说起来，妈妈曾不止一次讲，她有时会心疼让你们来到这个世界上。因为你们必将体会的那些酸甜苦辣。她多想一直呵护你们，让你们永远无忧。无忧？可就连她自己也知道，那是童话。

大人只能作为园丁，跟随你们的生命季节调整自己，到十岁，乃至更远。在花园里耕耘，总有需要费力拔除杂草的时候，面对养育过程中可能会遭遇的"园艺事故"，那些沮丧和愤怒，需要忍耐。亲爱的未未、末末，爸爸妈妈将尽量耐心地守护你们，创造一个充满爱且安全、稳定的培育花园，等待你们身心智的成长。

然然姐姐超级喜欢《小蝴蝶和小披风》，而他们两个的故事，简直就是一出你俩角色扮演的舞台剧。小蝴蝶总是精神奕奕，她的世界理直气壮。小披风喜欢沉思，他的世界有点忧郁。个性大不相同的两个小朋友，有自己单纯的逻辑和快乐，有对生活的疑惑和不解，有点天真，有点疯狂。他们相信，在临空飞扬的一瞬间，在微风轻拂的树林里，都能找到属于自己的小小幸福。

小蝴蝶飘浮在城市上空，常常看到许多互相寻觅又不断错过的恋人。她感到焦急，迷惑，遗憾，却又爱莫能助，忍不住在空中大声咒骂这无情的世界……

"嗨，小朋友，
别再咒骂这个世界了。
你还不懂，在爱情游戏中，
要是少了寻寻觅觅的心伤过程，
又怎能深刻体会相逢动容的喜悦呢？"

十岁的时候，你们将找到什么呢？

剧作家萧伯纳说："我们没有权利在不产生幸福的情况下消费幸福，就好似没有权利在不产生财富的情况下消费财富。"幸福显然需要争取，它不是一种自然状态。那些乐于体验的人——也就是喜欢探索新的、非传统的事物和想法的人——更有可能获得幸福，哪怕这些体验和探索也有可能带来更多的不适。

所以，亲爱的小蝴蝶和小披风，过上幸福的生活并不是要避开困难，而是要能够从经验中成长，不是要避免负面情绪，而是要能从中发展出复原力。人的一生不可能无忧，到你们更大一些，就会明白：生而为人，就是要接受人生及其所有的起伏。

有不忍人之心，行不忍人之事
　　——写在童蒙之际

二〇一二年 一月

　　　　　爸爸妈妈爱自己的孩子，也爱所有的孩子。

亲爱的未未、末末：

　　又是一年岁将尽，早产的你们，出生时只有四斤左右的你们，即将满两岁零四个月了。

　　两岁四个月的小孩子，心理需要已经复杂化、立体化。

　　中午，末末忽然对妈妈说："这是我妈妈。"然后，还要"妈妈领着"，牵着妈妈的手在屋子走来走去，洋溢着小小的骄傲。接下来的下午，你俩动不动就来这么一句："这是我妈妈。"满是幸福的样子。

　　这是你们归属感的萌芽吗？

　　获得温暖，获得帮助，获得爱；从归属感萌芽到安全感建立，再到自我实现。你们需要这些，对吗？你们所有的小同伴，认识的和不认识的,都需要这些,对吗?

刚刚过去的这一年,在我们的土地上,发生了一些不如意的事情。看见像你们一样大的孩子,遭遇了不该由她们承受的哀伤,爸爸妈妈揪心不已。

你们太小了,爸爸不忍心告诉你们两个同龄小姐姐的故事。

一个姐姐叫作小伊伊,她是"7·23"温州动车事故最后被救出的幸存者——项炜伊,当时她只有两岁半。那个雷雨之夜,项炜伊的父母和许多乘客一样,没能活着从火车上下来。在黑暗中待了22个小时、在损毁的车厢里被宣布没有生命迹象后,项炜伊生还,被人们誉为"奇迹"。

小伊伊的妈妈在死于非命之前的一个小时,用手机发出作为母亲的最后一条微博:"人小脾气大,小宝贝,你什么时候才能长大懂事啊。"

这位妈妈刚刚开设新浪微博,一生中总共只留下十条记录。她曾在自己的微博中留言,要督促自己多写一些,为的是记录小伊伊的成长,等到小伊伊长大的时候,她可以有个交代。

可是,就算小伊伊经历了两个"奇迹"——得救,最后未被截肢——之后能够健康顺利地长大,她却永远失掉机会,再去变成妈妈眼里"懂事"的小宝贝了。

伊伊父亲的好友在一篇博客中写道:"你们的孩子是个早产儿,生下来的时候只有三四斤左右,瘦小得像一只羸弱的猫,是你们的爱让她坚强地成长，她的因子早就有奇迹的元素。"

爸爸妈妈看到这一段，忍不住潸然泪下。天下所有普通的父母，没人愿意这世上存在什么"奇迹"。

不是每个孩子，都可以在没有生命体征的车厢里存在生命体征。因此，相比于"奇迹"，我们更需要的是——充满生命体征的动车车厢、学校、剧场，还有社会。

爸爸不忍心提起的另一个小姐姐，名字叫作小悦悦。她也刚好和你们一样大，两岁零四个月。

不幸降临在 2011 年 10 月 13 日傍晚，广东佛山的一个阴雨天，小悦悦在家门百米外的巷子里玩耍，先后被两辆汽车撞到，两位司机逃逸。更不幸的是，18 名行人从小悦悦身边路过，全都不闻不问；只有第 19 名路人、一位拾荒阿嬷陈贤妹救起这位小姐姐，并找到她妈妈。送往医院一周多后，小悦悦最终还是离开了我们。

看到这个令人心寒的新闻时，爸爸简直难以置信。

人类经历了漫长的时间，才发展成文明社会。而文明社会的一个特点是，它显示出道德和知识上的进步，富于人道、合乎伦理，并通情达理。由此，生活在文明社会当中的个人，也会表现出同样的属性。在人类同胞需要的时候，向他们伸出援手，就是人道的、合乎伦理的和通情达理的。

然而，像小悦悦所遭遇的悲剧，以及还有许多不同时间和地域的例子，让我们看到了令人震惊的自私和冷漠，而不是人道的，或道德的反应。

　　是道德的缺失滋生了冷漠，还是存在别的更深入的原因？有些学者可能会引用一门叫作社会心理学的学科，来分析一种常见的心理学现象，即"旁观者效应"。这个现象说的是，目睹一起紧急事件的人越多，旁观人群中的个人提供帮助的可能性就越小。

　　旁观者效应的存在，表明冷漠可能成为社会的一个严重问题。在他人面临危难、迫切需要帮助的时候，社会上却存在着一种倾向，要么不作为，要么不理睬，好像事情根本不曾发生，或是慢慢就会过去一样。

　　不过，在小悦悦事件当中，"旁观者效应"似乎也不能完全解释这个小姑娘的不幸遭遇。有人想到了5年前发生在南京的彭宇案，认为是人们害怕因为帮助他人反而牵连自己，才选择了冷漠。

　　彭宇是江苏省南京市的年轻人，他救助了一位在公共场所摔倒的老年妇女。这位妇女却声称是彭宇导致自己摔倒，将他告上了法庭。关于两人是否相撞，法庭上原告、被告各执一词，但引发争议的是，法院最后根据所谓的"常理"来判案，下令彭宇赔偿老妇人。这种"常理"说，一个人如果不是因为造成他人摔倒而感到内疚，又怎么会去帮助摔倒的人？

　　彭宇案使大家认识到，做好事可能反而遭遇"常理"的质疑。遇到意外时，是否向需要帮助的陌生人伸出援手，人们对此变得越来越谨慎。

　　害怕因帮助他人反受牵连的现象并不罕见，世界上其他地方也曾出现，很多国家为此制定了被称作《好撒玛利亚人法》的民事法律，用立法手段保护做好事的人。"好撒玛利亚人"来自一则古老的寓言，意指"令人感动的见义勇为者"。

在美国和加拿大，它是为见义勇为者免除责任的法律，目的是使人做好事时没有后顾之忧，不用担心因过失造成伤亡而遭到追究，从而鼓励旁观者积极对伤、病人士施以帮助。如果说，北美的法律着重于免除好心人的责任，那么，一些国家的法律则直接将不提供帮助定为犯罪，着重强调公民的"救援义务"。例如，德国的法律规定，公民有义务在发生事故或一般危险时向他人提供帮助，如果"无视提供协助的责任"，则会违法；在新西兰，不报告虐待儿童事件是一种犯罪——公民在法律上有"报告义务"，如果知道了却不采取合理措施保护儿童免遭风险，就构成犯罪。

其实，爸爸以上所说的这些是十分无奈的——我们的现代社会，竟然需要他律的法律来鞭策社会成员按照道德的方式做事；难道自觉依照道德做事，不是我们生而为人的基础吗？

2011年春天，妈妈最爱的奶奶，也是你们的太姥姥，走了，终年九十岁。太姥姥辞世一个多小时，妈妈赶到她身边，太姥姥犹如安睡中，妈妈含泪轻轻抚摸了她的脸。

太姥姥走在4月，单樱渐渐落尽。花落之时，叶子也慢慢长满了树。

去为老人送行，你们浑不知周围发生的一切。怕吓着你们，没有让你俩当面告别,只在路边遥叩。在车里,看着窗外的霓虹,疾驰的汽车,末宝依旧兴奋,当作又一次外出看车的机会;回到家中,爸爸问末宝夜里去哪了,妹妹天真地答:"玩沙子去了。"

不错,生命恰如流沙;我们唯一能做的是,让这粒沙有一安身立命之所在,不至于在命运的狂风中,不知道被吹向何处。

两岁多了,你们正在逐渐形成各自的性格。

简单的爱与希望已经不能满足你们。小孩子天生的灵性和巨大的创造力,正搭载着成长的各种资源,构建身体、心灵、精神世界。

今年冬季,你们开始流利地诵读《大学》:"大学之道,在明明德,在亲民,在止于至善……"末末很喜欢《三字经》,把它叫作"三经",每天都要学新的段落,让爸爸给念:"人遗子,金满籯;我教子,唯一经。"

读经,开蒙识字,学习传统。将来,你们还会读到孟子,这位先哲说:"人皆有不忍人之心。"就好比,现在有人突然看到一个小孩跌到井里,任何人都会有惊骇同情的心情。之所以有这种心情,不是为着和这个小孩的父母攀交情,不是为着在乡邻朋友间博取名誉,也不是因为厌恶小孩的哭声,而是自然而然地生出的。

在孟子看来,没有恻隐之心,就不是人;没有羞恶之心,就不是人;没有辞让之心,就不是人;没有是非之心,也不是人。人先天具有这"四心",就像拥有四肢那样,拥有天赋的道德萌芽。

当活生生的生命,就在面前遭受损害时,任何人"见"了,都会起不忍人之心。可叹的是，许多人却视而不"见"，好像蒙住了眼睛，他们更不会扪心，只一股脑推脱和自己不相干。

就像面对处于险境的小悦悦姐姐，我们无法从世俗的人情、喜恶、名誉、算计出发，而必须面对生命的当下。那个救人的拾荒阿嬷，她的"不忍人之心"的发动，并不需要多么高深的认识——比如什么工作的、生活的、家庭的、社会的、国家的、政治的、经济的、文化的、道德的，等等的理念——而只需调动一个本真的她，忘我的她。

看起来，似乎是社会集体的道德意识，或者法律制度出了问题，导致当脆弱的成员在需要帮助的时候，无人伸手。其实，每个人只需问自己一个简单的问题：你的"不忍人之心"在哪里？如果你对现实的生命视而不见，那你就不会知道对与错之间的区别；也不会懂得，什么可接受，什么不可接受。

在孟子看来，"不忍"首先所面对的，是具有生命的他人，只有感悟了外在于自己的生命，才能够真正体会生命本身的价值，从而在这个基础上形成自觉的道德意识。

这是先哲们在经典里留下的智慧。爸爸妈妈知道，这些对现在的你们太深奥了，留给你们日后慢慢去体会。世路难行，你们总得循某些"经"而行,容爸爸妈妈缓缓道来。你们已经到了发蒙的年龄，美德的培养需要开始。

你们会渐渐知道，这个世界很复杂，人性也不乏黑暗。虽然据说孩子们生来就具有所有的美德，但这些宝石需要被挖掘，一些行为必得反复练习。希望有一天,你们能真切体验到美德的力量,以及,在施行了美德之后,那种内心的喜悦和平静。

前阵子,爸爸妈妈在纽约拜访八十六岁高龄的台湾作家王鼎钧老人。他说道,他之所以写人生读本,原因很简单:那时他的孩子,大的十岁,中间的六岁,小的一岁,"台湾人口大量增加,我看到满街满巷的孩子,我又想到这些孩子跟我的孩子是同学、同事、邻居、朋友,是合作的伙伴,竞争的对手,我的孩子既然生活在他们中间,我当然希望他们都善良、都有教养,我要爱自己的孩子,就必须爱所有的孩子……"

爸爸妈妈爱自己的孩子,也爱所有的孩子。所以,这封信既写给你们,也写给你们的同龄人,希望你们,还有他们,都有不忍人之心,能行不忍人之事。

时间流呀流,"吓人的四岁"这一年

二〇一三年 十二月三十一日

没有任何事情比孩子的好奇更能让你认识到,你对这个世界有多么懵然无知。

亲爱的未未、末末:

英语里有个说法,叫作"美妙的一岁、可怕的两岁、麻烦的三岁、吓人的四岁、超棒的五岁"("It's the Wonderful One's, Terrible Two's, Troublesome Three's, Fearsome Four's, Fabulous Five's")。这一年,你们进入了"吓人的四岁"。

你俩合伙干坏事的本领越来越大。把加湿器拧开,让水流一地;用一把塑料小刀,把妈妈买的一口袋长长的山药拖出好几根,躲在卧室里切成一块块的,再藏在床头柜里;知道爸爸桌上有巧克力,但够不到,小男孩末末懂得先爬上爸爸的椅子,再爬上爸爸的桌子,把爸爸的一堆东西都弄翻,和妹妹偷吃了许多巧克力。

爸爸出国归来，未未跟爸爸报告：有一天，妈妈在书房工作，末末在卧室的一个小盒子里发现护臀膏，关上门，留条缝，打开盒子，拧开盖子，然后往脸上抹。

爸爸："你抹了没有？"
未未："我没有。"
爸爸："可是我在妈妈的照片上明明看见你也抹了。"
未未："那是末末叫我抹的。"

用中国一句老话讲，你俩进入了"三岁四岁狗都嫌"的年龄。

四岁了，你俩不仅会和爸爸妈妈吵架，也会说一些很伤人的话。

小姑娘未未常说的一句话是："我生气了！"未未生气，有时，会一个人躲到另一间屋子里，自怨自艾；有时，则会发狠："你们都离开我！"爸爸回："那你就成孤儿了，没娘的孩子像根草。"未未不屑："人是人，又不是草，人能变成草么！"小姑娘不仅会推理，还会辩驳了。

偶尔，小姑娘还会不要爸爸照顾，推爸爸离开，要妈妈照顾，如吃饭、洗手、上厕所等。爸爸："未未这样，爸爸就伤心了。"妈妈也帮腔："未未不要爸爸照顾，爸爸会难过的。"未未很犀利地反驳："那爸爸照顾未未时，妈妈也会难过的。"妈妈被驳倒，只好说："未未、末末哪能不爱爸爸，只爱妈妈呢。"未未便说："两个都爱。"

不过，有的时候，小姑娘也会和妈妈较劲："我要走了，离开了，不回来了。"——这么小就懂得离家出走了。爸爸劝诫未未："妈妈照看你俩多辛苦呀，怎么可以那么对妈妈说话？"未未："我以后自己做饭，自己洗衣服，不要妈妈照顾！"

或者向妈妈宣称，"我再也不要你陪了，晚上我跟爸爸睡；我不给你亲亲了，我不给你看白白的小牙了；我不再爱你了"，如此云云。

那边厢，小男孩闻声赶忙跑来说："妈妈我给你说个事：一，我喜欢你，我永远爱你；二，我晚上要你陪着睡；三，我不惹你生气……"总之妹妹不做的，哥哥都列入内。爸爸妈妈拥有双胞胎宝贝的好处显现了，这边失落，那边安慰。

但小男孩末末也并非总是如此可人。末末常说一句话："我不和你们玩了！"这句话的起因，几乎总是因为欺负了妹妹，遭到爸爸妈妈的管教。比如，未未用小碗盛着一点菜炒菜玩，末末见了，就想下手抢；抢不到，就用手里的玩具打妹妹；爸爸赶去干涉，小家伙用双手把爸爸往外推，一迭声地哭嚷："不要你！不要你！"还有的时候，妈妈亲末末，末末不耐烦，也会说，"不要！不要"一边用手在脸上抓，仿佛要把吻抓下去。

四岁了，爸爸妈妈口头批评你俩时，很难占上风。哥哥常常动手，妹妹常常大叫。爸爸妈妈批评的时候总是说："这样做不文明。"你俩很快就学会类似的批评话——妈妈做晚饭，未未在旁边捣乱，妈妈说："爸爸，把未未撂出去！"未未马上说："这句话很不文明，我告诉你!"

更小的时候,你俩闹得不成话,还可以偶尔打打小屁股。到了四岁,爸爸妈妈很难再采取这种手段。尤其是未未,遇打很强硬:"你打我,我要打你五六七八个屁屁!"

现在,爸爸妈妈不仅不能随心所欲地管束你俩,还得格外小心自己的行为。两小孩齐出场,家里头天天上演话剧。有一天,故事表演了一阵子,一开始,兄妹相安无事,但矛盾渐起,终于还是打起来。互相抓脸,抓出血道子。爸爸严厉批评:"两人都罚站!"未未跑过来,用手指着爸爸说:"我告诉你,罚站是不文明的,你不能说这个话!"爸爸:"用手指人是不文明的,'我告诉你'这句话也是不文明的,互相打架更不文明。你俩不文明,爸爸妈妈才让你们罚站的。"

未未不干:"你们说了罚站这个不文明的话,我今天就罚站你们!"妈妈:"妈妈和爸爸又没做什么不文明的事。"末末:"我发现你们在厕所里吵架。"未未:"你们吵了三次架!你们还抢东西!这样能行么!"——爸爸妈妈相视大笑,这是落下话柄了。

爸爸不由得感叹:由意识和知识武装起来的孩子们,注定有一天会令父母感觉无力约束。爸爸妈妈只能调整自身,顺应你们的成长节律,理解你们的个性发展,不断更新手里的教育工具包。身教重于言传,今后,爸爸妈妈可轻易不敢做"不文明"的事了。

不和爸爸妈妈闹,而和爸爸妈妈好的时候,你俩的最高理想是与各自的"大情人"结婚。爸爸常常在外出差，回到家里，小姑娘未未一口一个"我的爸爸"如何如何，寸步不离地黏着，自己称之为"追着爸爸"，并会向全家人宣布："我要和爸爸结婚。"

小男孩末末听闻，就说："我要和姥姥结婚。"

"为什么呢？"妈妈问。

"因为，我喜欢姥姥啊。"末末答。

"那，妈妈也喜欢末末呀？"

末末："那，我和你结婚。"

"末末，你已经和姥姥结婚了，一个人只能和一个人结婚。"

末末："我和姥姥结婚一天，就离开了，和妈妈结婚。"

妈妈："那姥姥会伤心的。"

"那，那……有了，我变成两个末末。"

妈妈只能总结出一条合乎情理的结论，那就是：小孩子开始意识到，要和自己喜欢的人结婚。

说到喜欢，末末当然也喜欢自己双胞胎的妹妹，别看他有时对妹妹凶巴巴的。一天上午，俩宝在街上看见结婚的车队。

未未：妈妈，我当新娘也有这么多车吗？

末末：未未结婚我也要去。我开着车，要把我的车打扮得漂亮一些。

未未：我和一个男孩结婚。

末末：不，我要和未未结婚。

妈妈：哥哥和妹妹是不能结婚的。

末末：不！我就要和未未结婚！

爸爸给你俩讲《鼹鼠和雪人》，讲到好朋友有时候不能互相见面，顺便发挥了一下："这个不重要！好朋友不一定总是要见面。他们只要知道彼此在哪里就够了。如果有一天，未未、末末分开了，也不要紧，什么时候互相思念，就向远处招招手。"

未未：不！我和末末要在一起。

末末：我永远都不和未未分开。

我给妈妈学你俩的"海誓山盟"，妈妈大笑："长大以后，你想让他们在一起，他们都做不到。"

显然，你俩也不会一直和爸爸妈妈在一起。虽然现在的你们，小嘴儿甜得像抹了蜜。末末很会哄妈妈，比如说亲吻妈妈很带感，比如想晚上妈妈和自己在一起，就会告诉妈妈："我想躺在妈妈温暖的怀抱里。"

爸爸常常给妈妈打预防针，"孩子大了不中留"之类，而妈妈每念及此，就开始伤感起来。

爸爸在家的日子，每天晚上，负责给你俩讲睡前故事。讲毕，道晚安，依你们的要求留好门缝。你俩独立睡觉，但一定要爸爸妈妈给留一个门缝。门缝留大了，留小了，都会抗议，不留绝对不可以。仿佛只有在爸爸妈妈的注视下，才能睡得甜蜜。

这一天，爸爸留好门缝，可是你俩又叫起来，说还没跟妈妈再见。妈妈过去了以后，俩宝贝争相跟妈妈表忠心。

  末末：妈妈，我长大了也不离开你，我永远都喜欢你。
  未未：妈妈，我也喜欢你，我生了宝宝也不离开你。

一位阿姨听说后，评论道："多么可爱动人的——一双小骗子呀！"

对四岁的你们来说，仪式感很重要。比如妈妈出门，必须要跟你俩说再见；爸爸进门，你俩便齐诵"小兔子乖乖，把门开开"：这些都是仪式，大人不能打断，或者弄乱。有一次妈妈下楼，未未大哭起来。爸爸问怎么了，未未哭诉说："我们俩还没说完话妈妈就走了……"

无论爸爸还是妈妈外出，你俩要说的话都分外多。要是妈妈办事，留下爸爸看家，你俩会扑到门边，对妈妈齐声唠叨：妈妈，你路上小心点，别让汽车撞了，啊？妈妈，你下楼小心点，别滚下去，啊？妈妈，你开门时候别把手挤了，啊？妈妈，你出了那个事，别忘了给我们和爸爸打电话，啊？你手机里有我们三个的电话吗？——嘱咐了足有五分钟。

爸爸出门的场景则是这样的——

爸爸：宝贝们，爸爸要去咖啡馆里谈个事情。

末末：爸爸，你小心点，别被咖啡烫着舌头。

未未：爸爸别被咖啡烫着眼睛，烫坏了就看不见了。

未未：爸爸你拿咖啡的时候小心点，别把杯子弄翻了。

末末：爸爸你坐椅子小心点，别摔了……

爸爸对妈妈说：以后出门要留出额外的时间，好让俩宝贝叮嘱够。

四岁的你们，尽管闹腾，却也让爸爸妈妈由衷欣慰，你们已经变成了善于表达和沟通的小精灵。不发脾气的时候，会主动认错："妈妈，我永远爱你，下次保证不这样了。"甚至还会安抚大人的情绪，有时候，妈妈在路上堵车，末末会安慰说："妈妈，我们不要着急，坚持一下就好了。"终于过了车阵，车子可以跑得快一些了，末末还会说："妈妈，你看，现在我们不是就好了吗！"

这一年，你们认识了简单的汉字，会10以内的加减法。你们签下了人生第一个签名，写出了人生第一个数字，给妈妈"写"了人生第一封信，第一次宣布了自己的人生理想——末末想当木匠，而未未想做飞行员。

那会儿，爸爸正陪你俩看《等我长大了》，绘本上有各色各样的职业，爸爸随口问："你们长大都想干什么呀？"未未答："我要做飞行员。"爸爸问:"为什么做飞行员啊?"未未说:"我喜欢在天上飞的感觉。"末末则指着一个正在敲钉子的木匠说:"我要当木匠,用零件做小汽车。"

末末太喜欢小汽车了。从两岁的时候起,就会缠着大人:"再给末末画个小汽车……"那时,末末喜欢大人给自己画画,光是小汽车,家人画了几百辆都不止。在观摩了几百辆小汽车之后,末末自己能画出完整的圈圈了,会很兴奋地炫耀:"末末画了一个汽车 len(轮)。"

接下来,纸上的小汽车就不能满足末末了,到玩具店里,一见到真的小汽车就迈不动步。妈妈给末末买的小汽车越来越多,爸爸开玩笑说:无论给末末买多少辆,他也总是还缺一辆。

末末高兴的时候,会一个劲往妈妈手里塞小汽车:"妈妈,给你小汽车,再给你一辆小汽车。"给别人小汽车,在末末看来,是赞赏对方的最高礼遇。如果和妹妹好了,给到妈妈手里的小汽车,又会拿给妹妹,并对妈妈说:"末末没收了。"

妈妈领末末在北京第一次坐公共汽车。末末好喜欢,不愿意下车,跟妈妈央求:"再一分钟。"回来以后就缠着妈妈买一辆公共汽车,说辞却是给妹妹买的。

家里的玩具小汽车,攒了一盒又一盒,妈妈有天顺口一说:"末末,妈妈给买个立体停车场。"末末记住了,晚上睡觉前老对妈妈说:"妈妈给你买个停车场。"这里的"你"是"我"的意思,那会儿才两岁,小家伙还不会说"我"。妈妈感叹:说话可得小心呀!已经受到舆论监督了……

后来，妈妈如约给末末买了立体停车场，不过小家伙聪明得很，看到立体停车场盒子上的三件套，便缠着妈妈再买。妈妈不得已又买了盘山道和高速公路。从此，末末对当司机上了瘾。有童谣为证——

妈妈："从前有座山，山里有个庙……"末末开始跟着妈妈一起念，后来就自主创作了："山下有个树，树下有个车，车里有个人……"妈妈："这个人在干吗呢？"末末："开车！"

四岁，你俩的求知欲无比旺盛，时时刻刻缠着爸爸妈妈问东问西，像然然姐姐说的，头脑里藏着十万个、百万个、千万个、万万个"为什么"——"爸爸，为什么总是一会早晨，一会晚上呢？""爸爸，为什么车轮都是圆的呢？""妈妈，人为什么有身体？""妈妈，我们没出生的时候在哪儿呢？在天上飞？天上在哪里，是有白云的地方？我们为什么没有早点下来？"

一开始，你们问许多"为什么"，慢慢地，则开始问许多"是什么"。比如，什么是武器？什么是疲惫？什么是悲伤？慢慢发展成各种"连环问"。

一天，末末和爸爸讨论：读书干什么？

爸爸：读书可以成为人才。
末末：成为人才，yan（然）后干什么？
爸爸：然后就是对自己和别人都有用。
末末：都有用，yan（然）后干什么？

爸爸：就会感觉幸福快乐。

未未：幸福快乐，yan（然）后干什么？

爸爸：过了一辈子，然后去另一个世界。

未未：另一个世界里有什么？

就是这样，未未总是对世界充满好奇。早晨出门，看到交通事故，未未问妈妈："警察在干吗？"妈妈解释一通什么是警察。未未接着问："妈妈，那你有事也要报警吗？"妈妈回："妈妈找保险公司。"未未追问："保险是什么？"妈妈又得解释什么是保险。

某日，爸爸夜里十点归来。未未盘问："爸爸，你干什么去了？"爸爸回："爸爸见了一个处长。"未未："处长是什么？"爸爸："处长是个官。"未未："官是什么？"爸爸："官就是为政府工作的人。"未未："政府是什么？"爸爸："政府，就是应该为我们好好干事的那个机构。"未未："那要是干不好怎么办？"爸爸叹气：要把这不可解释的世界给孩子解释清楚，简直是不可能的任务。

"连环问"问多了，总会问到问题的另一面。比如，未未吃着饺子，会突然问："爸爸，你怎么老不给我们做饭呀？"

妈妈：这是个好问题。

爸爸：未未，你说为什么呢？

未未：因为爸爸老是工作。

妈妈：这不是个好答案。

爸爸：因为爸爸笨，做的饭不好吃。

未未：不，爸爸是爸爸，不是笨笨。

爸爸讲普罗米修斯盗火的故事，然后讲到希腊神话的神谱。提到小爱神丘比特，末末说："我知道，就是那个拿着箭乱射的小男孩，他那天在机场乱射一气，结果爸爸妈妈就相爱了。"

未未对这个爱的神话解释不满意，非要穷根究底：

未未：妈妈，你到底是怎么喜欢上爸爸的？

妈妈：我们遇到了以后，我觉得爸爸很善良，而且挺会照顾人的。

未未：结果发现呢？

爸爸妈妈面面相觑：小孩子的问题还真不好应付。

就这样，爸爸妈妈常常被孩子问得瞠目结舌。在回答问题的过程中，爸爸总结出了"知识论的第一定律"：假如儿子或女儿问你某个东西是怎么回事，为什么它会成为那么回事，起初你回答得很自信，但很快就发现，自己对此事是完全的无知，能拿出的答案基本是应付。

换言之，你对自己的无知完全无知。由此推论，有多少人以为自己知道其实本不知道的事情啊。没有任何事情比孩子的好奇更能让你认识到，你对这个世界有多么懵然无知。

记得还有一次,妈妈给在外的爸爸打电话说:"未未提了一个很哲学的问题:为什么时间过得这么快?从一个时间到另一个时间。你快来解释一下吧!"

爸爸在电话里说,过去是记忆,而未来是想象,它们都是现在的体验。但越解释,越解释不清楚,只好回家拿出妈妈买的新书,幾米插画故事集《1.2.3.木头人》,给你俩讲故事。爸爸讲到"时间 一秒一秒一秒一秒 流走了",未未马上问:"时间为什么流走了呢?"爸爸:"现在流走了,就成了过去;将来流走了,就成了现在。"未未:"时间流呀流,流到我们家里,就不走了。"末末接上:"然后时间出了门,流到电梯里去了。"

时间流呀流,流到2013年的最后一天。今天,爸爸告诉你俩说,明天就是元旦了,要订计划,比如学会哪些新本领,改掉哪些坏习惯。未未点头答应,跑去跟妈妈宣告:明天就是"彩蛋"了!

亲爱的未未、末末,"彩蛋"快乐!天天都快乐!

真的,圣诞老人是有的
——孩子们,保持五岁的灵魂

二〇一四年 十二月二十六日

因为,这个世界上最确实的东西,是孩子的眼睛、大人的眼睛看不见的东西。

亲爱的未未、末末:

可怜天下父母心,平安夜不知有多少父母悄悄把礼物放在孩子的床头,只为了他们起床时的那一声尖叫。

昨天,一到早晨7点钟,爸爸妈妈准时呼唤:起床了,圣诞老人送礼物了!只见你俩嗖地跳起来,不再是每天磨磨蹭蹭、迷迷瞪瞪的模样。

末末一眼看到床头的汽车玩具,说了句:"哇哦,这个购物中心有。"爸爸妈妈对视了一眼,心中一凛:难道这孩子看穿了圣诞礼物的把戏吗?好在小男孩并没有深究,只是在穿好衣服后,一直蹲在地上盯着看。爸爸感叹："我儿子都成了雕塑了，一动不动的。"末末回答："我就想待在这儿一直看着它。"

未未收到的则是可以做冰激凌的橡皮泥，继而冒出了一连串问题："我上小学了还会有圣诞节么？为什么圣诞老人每年都来一次呢？他是怎么知道我们家的呢？"

因为要出门去上幼儿园，动作得麻利，眼看着这些问题不容回避，爸爸连忙解释说，圣诞老人住在北极，坐着由驯鹿拉的雪橇，专门在小孩看不见的时候来送礼物。未未回："那我要到北极去玩，骑在北极熊身上，碰到圣诞老人，我送给他一个礼物。"俄而又问："为什么大人没有礼物呢？"

妈妈打哈哈："你们两个就是给大人的礼物啊。"未未："那是谁给你们的呢？是圣诞老人吗？"妈妈："不，也许是上帝。"爸爸接着给俩宝讲圣诞节的来历，说那是传说中上帝之子耶稣诞生的日子，俩宝嚷嚷："上帝还有孩子？我多想见到他啊。"

爸爸想起今年春天的时候，给你俩讲《森林报》里的故事："女妖是骑着笤帚从烟囱里飞出来的……"讲到此处，未未问了一个猝不及防的问题："咱们家没烟囱，每年圣诞老人是从什么地方下来，给我们送礼物的？"那时候，爸爸也被问蒙了，只好说："可能是从门缝里进来的，也可能是妈妈开窗时飞进来的，也可能是从爸爸鼻孔里钻出来的……"

儿童必须要透过发问，来寻找进入大人世界的途径。在圣诞老人的问题上,你们这两个小家伙,其实也是在不断叩响大人世界的门,希望大人能开门让你们进去。

在你俩都上了幼儿园之后,妈妈便忧虑地对爸爸说:"明年可能就瞒不住了,得告诉他们,礼物不是圣诞老人带来的,而是爸爸妈妈给准备的。"

她给爸爸看那篇或许是美国新闻史上最有名的社评。那是1897年9月21日,纽约《太阳报》接到一个八岁小女孩弗吉尼娅的来信,信上询问道:"我的朋友里面,有的小孩说圣诞老人是没有的。我问爸爸,爸爸说:'去问问《太阳报》,它说有,那就真的有了。'因此,拜托了,请告诉我,圣诞老人真的有吗?"报社把这个问题交给编辑弗朗西斯·彻奇来回答,据说,彻奇一开始被这个小孩子家家的差事给惹毛了,然而,他最终还是坐下来,写了一篇答复小女孩的社评,只有区区500字。结果,它成了英语世界里被重印最多的报纸社评,在100多年之后,仍然被人们铭记。

社评的题目是一个问句:《有圣诞老人吗?》。彻奇的回答十分肯定:"真的,弗吉尼娅,圣诞老人是有的。"他试着和小姑娘促膝谈心,笔触间流淌着一种魔幻般的力量:

> 你的小朋友说没有圣诞老人,那是错的。他们心中染上了现时流行的什么都怀疑的习性。他们没有看见就不信。他们认定他们的小脑瓜里想不到的事情,都是不存在的。可是弗吉尼娅,人的头脑,无论是大人的也好,小孩的也好,本来就是非

常小的啊。在我们居住的广阔宇宙中，与我们周围的无垠世界相比，我们人的智慧，比起想要把握全部真理和知识的智慧，就像一条小虫那样小，就像一只蚂蚁那样小。

真的，弗吉尼娅，圣诞老人是有的。在这个世界上，如同有爱、有慷慨、有忠实一样，圣诞老人也确确实实存在着。正是充满世界的爱、慷慨和忠实，才赋予你的生活以至美和至乐。想想看，假如没有圣诞老人，这个世界该是多么沉闷！就像没有你这样可爱的孩子一样沉闷。没有圣诞老人，减轻我们生存痛苦的孩子般的信仰、诗、爱情故事，也许就全都没有了。我们人类能体味得到的喜悦，大概就只剩下眼睛能看到、身体能感觉到的东西了。并且，童年为这个世界充溢的永恒的光明，也都会全部消失。

不相信有圣诞老人！那你相不相信有精灵呢！试试看，在平安夜，让爸爸给你雇上侦探，让他们侦查一下全纽约的烟囱怎么样？看能不能抓住圣诞老人哦！可是，即使看不到从烟囱里出来的圣诞老人，那又能证明什么呢？没有人看见圣诞老人，可是那并不能证明没有圣诞老人。因为，这个世界上最确实的东西，是孩子的眼睛、大人的眼睛看不见的东西。弗吉尼娅，你看到过精灵在草地上跳舞吗？肯定没有吧。虽然如此，也不能说精灵是胡乱编造的瞎话。在这个世界上那些看不见的和不能看到的奇迹，没有一个人能完全在头脑中创造和想象出来。

你可以把一个小孩的拨浪鼓撕开，看看里面发出声音的东西是什么,但在未识的世界之上有一道大幕,是最强壮的人,甚至是历史上所有的大力士联合在一起,都无法撕开的。只有信仰、想象力、诗、爱、浪漫,可以将那道大幕掀开,让你看到和体会到后面天堂般的美好和荣耀。这些都是真的吗?啊,弗吉尼娅,在整个世界上,再没有比这更真实和永恒的事情了。

没有圣诞老人?哪儿的话!他现在存在,并将永远存在。一千年以后,一百万年以后,圣诞老人也会同现在一样,让孩子们的心高兴起来。

为什么100多年后,人们还在传诵这篇社评?因为它不仅是对孩子的问题的回答,也是对成人的问题的回答。

彻奇曾是美国南北战争中的一名战地记者,见证过太多的苦难,深深体会到社会中普遍的绝望和怀疑。他在回答孩子的简单提问之际,首要的出发点是保护儿童,但与此同时,他意识到,对童年的保护,其实也是对成人的保护。

如果否认圣诞老人的存在,许多孩子的童心世界将会被无情打破,而许多成人珍视的价值与传统也会因此沦落。然而,如果只是就事论事地确认圣诞老人的存在,他的文章也不会产生持久不衰的影响。彻奇所做的,是在维持孩子的希望的同时,告诉她什么是成人值得追求的理想。一言以蔽之,他没有简单地延续神话,而是给出了一个让人去相信的理由。

历史学家斯蒂芬·尼森鲍姆认为,这篇社评无关是否相信圣诞老人，而事关对于信仰的信仰。当彻奇痛责那个怀疑一切的年代时，他是在对十九世纪后半叶的、信仰摇摆的美国中产阶级发出忠告。

今天还有人能写出"真的，弗吉尼娅，圣诞老人是有的"这样的句子么？马萨诸塞大学的新闻学教授斯蒂芬·西慕达认为，这看起来不成问题，但写出来以后能否被广泛注意则是个问题。"或许只有当人把它做成影视剧，才能造成反响。"事实上，弗吉尼娅的故事的确被改编成了多部影视片和音乐剧。

1997 年主持评选普利策评论奖的鲍勃·海曼忧虑的却是另一件事："还有八岁的孩子仍然相信圣诞老人么？"在当下这个信息横流的社会中，孩子们是否在更小的年龄段就质疑圣诞老人的存在了？有关数据显示，大多数孩子六至七岁时开始怀疑，并在八至九岁时彻底觉醒。

看到这个说法，爸爸突然意识到，五岁，是个多么黄金的年龄啊。

幼儿园放学归来,未未作画,画青草,用的却是蓝色的笔。妈妈问："为什么草是蓝色的呢？"未未答："因为这是魔法世界的草呀。"

末末最近热衷于创作连环画，起名《小鱼的旅行》。第一幅画：因为小鱼们从来没有见过外面，就创造了一个神秘通道；它们从海底的城堡里出来，要去旅行了。第二幅画：出发。太阳快下山了，已经落到帆船的帆那么高了，要是再低的话，小鱼一伸手就够到了。

亲爱的未未、末末，保持你们五岁的灵魂！永远都不要停止相信，因为相信的能力是人的一种宝贵资产，相信就意味着希望。

幼儿园里，长"生本领"

二〇一五年 八月十四日

一转眼间，你们就已经变成了复杂的小孩……那时，妈妈是孩子的宇宙中心；现在，孩子成了自己的宇宙的中心。

亲爱的未未、末末：

今天是你们的6岁生日，恭喜你们，又长大了一岁！

还有一件事，也要恭喜你们——这一年，你们从幼儿园毕业了！这意味着，你们完成了初入社会的体验，向着成为一个全面的人，又迈近了一步。

如今，你们在各自着迷的领域，都展现出了惊人的潜力。

末末喜欢画画，旅游到哪里，仅凭记忆就可以画出沿途所见，还常常画带有丰富情节的连环故事画；会搭超出自身年龄适配的复杂程度的乐高，摆弄积木和纸模时不思茶饭，有惊人的专注力。

未未喜欢问各种为什么，对世界充满好奇心；擅长聊天，常常冒出令人惊讶的哲理；也是个会把大人的话记在心里的姑娘，所有爸妈说过的事情，不需要说第二遍。

当然，在发展自己的个性的过程中，你们也有些方面仍有待进步。

未未依旧害羞，幼儿园老师反映，小姑娘遇到挑战的时候，经常说"不"，需要多鼓励才行。而末末依旧脾气急，在幼儿园无所畏惧，不管不顾。爸爸希望未未能像妈妈一样大方，妈妈则希望末末能像爸爸一样温和。

从两岁半起，爸爸妈妈就引导你们秩序管理，你俩现在对待物品，基本形成了良好的秩序习惯。去年启动了时间管理，要求你们按时睡觉，按时起床，按时吃饭，按时玩耍。今年，开始尝试情绪管理，希望你俩能更自如地应对生活的喜怒哀乐。不过，只能说种子已经种下，还有待进一步悉心培育。

回想起你俩初上幼儿园的点点滴滴，每一步都让爸爸妈妈泪中带笑。

从两岁半到三岁之间，在美国的乡野里，你俩度过了野孩子最后的快乐时光。为了把你们的心收拢，从入园前的6月份开始，爸爸妈妈就很费了一番心思，帮助酝酿上幼儿园的情绪。

先是给你俩看北大幼儿园的图片。未未看见滑梯，立马说："我要去幼儿园。"末末跑过来，妈妈问："末末，上幼儿园好不好？"末末摇头："不。"妈妈不死心："看，在幼儿园里小朋友能画画。"末末仍是摇头："我要在家里画。"

为了打动你俩，又带你们去幼儿园参观。末末在幼儿园里，发现了让妹妹高兴的方法：妹妹坐在小秋千上，自己卖力地推。接着，又发现了好多颜料和画笔，可以画自己喜欢的小汽车。于是勉强同意可以试试看。

妈妈给你俩每人准备了一个小袋子，可以往里面装自己喜欢的东西，装好了以后，特批可以拿去幼儿园。

然而，随着入园日期的临近，你俩还是不可避免地产生了"幼儿园恐惧症"。

妈妈：幼儿园里有好多好玩的东西。

未未：那些风景，我都看过了。五颜六色的小花和柳树，都看过好几遍了，小板凳也坐过了，玩具也玩过了。

末末：我不要去幼儿园，我要和妈妈在一起。

爸爸跟妈妈商量："未未、末末是把幼儿园当作一个新的公园，觉得已经玩够了，可以走了。需要给他们一个上幼儿园的新理由。"

那么，什么是上幼儿园的充足理由呢？

妈妈给末末画画，说："不去幼儿园，就没有新本领，妈妈就是因为去了幼儿园，才会画画的。"又说："妈妈去了幼儿园，才认字。有了新本领，才能周游世界，比如再去玩迪士尼和环球影城。"还说："你们不是最崇拜然然姐姐吗，你看，然然会那么多东西，不都是在幼儿园里学的吗？"

这个"本领说"似乎被听进去了。你俩很讲理，暂时没找到反驳的理由，就不吭声了。

就快入园了，有一次，末末在路上看车，一辆一辆疾驰而过，评论说："这些车上了幼儿园，长了新本领，有力气了，跑得快。"原来，前两天有辆车在路上趴着，末末问妈妈怎么回事，妈妈说："那个车没上幼儿园，跑不动。"——可怜爸爸妈妈，时刻不忘渲染幼儿园的好处。

终于到了开学那一天，爸爸妈妈心惊胆战地把你们送进幼儿园——时为 2012 年 9 月 10 日。

上幼儿园前夕，妈妈产生了过度的分离焦虑。爸爸不停给妈妈做思想工作：第一，幼儿对其他照看者的适应，比父母想象得要好；第二，幼儿已经知道，即使看不见的人或物，都还照样存在。

爸爸劝妈妈不要比孩子还焦虑。

到达幼儿园，老师说，孩子之前养成的习性很多都要被颠覆，他们再也不能为所欲为了，要学习规则和纪律，要和集体同步。爸爸心想：社会化进程这就开始了。

第一天，老师告诉爸爸：俩孩子是班上最小的，自理能力不强，比如吃饭、穿衣服、上厕所，都等着别人来管，需要回家加强培养。又跟妈妈报告：吃饭必须把未未、末末分开，不然，末末光抢未未吃的东西，而未未则会大叫。

第二天，你俩睡醒、吃饭、坐车，一路高高兴兴的，没有流露出不想去幼儿园的迹象。爸爸悄悄跟妈妈说:"孩子们似乎适应良好。"妈妈嘀咕:"奇怪呀,和别的孩子不一样,难道是因为有伴的缘故?"

结果,进了幼儿园的门,走到小班门口,一看见老师,未未不肯进去了,紧紧拽着爸爸,要爸爸抱,就这样在门口挣扎着。末末呢,早被老师牵着领进去了。

没有办法,爸爸只好自己抱着未未,进到教室。看见末末同学在擦手,已经准备和其他小朋友一起喝水了。爸爸想要放下未未,未未不住反抗,开始哭。老师强行把小姑娘接过去,让爸爸快走,未未登时大哭大叫。爸爸很不是滋味地离开教室,妈妈在门口魂不守舍。

这情形还算好的,幼儿园老师说,常见妈妈和孩子在门口抱着,对哭。

第三天,末未看上去似乎彻底过了这个曾被妈妈视为畏途的坎儿;送入幼儿园教室,甚至都不跟妈妈道再见,就一溜烟进屋去了。未未依然不想进去,要做工作,还会哭鼻子,但情况一点一点在变好:放学时,老师夸未未说了好多话,还跟老师聊天来着。

第四天,虽然用巧克力豆把两个宝贝哄出了门,但未未在路上就有点心事重重。到了幼儿园,爸爸故意带着小姑娘在院子里走了一段,在大厅里坐了一会,为的是平复紧张,但是没什么用。最后还是强行抱进去,又在小姑娘"我要出去"的哭喊中忍痛离开。

第五天,未未开始喜欢班上的雷老师,只要是雷老师抱,就在老师怀里害羞地笑,不大反抗地就被抱进去了。倒是末末,在车上不言不语,皱着眉头想心事。到了幼儿园,趴在妈妈身上不肯下来,妈妈做半天工作，给看吃的和玩的，都无济于事。最后妈妈也只好把末末强行交给老师，离开教室时，犹自听到清脆的哭声。慢热的未未开始慢热了，钝感的末末终于有痛感了。

第一周放假回家，周末假期结束的时候，考验又来了。你们央求爸爸妈妈："就去一次行吗，下次不去了。"未未哭诉："幼儿园里有大猩猩，我要去没有大猩猩的地方。"自从在环球影城看过"金刚"以后，未未就把自己不喜欢的东西一律称为"大猩猩"。妈妈只好告诉未未："小朋友长大了都得上幼儿园的。"未未一句话就把妈妈堵回来了："我不想长大。"

第二周，未未报告：幼儿园里，有的小朋友哭了，有的没哭。——原来这周班上又来了五个新生，一眨眼未未已成老生了。

你俩不爱上幼儿园这事，让爸爸妈妈摆脱不了焦虑，利用一切机会诱导。每次车到北大东门拐弯处，爸爸就赶紧说：爸爸在北大工作，你俩在北大上幼儿园，我们现在是同学了。于是未未同学表态说：我在幼儿园等着你俩来接我们俩。往常车一到这里，你俩就开始紧张；慢慢地，变得安心了。

9月下旬的一天，送到幼儿园门口，你俩再三叮嘱：要早点来接我们，别像昨天那样晚了。爸爸妈妈相视一笑，知道你们开始"认命"了。于是四个人一起念诵：敲敲蜗牛壳，早点接我们；敲敲蜗牛壳，早点吃饭和睡觉。（在《嘟嘟熊画报》上，嘟嘟熊拥有万能的蜗牛壳，想变什么就变什么。）

到了叶子飘落的季节，你俩渐有周末概念，知道要在幼儿园待五天，回家休息两天。

转眼又到了十一，爸爸问末末，在幼儿园快不快乐，末末毫不犹豫地回答："快乐！"爸爸又问未未同样的问题，未未看着窗外的风景，过了一会，也说："快乐！"

就这样，人总是会分离，总是要长大。孩子，和父母，都要进入一个新阶段了。

不久，老师向爸爸妈妈报告，俩宝会自己吃饭了。爸爸妈妈询问具体情况，未未说："我长'生本领'了。"（小姑娘把"新本领"叫作"生本领"。）

  爸爸：还是幼儿园好吧？可以长"生本领"。
  未未：午睡起来，我还会自己穿毛衣呢！

爸爸很高兴，不该顺嘴又说了句：你们长大了，爸爸妈妈就变老了。

  未未：不行，我们还没长大呢！
  未未：把大爸爸弄成小爸爸，把大妈妈弄成小妈妈，我照顾你们。
  妈妈：怎么照顾呢？
  未未：送幼儿园，长"生本领"。

妈妈：谁来幼儿园接爸爸妈妈呀？

未未、末末（争相承揽）：是我！是我！

未未：等我们变老、变小的时候，你们就变大了。

在天真的你们看来，父母和孩子是永远彼此延续的。

然而，一转眼，你们就已经变成了复杂的小孩，和刚上幼儿园的时候迥然不同。那时，妈妈是孩子的宇宙中心；现在，孩子成了自己的宇宙的中心。

不仅如此，你俩现在还结成一条战线，共同对付爸爸妈妈。六岁前的乖娃娃好像一下子变了，赖皮、捣乱、合伙做坏事……小姑娘学会了说："不不不，不不不，不不不不不！"小男孩则在爸爸妈妈试图管制时，对大人说："我不想见到你们两个人了。"

你们越来越罔顾大人的要求，并对大人提出自己的要求。比方，不想弹琴的时候，你俩会找出奇奇怪怪的借口。末末说："我头痒痒，没法弹。"未未的理由则是："我一弹琴眼睛就发抖。"当妈妈指出你们有毛病必须改正，就像小树有了坏枝丫必须剪掉一样，你们会接着说"大人也有坏枝丫"，然后一一罗列大人的不是。

你们开始要求大人好好说话。末末说："妈妈，你对我好好说话，我就对你好好说话。"妈妈："可你要是惹我生气怎么办？"末末："那你也要好好跟我说话。"妈妈："我跟你好好说话，你就能改正吗？"末末："能。"

六岁了，看来教育武库里的库藏不得不更新了。

你们比爸爸妈妈预料得更调皮，同时也比爸爸妈妈想象得更独立。这一年，你们学会了自己吃饭、淋浴、上厕所、穿衣穿鞋；可以跟大人徒步十几公里而不掉队；和人说话、打交道，也更加大方自如了。

同时，你俩却也变得越来越贴心。饭后大人刷碗，你俩会把饭桌上的碗筷一一端到水池里。爸爸发烧，妈妈给冲药，末末立马跟着妈妈，给爸爸把药端到床前，还像叮嘱小孩子一样，叮嘱爸爸喝药，爸爸感动得病好了一半。爸爸在书房工作，未未会体贴地给爸爸倒来她亲手调制的柠檬蜂蜜水，还告诉爸爸，一杯是酸的，另一杯比较甜，"尝尝哪种口味你更喜欢"。有一次，在各种照顾和体贴妈妈之后，末末自己高兴得唱起歌来："妈妈，你看我像个小大人吧！"这句话，是从哪儿学来的？

六岁生日的早饭，小男孩多要了个荷包蛋，说："我们生日这天是妈妈最辛苦的一天，所以我要送妈妈一个礼物，就是多吃饭，长胖！"小姑娘说："蛋糕里只有一个皇冠的话，妈妈戴，因为我们生日，妈妈最辛苦！"

这个月的月末，你俩该上小学了。爸爸问未未："你想不想上小学？"未未："我又想又不想。"爸爸："为什么？"未未："不想，因为小学有那么多作业；想，因为小学有那么多知识。"爸爸："你怎么知道小学作业多？"未未："然然姐姐老做作业。"

这一年的六一园庆，妈妈做志愿者拍照一上午，照片里，孩子们一个个真是可爱啊。很少从这个视角观察你俩，发现你们都挺乖，不善于自我表现，人群中不起眼的样子。

每个爸爸妈妈眼中无可替代的孩子，终究要学会独自面对生活，奔流入海，习惯自己成为这世间万千生命中的小小一分子。

每天你们坚持练钢琴，除了精进琴艺本身，也为了哥哥磨练情商，妹妹磨练意志，妈妈修炼耐心。想着法子督促你们把琴练好，妈妈创了一张练琴表，每天做记录，俩宝贝一起执行计划。随着钢琴课越来越难，未未开始出现畏难情绪。末末在一旁说："如果你放弃，你就什么也干不成。"

相互打气是这一阵子刚刚学会的。爸爸给末末买了一部乐高警车，适合五到十二岁孩子搭，对于末末来讲难度有点大。说明书已看得很好，但有时会左右搭反；另外就是力气不够，部件卡不紧，容易崩塌。周六，爸爸陪末末一起搭了半个下午，与此同时，妈妈带未未去跳舞。未未走前嘱咐道："爸爸，你要和末末一起玩啊，因为我不在，妈妈也不在。"又对末末说："安东西和跳舞一样，要坚持。"

除了钢琴、跳舞，也学唱歌。起初这是为了帮助妹妹克服胆小的毛病，后来发现哥哥嗓音挺好，就坚持下来，断断续续地唱了十个月。

就在今天，你们第一次在幼儿园以外的公共场合，登台合唱了一首《咏鹅》。妹妹出乎意外地大方，哥哥却有点心不在焉。不过你俩都说："以后再不怕登上舞台了。"

走过了爱的路，就可以走到其他路上

二〇一六年　八月十四日、十五日

未未：那我不认识回家的路怎么办？爸爸：回家的路只有一条，那就是爱。

亲爱的未未、末末：

转眼间，你们七岁了，生日快乐，孩子们！按照"惯例"，爸爸记录下这些文字，作为纪念。希望你们来日启封，还能记起走过的路。

未未有个口头禅："我想问个问题。"

小姑娘的问题五花八门，包罗万象："为什么末末一哭，鼻子和眼睛都是红的？""什么是茧？为什么毛毛虫会变成蝴蝶呢？""什么是浪漫？""为什么唐朝诗歌最多？""坏人生了小宝宝，也会像坏人吗？"

日常中，95%以上的问题是未未问的。偶尔，末末也会从自己专注的各种活动中抬起头来，问几个问题：

  末末：肥皂为什么能洗干净手？
  爸爸：因为里面有碱。
  末末：碱是什么？
  爸爸：是一种化学物质。
  末末：化学物质哪里来的？
  爸爸：地球经过多少亿年时间发展出来的。
  末末：那时间哪里来的？
  爸爸（摊手）：那只有问造小板凳的爱因斯坦了。

  你俩问的科学问题爸爸妈妈答不上来，就上网去查。末末很早就会指使："爸爸，这个你上网去查一下，再告诉我。"
  查到了答案，会不会通俗地解释则是另一回事。比如这个：为什么地球上有引力，到太空中好像又消失了？
  而科学之外的问题，无论如何只有张口结舌。

  末末：我为什么没有见过圣诞老人？
  妈妈：就像摩奇摩奇树只有有勇气的小男孩才能看到一样，如果你长成一个勇敢的小女孩，就能看到圣诞老人啦。
  末末：妈妈，那你小时候见过圣诞老人吗？
  妈妈：……！

关于未未和末末是怎么来的，爸爸妈妈一向是用小天使在天上飞呀什么的来搪塞。

爸爸：本来就一个小孩在妈妈肚子里，另一个非要挤进来。
未未：我们在天上就在一起。
爸爸：你们在天上也打架吗？
未未：我们是天使的时候不打架，成人了才打架。
爸爸：那为什么不能学习天使呢？
未未：因为我们是人啊。

然后，未未想了想，问爸爸："可是，有个问题，天使是从哪儿来的呢？"

心理学著作《两百万岁的自性》里说："正如所有的儿童都是天生的艺术家一样，他们也都是天生的形而上学家。他们提出的那些天真的问题常常具有某种深度，以至于即使我们花费毕生的精力进行研究也难以了解。"

未未：为什么我就是我呢？为什么我不是妈妈呢？妈妈为什么比我先生出来呢？姥姥又是谁生的？
未未：为什么时间一直向前跑、不停下呢？

未末：我还有个更好奇的问题——宇宙是从哪来的？地球又是从哪来的？在宇宙之前，世界上有什么？我和牛顿小时候一样，也有各种问题。你越给我答案，我的问题就越多。

如果说未未是个形而上学家，末末则是个艺术家。小男孩一刻也不停止对这个世界的观察，一上路就精神十足。如果坐在汽车里，会盯着窗外的车流或者风景看；如果是地铁，则会跪在座位上，面对窗外，与所有乘客保持相反方向。

爸爸心疼，想让小朋友休息一下，末末说："不行啊，不看风景怎么画画？"末末观察到的一切都会变成笔下的画。

爸爸因为常常不在家，为了补偿，承诺要单独带两个小孩分别旅行。于是在这个8月，兑现了对末末的承诺——去往美丽的广西。

进了三江，看到有名的侗族程阳风雨桥，末末就不肯往前走了，说这个风景对自己很重要。没有提前准备写生本，爸爸跟店家要来本子和纸，末末就画起来。一开始照着相机里的照片画，画不好，哭了。后来，经爸爸提醒，可以凭记忆和想象画，开启了自由创作以后，小男孩高兴起来，吹嘘自己：我是有画画天分的。

也曾问过小男孩理想，末末雄心勃勃地说："我长大以后，要当建筑师、厨师、桥梁师、画家、钢琴家，还有唱歌的……"妈妈道："这不是达·芬奇嘛！"

在学校里填心愿卡，必须把"理想"简化成"心愿"。那个有七八个理想的男孩，最后还是把"画家"排名第一了；而那个一度想当飞行员的女孩,决定要做"旅行家"。问末末为什么,小旅行家说,这是一个秘密,只告诉一个人。

小旅行家还考虑到:"我总是四处旅游,怎么赚钱呢?""我旅行的时候,谁管我的宝宝呢?""幼儿园的时候,我可以带着宝宝旅行,他们上小学了怎么办?"看来,得帮小旅行家写一个理想实现的行动清单了。

上小学以后,再带你们出去旅行,感觉不一样了。你们开始懂得欣赏一个地方的美,也开始对去过的地方产生留恋。

年初,深港之旅归来。在还没到北京的旅途上,末末说:"我喜欢生活在香港。"妈妈问为什么,末末答:"因为香港是个文明的地方。"

爸爸:香港人比北京人更讲规矩吗?

末末:对呀,香港人上公交车排队。

末末:而且上车和下车是两个门,不像北京,上去的人和下去的人碰撞。

末末:地铁也不一样,走道中间划线,不像北京,右边的人和左边的人碰撞。

末末:上下扶梯人都站在一边,好让别人快速通过。

末末:在北京,车在马路上从来不让人,上电梯的人不管下电梯的人。而且,进商场大门的时候,香港人都会用手把着门,看后边有没有人跟着进,后边的人会说谢谢。我在北京,也用手把着门,后边的大人就一个个进来,看都不看我一眼,更不会说谢我。

到家后,爸爸和未未、末末睡前聊天——

未未:我有一个问题要获得结果,获得不了就不能睡觉。
爸爸:什么问题?
未未:为什么生活在一个每个人都生气的环境中?

妈妈炒股,未未说会涨停,末末捣乱:"我偏要它跌停。"妈妈假装生气:"圣诞老人不给你送礼物了!"

末末大哭:"股票真的不是我弄的,涨停也不是未未弄的,跌停也不是我弄的,我哪有时间管股票的事……"

爸爸听闻大笑:"末末涉嫌操纵股市!"

每个圣诞节,小孩迷恋礼物,大人迷恋鬼鬼祟祟地把礼物买好,在你们睡着以后悄悄塞到枕头边。去年的12月25日,早上5:40末末就醒了,摸索枕边的礼物,然后叫醒妈妈,"我摸到了一个方方的盒子!"妈妈让末末再睡会,说什么也不肯,终于还是不到六点就起床玩妈妈给买的玩具去了。这一年,末末的礼物是"风火轮回旋赛道",未未的礼物则是"魔法植物"。

"妈妈,圣诞老人送我的礼物,购物中心也有,去年的和今年的我都看到过。""今晚圣诞老人全世界发礼物,他能忙得过来吗?"……

总之，你们还相信有圣诞老人，但是，已开始心存若干疑惑。

不知道今年遇到的，会不会是最后一个你们相信圣诞老人存在的圣诞节。

你俩疯玩起来，经常大人喊若干遍"来吃饭"都置若罔闻。爸爸为了把你们弄到餐桌前，发明了"火箭发射"游戏，就是下蹲、跳跃、举高、手触天花板。你俩很爱玩，但不知还能玩多久——因为你们越来越沉了。

爸爸很珍惜现在抱着未未的时光，因为很快就抱不动了。未未似乎也知道这一点，每次爸爸出门一回来，马上就扑过来、盘在爸爸身上。就连爸爸坐在书房里工作，小姑娘也会时不时跑过来，要么坐上膝头，要么攀上肩头。

末末在外边玩得高兴，对爸爸说："觉得出去到什么地方，都比北京好。"可回到家，马上赖着妈妈说："外面虽然好，可是家里也挺好。"躺在妈妈怀里，末末不晓得怎么表达高兴才是，便说："和妈妈在一起又温暖又幸福！"

不知道今年会不会是最后一个可以舒服地抱着你们的年头。你们从跳到爸妈怀里，到日后发条短信"老爸，老妈，你们好"，其实不过几年间。

很快，就会到无论爸爸妈妈为你们做任何事，都是做最后一次的时候。

爸爸不再陪你们编睡前故事了，妈妈不再给你们整理书包了，你们也不再大人说什么就是什么了。

末末已经开始质疑："妈妈，为什么你老能看手机，我们却不能老玩游戏呢？"未未会反问："为什么要早睡觉？"妈妈说："早睡觉身体好。"未未问："那你为什么不早睡觉？"

你俩的小学一年级一点不轻松，零基础入学，一开学，手忙脚乱。到了年级末，终于好多了：目标管理，列计划，培养好的学习习惯，似乎开始起作用了。

有时，爸爸妈妈还真有点佩服你们俩小孩，其实这过程中是要经历不少小挫折的，哭鼻子发脾气都有过。好在，都一一顺利克服了，也有带"一根筷子两个鸡蛋"回家的快乐作为补偿。

有一天放学回家，未未问："妈妈，你是怎么从小学、中学到大学，一路熬过来的？"末末也感慨："回到五岁就好了。"爸爸问："五岁有什么好？"未未说："那时在幼儿园，可以整天玩滑梯、荡秋千呀。"末末接话："最主要的是不用学习！"

爸爸忍俊不禁，想起有次从国外回来，问初中生然然需要什么礼物。然然姐姐连珠炮似的说：能给我买代做作业的作业机吗？能给我买让我回到小学的时光机吗？能给我穿越到魔法世界的任意门吗？爸爸登时哑口无言。

几乎每一个长大的孩子都觉得过去的时光更美好。其实小孩一旦开始这样想，就说明他们正在不可避免地长大。

你俩长高了,妈妈把两个小床拉长,变成了1.72米。妈妈最喜欢做的事情,就是在你俩肩并肩熟睡之后,拉着爸爸去视察。在爸爸妈妈像将军一样巡视完自己的"部下"之后,妈妈常常会说,我好想留住四人共居一室的时光。

一天,在早起要去上学的匆忙中,末末思考了一个深刻的问题:"妈妈,等我们都长大了,这里是不是就是你和爸爸两人的家了?"妈妈非常自欺欺人地说:"不是,我们永远是一家。"

爸爸:将来你们无论走多远都会想起妈妈。
末末:那我不认识回家的路怎么办?
爸爸:回家的路只有一条,那就是爱。

末末像个小哲学家,总结道:"走过了爱的路,就可以走到其他路上。"

小鱼、螃蟹肩并肩

二〇一八年　九月一日

大人发起火来像火山，好的时候像荡漾的湖水，湖面倒映着树的影子。

亲爱的未未、末末：

妈妈说，八年来生的气，还不如八岁这一年多。

八岁了，你俩进入空前闹人的阶段。俩人一忽好得如胶似漆，明明是亲兄妹，还张罗着搞"结拜"；一忽视彼此为寇仇，不再做那个漫长故事中总是肩并肩的"小鱼"和"螃蟹"。未未气急了会嚷嚷："臭螃蟹，烂螃蟹，没腿的螃蟹！"

说起来，"小鱼"和"螃蟹"这个称呼，来自末末创作的连环画《小鱼和螃蟹》。妹妹是小鱼，而哥哥是螃蟹。2016年秋日的一天，在维也纳街头，末末深情地对未未说，等我老了，请你叫我"螃螃"。

小鱼和螃蟹吵架的一幕，常常是这样的：

未未：每次都是你气我，我得忍着。一年三百六十五天，我都忍你八年了。

未未：你真是没事找事，我都不得安宁了，你快别说话了，让我安宁一会吧！

未未：别人不停地让着你，你也不知道别人的烦心吗？

未未：你再说！你再说！求求你，让我安静会吧！

真是经典的男女吵架场景。有一次爸爸出差，妈妈电话描绘说：两个人昨天中午吵架，未未还哭着说，我再也不想见到你了；到了晚上，又嚷嚷着，要和末末结婚。爸爸闻之大笑，听起来这不是和大人的婚姻一模一样？

同病相怜的爸爸妈妈面对这种场景，只能自嘲。

妈妈（对孩子们）：你们能安静点吗？

爸爸：你这是典型的对"牛"弹琴。

你俩都属牛。又都是狮子座，和妈妈一样。

妈妈：夜深人静的时候，看着两个小家伙挺好。

爸爸：只有夜深人静的时候才好。

妈妈：你懂的……

当爸爸不在家的时候，经常互相吵架的你俩，为了对抗妈妈，又会结成同盟军。

未未：妈妈趁爸爸不在，虐待我们。

末末：要不，我们就大声叫，让邻居知道，他们就报警了。

爸爸妈妈被你们这两个活宝弄得头疼欲裂时，不得不安慰自己：也许结伴长大的两个孩子，幼稚期比单独成长的孩子要长？

吵得多了，倒也收获了一条宝贵的教训：有时你俩打来打去，要忍着不去调解，等你们自行解决。

妈妈被你俩每天气得老发脾气，刚学会写小作文、造比喻的末末，形容妈妈"口吐岩浆"。爸爸总是不在，偶尔陪孩子一回，相形之下，就显得脾气格外好。可是某一次，妈妈因事回青岛，爸爸早起赶你俩上学，也不免失去了表面的温情脉脉，冲你俩又吼又叫的。未未嘟囔说："怪不得学校里没有几个男老师。男老师粗暴，说了还不许改。"

末末做过一个对比："大人发起火来像火山，好的时候像荡漾的湖水，湖面倒映着树的影子。"

爸爸对妈妈说，我们得多做湖，少做火山。

妈妈的痛苦在于：带两个人简直跟带千军万马一样。她也因此对爸爸很不满,用她自己的话说,不得不"披挂雌雄共体的盔甲"上阵,仿佛穆桂英,"一阵不到一阵折"。

累极了的时候,妈妈指责爸爸,爸爸还击,女儿和儿子立马站边,支持各自的"队友"。有一次,爸爸妈妈吵得厉害,爸爸大怒,摔了东西。

未未:妈妈像一匹受惊的野马。

未未:爸爸在反抗妈妈的暴政。

大人吵架多起来,你俩最大的担心是爸爸妈妈不相爱了。于是你们有时会私下悄悄给爸爸出主意:

未未:只有两个办法——一是不论妈妈说什么,你都不说话;二是她要是发脾气,就惩罚她。

未未:可是第二种办法到底怎么做,我们俩想了半小时都没想出来。爸爸你只好采用第一种方法了。

有时又会充当双方的润滑剂。回家路上,妈妈数落爸爸,爸爸恼了。姑娘在旁边急了,对妈妈说:"你忘了前两天我和你说的事了吗?"原来未未看到爸爸妈妈吵架,跟妈妈说:"你应该多体谅爸爸的辛苦。过两天我和爸爸也说说,让他也体谅你的辛苦。你们应该相互理解。"

有时则大惑不解：

　　未未：妈妈和爸爸吵得翻天覆地，现在两人又挺好的。我以后再也不听妈妈的话了，她说，我们仨今后要过苦日子了。

爸爸妈妈吵多了，你俩开始总结规律，分析得头头是道：

　　未未：你们两个人都认为自己的分工重要，没有自己就没有这个家了。
　　未未：爸爸都说自己不说了，可是妈妈还不停地说。
　　未未：妈妈翻老账，我去捂爸爸的嘴，爸爸拨开，接着吵。

　　妈妈承认："是啊，我和爸爸都太自我了，没有多从对方角度考虑问题。"未未像个大人似的评论说："吵架的时候就会被愤怒冲昏了头脑，忘记换位思考。"
　　不过，家中三头"狮子"，"公狮子"还是脾气最大的。妈妈叹息：上帝送你一个善解人意的女儿，有时候感觉遇到这么个女儿，也不知道是哪辈子修来的福气；但是上帝也会送你一个能把你气哭的儿子，他的优点和缺点都那么明显，仿佛是牛魔王派来修炼你的耐心的。
　　末末自己回忆："我就记得我五岁那一年，有一天没发脾气。我好怀念那一天啊。八年来只有一天没发火。"
　　末末的自制力有点差，遇到事情解决不好，往往陷入两种极端：

要么哭，要么闹。有一次，末末抹泪，妈妈问为什么，末末的回答让她哭笑不得："我哭，是因为我不知道刚才为什么不高兴。"

在家庭会议上，末末自我总结说："我觉得自己表现得不够好，原因是自尊心太强了，老容易急。"未未发言："你什么都要想着别人一些。如果忍不住脾气，想一下别人什么感受。"

小姑娘难过的时候，就会找妈妈，而且要到一个单独的空间里，不让爸爸和哥哥听到，和妈妈说说自己的心里话。妈妈一般会把未未抱到腿上认真听讲，谈话结束，妹妹就笑眯眯的了。未未说："每次我不开心的时候，就和妈妈来一次秘密对话，不开心就变开心了。"在年底，未未学会了写信给家人，强调"爱是一种力量"。

秋天开学，爸爸妈妈为你俩抢2017—2018学年第一学期选修课，末末抢到了《趣味经济学》，未未则是《经济联盟》。于是你们学会了用经济学的名词诠释爱：

未未：爸爸你在干什么？
爸爸：爸爸在签合同。
未未：签什么合同？
爸爸：投资。
未未：投资干什么？
爸爸：投资理财。
未未：投资妈妈最划算。

学了"趣味经济学"以后,你俩不仅掌握了新词汇,比如谈话中动辄冒出的机会成本、稀缺,还学会了新思维。末末对妈妈说:"你生了我们俩,虽然高成本,但也可能有高收益哦!"

你俩早就给爸爸起了昵称,全称是"大树",简称"树",英文是"tree tree"。妈妈被叫作"妈赖",你们自己则分别是"梨"和"樱"。爱编故事的末末会绕口令一般念叨:"有一粒种子,然后变成小树,小树变成小中树,变成中树,变成大树,变成大老树,变成老树,变成死树,变成树桩,最后入土。"爸爸夸道:"儿子总结了爸爸波澜壮阔的一生。"

其实说这一年光生气了,那是夸张,八岁这一年,你们也在一点一滴进步着。

九岁生日前,爸爸把你俩喊过来说,每年生日都要写一篇文章纪念,现在爸爸要搜集素材,这一年,你们有什么最大的进步?

末未:第一,樱的英语有很大的提高,从读最简单的 picture book 开始,现在能读 chapter book 了。第二,樱以前不敢和同学讲话,现在经常讲话了。

末末:我最大的进步,是脾气比以前好了,发火的次数少,小事都不发了,虽然有时候还发,不过是少数。第二,我更加心疼妈赖和树了。比方有天晚上，我看到妈赖皱着眉头，显得很累的样子，我就过去给她揉眼睛，揉肩膀。

其实，你俩做了很多让爸爸妈妈骄傲的事情。你们都被选入了学校的合唱团，因为团里女孩居多，末末还成了高音部唯一的男生。你们的环保漫画被科普杂志采用，挣到了人生第一笔稿费，专门去南锣鼓巷请爸爸妈妈吃雪糕。

一年来，爸爸妈妈最享受的，是你俩一起举办的家庭音乐会：钢琴袅袅，古琴渺渺，竖笛悠悠，二重唱娓娓动听。爸爸妈妈不仅连吃带喝，最后还有纪念礼物和转盘大礼包。这可比参观末末策划的家庭画展强多了，因为看画展，爸爸妈妈还必须买门票！

前年，你俩七岁生日时，爸爸预测，这一年可能遭遇最后一个你们还相信圣诞老人存在的圣诞节。果不其然，在去年11月的一次家庭会议上，末末主动提出要增加一个议题：到底有没有圣诞老人。在正式回答之前，爸爸先问你俩的看法是什么。

未未：应该是爸爸妈妈假扮的圣诞老人。

末末：妈妈给我买的圣诞礼物是我亲自在购物中心拍照的那个。

爸爸同妈妈说，到了给你们读爸爸预案文章的时候了。

于是,妈妈打开手机,朗读了爸爸写于 2014 年圣诞节的文章:《真的,圣诞老人是有的——孩子们,保持五岁的灵魂》。念完后,未未说:"果真是树瞎编出来骗我们的。"爸爸严肃地说:"像文章里所写的,这个世界上最确实的东西,是孩子和大人的眼睛看不见的。你大一点自然会明白。"未未说:"哼,我一点也不幼稚。我宁愿不知道没有圣诞老人。"

这样的话,爸爸妈妈会继续充满爱心地骗小孩,小孩就接着假装不知道圣诞老人是假的……

2017 年圣诞节,你们没有再盼望圣诞老人往枕头下放礼物,而是在自编自导的家庭圣诞晚会现场分拆了礼物。你们还头一回给爸爸妈妈也买了圣诞礼物,用的是两人一年做家务攒的 100 多元。

未未额外获得了一个礼物——一只小小的旅行箱,是期末数学考到一百分的奖励。爸爸解释用意:"旅行有三种意义:第一,交朋友;第二,长见识;第三,磨练意志。"未未问:"什么是意志?"爸爸答:"意志就是采取行动的能力,把事情做到底的决心。将来你们两个如果要找自己的公主或者王子的话,一定要和他们一起旅行一下。"妈妈在一旁笑而不语。

记得有一天,你们不知道从哪里学了两句夏威夷语,说给爸爸听,爸爸不懂,未未惊叹道:"爸爸去过那么多地方,也不懂这个吗?"

亲爱的孩子们,你们的世界注定比爸爸的更大。去了解这个世界吧——这是九岁生日时,爸爸最想对你俩说的话。

年中人与年轻人的冒险

二〇一九年 一月十日

梦就是一个饺子。长得好看,就是美梦;长得难看,就是噩梦。

亲爱的未未、末末:

一天中很幸福的时光,是在月光下散步。

到了晚上,人就会冒出一些奇奇怪怪的想法。末末问然然姐姐:"是不是人生好像一场梦?"然然:"如果是一场梦,你愿意继续睡着还是醒来?"末末:"我不要醒,我要一直睡。"然然:"如果亲人都在梦里,当然就可以把梦当真。"

散完步回家,未未说:"要树陪。"树是孩子们对爸爸的昵称。爸爸和未未说了一阵悄悄话,然后轻吻说:"晚安,做个好梦,梦见树。"未未回:"樱梦见树躺在樱的身边,对樱说:晚安,好睡。就好像樱在电视里看见樱在看电视。"樱,指的是未未自己。

某一天早上，未未起来告诉爸爸：

　　树树，我做了一个怪梦。我梦见我们班和末末班一起去森林里玩，忽然我们班同学都不见了，只剩末末班的同学，而且他们班排在最后一位的变成了一棵树。从这以后，事情就变得奇怪了。

　　我问这棵树，怎样才能回到我们班教室？它说只能去他们班。我想，去末末班就能找到我们班了，于是就跟着它走了，结果它把我带到一个大广场上，上到一座楼的最高层，看到一个机器，里面吐出写着"月球"的贴画。这棵树把贴画贴在我手上，我看到一个滑梯，就想从上面滑下去，结果反而飞上了天，一直飞到月球上。

　　到了月球上，不知怎么搞的，我开始越变越小，不得不去外太空医院。在医院里，医生给我贴上"纸片"贴画，我就飞到了纸片星球。然后我越变越大，又被贴上"铅笔"贴画，飞到铅笔星球。我就这样飞来飞去的，直到到达大树星球，在那里我越变越长。

　　在大树星球，我发现了树树的电脑，原来所有的贴画都在爸爸的电脑上！我的梦就醒了。

在这样的时刻，真的不知，何者为梦，哪个是真。
还有一天，小男孩末末在包饺子的时候出口成章：

梦就是一个饺子
长得好看，就是美梦
长得难看，就是噩梦

梦就是一架钢琴
响得好听，就是美梦
响得不好听，就是噩梦

梦还是一个冰箱
盛着好多食品
要是它们很新鲜的话
就是美梦
要是里面的榴莲臭了的话
就是噩梦

梦是一个花瓶
好看的就是美梦
不好看的就是噩梦

还是一幅图画
有好看的城堡

你就做的是美梦
要是有七扭八歪的树和房子
就是噩梦

梦也是一件毛衣
很软、毛线很多
就是美梦
毛又少又硬
就是噩梦

妈妈骄傲地说:"我儿子刚做了一首叫《梦是什么》的诗。"

末末说,如果人生像一场梦,梦醒的话,这个人就死了,然后变成另外一个人;而我就是我,不要变成另外一个人。

爸爸说,那我们都不要变成别的人,做梦也要在一起。

画归画,诗归诗,梦归梦。就像美梦总与噩梦相连,生活中一向有苦也有甜。

妈妈做了个对比:每天一早把小孩送进学校,感觉神清气爽,天高地阔;下午接回家,则要摩拳擦掌,严阵以待。

推行"素质教育"的小学,常常给家长打电话,开家长会,每天要家长督促孩子做数学、语文、英语卷子,检查签字,还要陪孩子体育锻炼,家长一个个都恨不能化身超人。

因为不写作业，末末今天被数学老师点，明天被语文老师找。妈妈追问小男孩为什么，末末说："我一做作业，脑子里就浮现出那些玩具的画面。看不见玩具的时候，玩具在我脑子就缩成一个小空间；可是我一看见那些玩具，这个空间马上变大了。"

挤占头脑空间的，除了玩具，还有游戏。末末从2015年年初开始玩《我的世界》，越来越迷。周末写语文作业不积极，妈妈只好说："写完作业，写字姿势好，可以奖励15分钟游戏。"于是，作业立马做得又快又好。

爸爸访学维也纳，带着你俩也去了。维也纳的小学作业很少，回国后，你们犯了学习逃避症。末末问了爸爸好几次："为什么那么多作业？"因为写作业被妈妈训斥，小姑娘哭着说："你给我找了一个爸爸倒挺好的，可是你自己不怎么好。"末末帮腔："妈妈在伤害我们的瘦小心灵。"然然姐姐撇嘴："爸爸，他们的汉语都这样了，你也不管。"

母亲节的饭桌上，末末对妈妈道歉："我记得，你哭过两回。一次是被我们气哭了；一次是被我们惹气了，我们做了礼物送你，你感动哭了。"

妈妈曾感慨地写道："有时候，谈不得宏伟大志，宏伟大志，闲人谈得多。只是，在这左看右看都是消耗的养儿育女里，一寸寸地前行，再前行。犹如什么呢？一点一点消耗，又一点一点积攒。"

爸爸想起小作家然然也曾说过的："在一成不变的平淡日子里，坚守一点点东西走下去，也需要莫大的勇气。"

总有某个时点，某个孩子会揭竿而起："我以后不要你管！"这时妈妈往往脱口而出："我巴不得不管你呢，以后你就自己管自己吧！"其实终究舍不得不"管"，虽然心里明白，迟早还是要放手。

这边厢，因为考试成绩问题，小男孩末末被妈妈训哭了，一边听着妈妈的唠叨，一边嚷嚷："你不懂我！"

那边厢，因为一些学习和交友上的不如意，小女孩未未哭诉说："这世界上没有一个人理解我。"妈妈问为什么，未未更伤心了："我不开心，你连原因都不知道……"

妈妈驾车送俩娃去游泳，不小心违规了，被警察抓了个正着。下次走在同一条路上，妈妈喟叹："一到这个拐角，就想起那个警察，我心里都有阴影了。"

> 末末接过话茬：妈妈，你深深伤害了我，我都没有阴影。
>
> 妈妈：我怎么深深伤害你了？！
>
> 末末：你卸掉了我的 Minecraft，扔掉了我的玩具，这么深地伤害了我，可我还是深深爱着你，你那点事情算什么阴影？
>
> 妈妈（无可奈何）：你不发脾气的时候像天使，发脾气的时候像魔鬼。你能不能多当天使、少当魔鬼呢？

另一个被大人常常视为天使的小女孩，也并不总是顺从的小绵羊。遭遇爸爸妈妈批评，小男孩末末常常一声不吭，跟没听见一样；

小女孩未未则相反，十分好辩，每件事都一定要说出个子丑卯酉。

——你总是指使我们干这干那的，你有什么权力？
——我们都不是小孩子了。有自己玩的权利了！

爸爸和妈妈面面相觑：看来，才九岁的你们，权利意识就已经早早地觉醒了。

拥有了权利意识的你们越来越难"管"，动不动就跟家长讲理。"这不公平！"是你俩最常发出的抱怨。

比如，为了赶上学，妈妈为你们制定了早晨各项活动的用时计划，妹妹马上提出异议，说冬天衣服多，妹妹的衣服可能比哥哥复杂，怎么第一项起床穿衣都规定10分钟，是不是要考虑公平因素……

末末一玩起来就不管不顾，爸爸妈妈喊多少遍都没用。早晨出门时间紧，妹妹很生气，训斥末末说："你把妈妈气死了，妈妈出世界了，就剩下爸爸，你就是一根草！"末末一声不吭。妈妈对爸爸说："看，女人就是爱唠叨，而男人根本听不见。"

英语里有个说法叫"直升机家长"，形容家长像直升机一样整天盘旋在孩子周围，关注他们的一举一动，随时准备"降落"，提供指导或帮助。爸爸妈妈不愿做这样的家长，想带出具有高度自尊的、独立的孩子，所以凡事不喜欢诉诸专制，而是希望得到孩子的倾听、尊重和信任。

既然小孩有了权利意识，父母就得承认这种权利，承认儿童有权被认真对待。于是，爸爸妈妈采取了定期召开家庭会议的方法，大人和小孩一起讨论生活当中的种种规则。

爸爸妈妈先通气，最近俩小孩又有什么问题需要正视了，拿出一个问题清单后，爸爸就提议开会。

会议通常在周六的下午进行，妈妈会准备好吃的点心，末末负责给大家做柠檬水。会前一般先由爸爸向所有家庭成员轮流征集议题，大人有大人的议题，小孩也有小孩的议题。开会时，在爸爸主持下，对每个议题依序讨论，人人都可以发言，但必须听别人把话说完之后，轮到自己才能发言。如果有新的议题，也可以随时举手要求补充。

结果，会议常常开成这样：爸爸妈妈想纠正你们的不足，可你们也提出爸爸妈妈的一堆不是。不过，不管是谁的毛病，最终都还得落实到解决措施和规则制定上。

有些规则由爸爸妈妈主导制定，但必须向你们解释，因为你们需要明白每条规则背后的原因。有些规则你俩积极参与制定，可以说出自己的想法并加入决策，爸爸妈妈不能以"都是为了你们好"的理由，而把自己的想法强加给你们。规则也不是一成不变的，在互谅互让的讨论中，四个人也可以达成一致意见，在适当的时候修改规则。

为了开好家庭会议，爸爸解释了一通什么是权威的父母、什么又是专制的父母。权威的父母是严格而温暖的，而专制的父母是严格又冷酷的。权威的父母鼓励双向的交流，专制的父母只允许单向的沟通。权威的父母倾向于使用非惩罚性的措施，相信结果会自然发生；专制的父母专注于惩罚错误的行为，以防止未来再犯。权威的父母允许合理范围内的自由，鼓励自主性和独立性；专制的父母相信最好在行为和心理上对孩子实施完全控制，保证他们毫无疑义地服从……

说了半天，你俩发言说，爸爸不会安慰人，只会讲道理。

若干家庭会议开下来，末末在家庭内部划了一条代沟："我和未未是年轻人。"

爸爸：那爸爸妈妈是什么人？

末末：你们是年中人。

爸爸大笑：很好，听上去比中年人感觉好多了。

前阵子，你俩和新结识的两个小伙伴，自编自画了英语连环画 *The Shapes*。创意来自末末，描绘了四个小孩结成团队，共同闯荡世界的故事。四个图形各代表一个小孩，三角形是末末，菱形是未未，还有两个，是方方和圆圆。

翻过这一季又一季的故事，爸爸忽然觉得，爸爸、妈妈还有孩子们，也像是共同探险的小伙伴。世界还很大，探险很好玩。

妈妈：将来你们两个长大了，离开爸爸妈妈，我们想你们怎么办？

末末：没关系,我会和妈妈住得很近,常过来看你。

妈妈：末末呢?

末末(支支吾吾)：我可能会住得很远。

妈妈：为什么呢?

末末：我可能住在海里……我要执行任务,你也不能常来看我。

支撑探险的是梦想。末末这阵子狂迷《海底小纵队》,到海洋馆去玩,他是当仁不让的导游,几乎叫得出每一种海洋生物的名字。

末末：我特别想当海洋生物学家。这件事很普通,但是很难。我长大后,如果我的梦想实现不了,我就生个孩子;要是梦想实现了,我就不生孩子了。

妈妈：为啥啊?

末末：梦想实现了,就总是要在海底执行任务,无法接送孩子上学啊……再说,我不能让他在海底的舰艇里写作业,摇摇晃晃的……

小男孩立志说,长大后,如果不做海洋生物学家,就要做"海底小纵队"里的"兔兔兔",负责开发小纵队使用的各种舰艇,要把童话里的各种舰艇制造成真的。

迷上舰艇以后,末末自己到网上百度视频教程,在家里制作了一堆船模,"泰坦尼克号"和"亚利桑那号"都到了以假乱真的地步。妈妈苦笑:"学任何一个科目,要是有这种精神,就不用大人愁了。"

一个要在海上跑,另一个则要在天上飞。小女孩未未的梦想则是发明飞车。在华盛顿的航空航天博物馆参观莱特兄弟展厅时,小女孩说,要把莱特兄弟挤掉,换成"樱梨兄妹"!

然而,作为未来的发明家,有一天,未未却惆怅地说:"人类永远也发明不出来一个东西,就是能讲出死亡感觉的东西。"

而就在一年以前,你们对死亡都还没有概念。那时候,末末在作文里写《我的妈妈》,童言无忌:

等妈妈死了,给你立个墓碑,上面刻上我的作文:妈妈的眼睛像黑葡萄一样,那么诱人。妈妈的鼻梁高高的,她的嘴巴大大的,牙齿很白,但不是珍珠那么白……

现在九岁了,你们开始对时间敏感——一个天天想着把时间放慢,一个据说要发明把时间拉长的办法。

爸爸心里却想着,孩子,其实就是时间最好的刻度。

听大人讲话,未未总是不停地问两样东西:为什么呢?然后呢?然然姐姐回答说:没有为什么,你长大了就知道,这个世界有很多事情是没有答案的。

有一次,然然姐姐以一副过来人的口吻对弟弟妹妹叹气:"小孩子啊。以为被爱是最理所应当的事,眼里装不下一点悲哀的影子。"姐姐恐怕小瞧了九岁孩子们的问题。比方末末的这一问:为什么故事里没有美小鸭,长大后变成丑天鹅?

不知何时,从哪里,未未抄了这么一段话,放在自己的作业夹子里:

> 曾经拥有的,不要忘记。不能得到的,更要珍惜。属于自己的,不要放弃。已经失去的,留作回忆。

有一天,未未兴高采烈地扑到爸爸怀里:"树唰,樱好高兴。"爸爸问:"为什么高兴?"未未漫不经心:"高兴不需要理由,伤心才需要理由。"

又一天,未未看到了为了某个理由伤心的爸爸,轻声劝慰道:"爸爸你养我,是为了在伤心的时候能跟我说话吗?"

那一刻,你觉得一切冒险都是值得的。

镜子里的好朋友

二〇二〇年 一月

只需要做好自己,该喜欢你的人,自然喜欢你;而如果非得展现什么才能留住对方,那等于是把交朋友当成应聘考试了。

亲爱的未未、末末:

爸爸出国访学数次,你们换了好几所小学,老是在适应新环境,致使交朋友出现了问题。

找不到朋友的小孩让爸爸妈妈心疼。那可能意味着,独自坐在秋千上发呆,在小滑梯下郁郁寡欢,或者,一个人玩七星瓢虫和树叶。也让爸爸妈妈脑海里闪过,操场上的孤独身影,和放学路上踽踽独行的步伐。

未未小的时候,胆小、敏感、内向、善良,不善交际。有时候不喜欢小伙伴的做法,但又不敢直说,怕说了人家就不理她了。回家和妈妈倾诉，妈妈便开导说：真正的朋友不是靠委曲求全得来的，你可以直接说出自己不喜欢这样，但可以用委婉礼貌的方式。

爸爸认为妈妈说得对。抱着一种刻意的目的去寻找朋友，总是不可取的。你要成为你自己希望的样子，做自己愿意成为的人，而别人喜欢不喜欢，并不重要。只需要做好自己，该喜欢你的人，自然喜欢你；而如果非得展现什么才能留住对方，那等于是把交朋友当成应聘考试了。

所以，很奇特的是，交朋友反而需要有很强的自我（准确地说是建立自信心）。

在去寻找朋友之前，首先要喜欢自己。想一想你喜欢自己哪些地方。当你对自己感到舒服时，招人喜欢的优点就会从你身上闪现出来。你并不需要为对方超前考虑，也不需要根据对方的需求来改变自己。

归根结底，你所交到的朋友，是本来就喜欢你的人。

然然姐姐的总结很精辟：交朋友只需要适当的真诚和勇气，一点点缘分，还有做你自己。

末末的问题出在另一方面：常常因为一些别人不在意的事情就不开心了，但又不善于表达自己，因此容易被人误解；而越被人误解，心里就越着急，变得易怒和反应过度，久而久之，就给人留下不好相处的感觉。

末末为此也很苦恼，问爸爸："我是不是和一般的人不一样？我觉得自己有点奇怪，达不到正常人的情商要求，和老师、班里的同学有些合不来。可是别人都把我当正常人看，所以他们看到的，就是一个容易因为小事生气的小孩。"

时间长了，末末开始感到自卑，甚至在家里也觉得自己得不到承认。爸爸意识到，末末的交友问题只是个表象，实质是，你们到了树立自我概念的时候了。

根据人本主义心理学家卡尔·罗杰斯的说法，自我概念是由三个不同部分组成的。

　　理想的自我：你想成为的人。
　　自我形象：你如何看待自己，包括你的身体特征、个性特征和社会角色等属性。
　　自尊：你喜欢、接受或重视自己的程度，这可能受到许多因素的影响，包括别人如何看待你，你认为自己与别人相比如何，以及你在社会中的作用。

这里面的关键在于，我们的自我概念并不总是与现实完全一致。一个是你对自己的看法（你的自我形象），另一个是你希望自己是谁（你的理想自我），当两者之间出现落差时，自我概念就会不协调。而这种不协调，就会对我们的自尊心产生负面影响。

这种不协调，常常源于童年的时候。当大人对孩子的爱，附加了条件时，比方说，如果孩子只有通过某些行为达到他人期望，才能"赢得"爱，他人也才会对他们表达爱，那么，孩子就很可能生成一种扭曲的印象，觉得自己不值得被爱。

与之相反的，是无条件的爱，它有助于促进自我概念的一致性。经历过无条件的爱的孩子，没有必要为了确认别人会爱他们、并接受他们的样子，而不断扭曲自己。

正如罗杰斯所说：儿童的自我概念中掺入了虚假的因素，并非基于他们的本来面目。他们可能在评价自己时，迎合他人的标准。为了防止不协调状态的发生，唯一的办法就是给儿童"无条件尊重"，儿童无论做什么，都可以得到尊重。

这要求大人相信并奉行"爱的法则"：如果得到了正确的爱，得到了足够的包容与耐心的接受，那么，每个人都会自发成为更好的人。究竟什么是"正确的爱"？其实很简单：如果我爱孩子，就接受他本来的面目，而不是要求他成为我希望的样子。

你们已经过了十岁，正是确立完备自我概念的年龄。

当然，从出生的那一刻起，通过触摸自己的脸和身体，或通过踢和抓东西，你们就开始认知自己，认知自己的行为对世界的影响。但是，要到接近两岁，自我意识才缓慢形成，使你们能够从他人的角度反观自己。一个重要的迹象是，你们第一次在镜子或照片中认出自己。

根据爸爸的记录，你们在两岁之前，一直使用第三和第二人称称呼自己,"你"和"我"没有彻底分开,基本是混用的。但渐渐地,"我"多了,"你"少了,直到完全用第一人称指认自己。

在你们三岁左右的时候,自我意识的另一种体现是,你们声称某样东西归自己所有——"这是我的!"这一声叫喊,是你俩许多争端的起源。爸爸曾在当时的日记里感叹:小孩学会分享真是不易。爸爸还开玩笑地总结了所谓"幼儿财产法则":

如果我喜欢它,它就是我的。
如果它在我手里,它就是我的。
如果我可以从你那里拿走它,它就是我的。
如果我不久前还拥有它,它就是我的。
如果它是我的,它决不能以任何方式显示是你的。

其实这是因为,当时你们正在建立自我感,往往把所有物看作自己的延伸。幼小的你们会认为,如果有人把自己的东西拿走了,那个东西就要不回来了;或者,那个东西就会发生某种程度的变化。随着年龄的增长,同理心和对其他人感情的理解才会慢慢浮现。

爸爸还注意到,在你们三岁的时候,会主动弥补错误的行为,也会为自己的行为感到骄傲;反之,对自己所做的事情感到不高兴时,则学会了躲起来。尴尬、自豪、内疚和羞愧等情绪的出现,也表明你们正在发展自我意识。

这样回忆起来,你们关于自我的想法和感受——也就是自我概念——从三岁左右已然浮现。而随着时间的推移，这些描述和评价变得越来越复杂。到八至十岁的时候，你们就对自己的个性特征和性格有了一个相对稳定的想法，也开始感受到自己是不是一个有价值和能力的人。

你俩共享许多的DNA，又一直相伴成长，却越来越显现出迥异的个性。有时，爸爸妈妈不免感叹，孩子与孩子真不一样啊！甚至会疑心：一个孩子的自尊心是不是太低了，而另一个是不是又太高？是不同的自我形象导致的吗？拥有适度的自尊心有多重要？或者说，这种适度的自尊存在吗？

一种理想的情形当然是，当孩子看着镜子里的自己，会发自内心喜欢看到的这个人，并认为这个自己是一个能够做出成绩的人，也是值得爱的人。

很多时候，父母其实就充当了孩子们的"镜子"。没有人可以一直装出快乐的样子，但父母的不快乐可能会转移到孩子身上，因为孩子把父母作为自己感受的一面镜子。每个孩子都是敏感的观察家，会透过表面看到内里的一切。如果父母忧心忡忡，就无法带给孩子们好的感觉。

所以，作为父母，需要保持警醒，时常擦亮自己的"镜子"。

爸爸妈妈相信，孩子的自尊心是后天获得的，而不是先天继承的。某些行为模式和性格特征，如愤怒和恐惧，是每一代人从上一代人身上学到的。生养孩子这件事，既让我们有机会成为自己期望中的父母，又迫使我们时刻反躬自省：在实际情况中，我们果真做到位了吗？

亲爱的未未、末末，你们长大的过程，也是心灵发展的过程，是追寻理想的、积极的自我形象的过程。这个过程不简单，很麻烦，爸爸妈妈看着你们挣扎，自己也感到很痛苦。一出现麻烦的迹象，我们就想跳进去解决问题。

其实，爸爸妈妈应该对抗这种冲动。积极支持孩子们的能力，要比突击救人更有好处。有时，让孩子们面临失望和失败——违背父母的平常心——反而能给孩子们带来令人满意的自我效能感（心理学家将自我效能感定义为，使用适当的策略独立完成一项任务或挑战的能力）。

自尊是小孩通往一生的心理健康和社会幸福的护照。在所有的年龄段，你们对自己的感觉都会影响自己的行为。想一想，当你们对自己感觉非常好的时候，可能发现更容易与人相处，并对他们也感觉良好。所以，我和我的朋友的问题，本质上是我和我自己的问题。

孩子们，要学会"与自己做朋友"。这听上去或许有点奇怪，但它并不来自悲观主义，或是担心自己被抛弃。相反，它来自对自主权的庆祝和对自我主张的培养。把自己当朋友，你们会听到有一个"自我"在和你对话，脑海中有个小声音——在爸爸带你俩看过的《相约星期二》里，它被莫里教授形容为"肩膀上的小鸟"——在帮助自己做决定，有时这意味着说"不"，哪怕其他人都希望你说"是"。

就像《小王子》中所说,"本质的东西是眼睛看不见的"。"自我"看不见、摸不着,它到底如何存在?

其实,它一旦露面,就到处显现它的身影。

爸爸在你俩美术课上画的《身份识别思维导图》上看见了它——未未描画了家庭、友谊与植物,末末勾勒的是绘画、设计与游戏。

爸爸在你们的自画像上找到了它——美术老师布置题目的时候说,觉得自己是啥样,就画成什么样子——末末把自己画得像个小小的冒险家,打着"充满干劲的"和"有创造力"的印记,一只螃蟹从左肩上探头探脑,仿佛莫里教授说的小鸟,每天都在问:你今天珍惜生活了吗?而小熊则停留在未未的右肩上,熊主人带点好奇与嘲讽地打量着世界,她希望开心、积极、有智慧、富于同情心地在这世上活一回。

爸爸也在你们记下的片言只语中体会了它——

"这是我们的家 / 家里有爸爸妈妈姐姐和妹妹 / 我们幸福地生活在一起 / 就像一窝亲热的鸟。"(末末七岁时写的诗,题为《我们的家》)

"她可以相当好地保守一个秘密,她还有一种沉默同情的力量。这意味着一个人能知道你不高兴,并且因为这个格外爱你,而不是一直缠着你,跟你说她多么为你难过。"(未未十岁时喜欢上了《铁路边的孩子们》里的伯比,这是对这个懂事的小姑娘的最好描述。)

爸爸妈妈知道,每个人内心的世界都和外面的世界一样大,只是很少有人真的体察它的存在,甚至是身边的家人也会忽视。

孩子们,哪怕你们只有十岁,自我也是一个完整的世界。里面的世界时而与外面的世界对峙,时而想与外面的世界融为一体。

但这样的自我常常会被困在里面,只有当外面的世界理解并与之同感时,自我才会向外伸出援手。自我需要成长,就像身体那样。它也需要食物和住所,需要被关心和被尊重。

教育家安妮玛丽·罗珀以寓言般的笔法描绘"自我":

"不要再评判我,评估我,将我归类。我是一个谜,并将继续是一个谜。如果你囊括我,我们可以一起跳舞。如果没有,我就会萎缩,被打成残废,蜷缩在角落里。我的感情的力量将不会减弱,但如果没有出口,它们可能会以破坏性的方式爆发出来。"

是的,孩子们,"自我"就是如此复杂和神秘。

回望你们信任、渴望的眼神,看看你们,是如何看着我们,期待着来自爸爸妈妈的安全和安慰、无条件的爱和真正的同情心。在你们的眼里,总是可以看到如此深刻的感情,如此渴求成长,如此有创造力,如此充满对生活的热情。可是如果再仔细看,眼神里也有不确定、疑问、恐惧、愤怒、嫉妒、不信任……

看着你们的眼睛，爸爸妈妈多么希望能够读懂它们的话，多么希望看到那扑闪的光亮——仿佛在对爸爸妈妈说，我相信，你们能帮助我发展，让我知道我是谁，我想成为谁，以及我注定要成为谁。

亲爱的未未、末末，好好地发展你们的自我吧。你们注定要以某种方式生长，就像花和所有生物一样。

有时，花朵甚至在坚硬的岩石之间坚持生长。它们的生命力可以使它们在意想不到的地方生长。然而如果不加以精心培养，它们就不能很好地绽放。

有时，它们会变得残缺不全，不快乐，不充盈。但其他时候，坚持不懈的力量甚至可能会将岩石移出原来的位置。

这是世界上最伟大的戏剧。

七色彩虹一样的情感

二〇二一年 八月十四日

如果把情绪比作一条变幻莫测的龙,爸爸妈妈也绝不是"驯龙高手",那么,怎能够要求小孩一直保持心情平静呢?

亲爱的未未、末末:

又是一年生日时,孩子们,十二岁快乐!今天,爸爸想同你们聊一聊,关于我们的那些捉摸不定的情绪。

记得爸爸妈妈和你们一起去看《头脑特工队》的时候,还以为那就是一部给小孩看的动画片。然而,坐在电影院里,看到情绪小人在头脑中辛勤工作的场景,爸爸突然意识到,保持头脑控制中心的秩序好难啊。谁都难以避免情感上的困境——遭遇生活突然崩塌的时刻,陷入备受打击后的愤怒,或是领受不情不愿也会袭来的忧伤。

一部好的电影,是让每个人都能在其中找到自己。这不仅仅与孩子有关，而且与成年人有关，因为即使作为成年人，我们也难以识别和表达自己的情绪。尤其重要的是，我们也做不到时时处处很好地控制自己的情绪。

如果把情绪比作一条变幻莫测的龙，爸爸妈妈也绝不是"驯龙高手"，那么，怎能够要求小孩一直保持心情平静呢？

作为父母，我们都想做一个温暖的、参与孩子生活且充满爱心的爸爸或妈妈，但这样其实还不够。我们还需要充当孩子们的情绪指导。情绪训练是养育快乐、有灵活性和良好适应能力的孩子的关键。

青少年生活充满了情绪：五岁的时候怕黑，上小学时胆小到不敢在课堂上发言，中学时一到考试就紧张——如果没有学会管理好自己的情绪，生活注定难以平静。而且，一开始若处理不好小小的情绪，日后可能会产生大麻烦。是否能够应对生活的起起伏伏，决定着你们将来的学业成就和社会成功。

懂得如何调节情绪包括很多方面：比如，能够忍受一些困难的感觉，好比失望之类；在自己需要的时候，知道如何寻求支持；在各种社交场合中，做出适当的反应。你们如果掌握了这些技能，可以在操场上表现得更好，课堂上也会更加专注；遇到冲突，也能够用建设性方式加以解决。

而不能控制情绪的表现，是发脾气、哭、惊慌失措、打碎东西、把怒气撒在别人身上、发牢骚、抱怨、怀恨在心，等等。有时发作出来，有时"窝在心里"——沉默、无视周围、拒绝参与、被动地关闭自己，以及陷入消极状态中。打个比方，前一种好似到处点火，后一种仿佛"泼洒黑墨水"。

现实生活中，对所有人来说，管理情绪可能都很艰难。为了逃避这一点，很多人就会幻想，要是由别人来承担责任并收拾残局就好了。比如有时候，接收了错误信号的孩子们，可能会真的认为他们无法处理自己的情绪，需要大人帮助他们解决一切。这无疑是可悲且毫无益处的。

那么，我们到底要怎样做，才能处理好自己的情绪呢？第一步，是先要认识情绪。

你们有没有注意到，在《头脑特工队》中，负面情绪——忧伤、愤怒、恐惧、厌恶，共计四种——大大多于正面情绪（只有一种，即快乐）？

其实电影里总结的五种基本情绪，来自心理学家罗伯特·普鲁契克的"情绪之轮"（Wheel of Emotions）理论。这个理论说明了八种基本情绪（快乐、信任、恐惧、惊奇、悲伤、期待、愤怒和厌恶）及其相互联系的方式，包括哪些情绪是相反的，哪些可以轻易地转变为另一种。只是为了便于小朋友理解，《头脑特工队》剧组最后将八个基本情绪缩减为五个，才有了电影里那五位独立思维的情绪小人。

除了了解情绪的类型，还要知道，情绪是相当普遍的。不仅人类，所有动物都拥有情绪，情绪是动物为个体生存发展出来的一种本能反应，一种基本适应力。它的显现，甚至先于我们的语言。

你是否曾经感到过强烈的情绪，却不知道怎样将自己的感受转达出来？无论大人还是小孩，都时常有这样的时刻。比如，大人可能经历了艰难的分手，却难以处理愤怒、忧伤、悲痛和其他情绪的混合；小孩可能被大人冤屈了，或者觉得遭遇不公平的对待，由此产生深深的痛苦，而同父母又说不清道不明。

有时你甚至无法分辨，到底什么样的情绪在主导自己。

要弄清这一点，就要经历两个阶段的过程，首先是自我开放、向外敞开，然后是学习如何与他人谈论自己的感受。但是，考虑到人们常常在身上披盔戴甲，以便将情绪巧妙隐藏起来，要感知真实的感受，通常是很大的挑战。

爸爸想和你们说，我看《头脑特工队》，收获可能比你们大。我得到的主要教益是，矛盾的情绪可以协同工作。

这当然可能是因为爸爸比你俩年长得多。你们十二岁了，在爸爸眼里是年轻人了。与年轻人相比，年长的人更有可能同时经历看上去十分矛盾的情绪，比如，在快乐中夹杂悲伤，因为意识到快乐总有结束的那一刻。年轻人则更容易沉迷于事物光鲜的表面，就好比然然姐姐说，年轻时谁会注意盛宴后的杯盘狼藉，好戏散场时的孤独寂寞？

听上去有点悲凉，但年长者的这种情绪状态好不好呢？不一定坏，除了情绪的复杂度更高以外，年长的人由于知道失去的可能性，通常比年轻人更幸福，情绪上也更加稳定。

当然这个事情也不绝对。《头脑特工队》的主角是十一岁的女孩莱莉，她拥有快乐的童年，但父母搬家，使她感受到难以言表的失落，金色的回忆逐渐染上了悲伤的淡蓝。

当我们对过去的情感喜悲交加时，我们常常把这种感觉称为"怀旧"。一个小朋友也会怀旧，也会拥有矛盾的情感，就像未未前两天告诉爸爸：读《哈利·波特》读到第五部的末尾，开始又高兴又难过，第七部尤其如此。

这说明，小朋友在十一二岁的时候，已经开始品尝人生的滋味了。爸爸的孩子们，从然然到未未、末末，你们都和爸爸说过："我不想长大"。其实长大有长大的好处：幸福的片刻可能会很快结束，这令人悲伤，但同时，也使我们可以更加欣赏和珍惜幸福的一刻；情感成熟的人不那么容易焦虑、沮丧和愤怒，他们往往更容易获得情感的满足和生活的安宁。

所以，让爸爸现在谈谈《头脑特工队》给我们带来的关于情感生活的三个主要见解，或许以你们现在的年龄，还不能悉心体会。但我们一起看书，一起看电影，就是为了一起成长，所以让爸爸把自己的体会也分享给你们。

第一个见解：幸福不仅仅是快乐。

电影开拍时，快乐的情绪"乐乐"（Joy）控制着莱莉的头脑，她的首要目标是确保莱莉永远快乐。但到电影结尾时，莱莉和观众们都知道,生活不只是无限积极向上,在此之外的东西,还有很多很多。实际上,在电影的最后段落中,当 Joy 将控制权移交给她的其他情绪同伴,尤其是忧伤的情绪"忧忧"(Sadness)的时候,莱利似乎获得了更深层次的幸福感。

这和许多领先的情绪研究者对于幸福的观察一致。幸福可以定义为"对快乐、满足或积极生活的体验",它让人感觉自己的生活是美好的、有意义的和有价值的。因此,诸如快乐之类的积极情绪绝对是幸福秘诀的一部分,但它们并不是全部。

如果承认生活中既有光明也有黑暗,那么我们就会发现,积极情绪并不适合所有的情况。我们的情绪具有适应性和功能性作用,有助于我们适应新的挑战和机遇,所以人们会在适当的时候感到兴奋快乐,但也会在适当的时候经历负面情绪——愤怒会动员我们克服障碍;恐惧使我们警觉到威胁,并准备好要么战斗要么逃跑;悲伤是我们遭受损失时的正常反应:它们各有各的用处。

归根结底,快乐只是幸福的要素之一,幸福可以由多种情绪混在一起组成,甚至包括悲伤。这样看来,影片主创人员选择了"Joy"而不是"Happiness"作为唯一一种积极情绪的名字十分明智。

在生活中,情绪多样化的或是正反两种情绪都丰富的人,其心理健康状况往往更佳。感受多种特定的情绪,在遇到事情时,能够帮助我们掌握更详细的信息,拥有更扎实的视野,从而做出更好的行为选择,带来更大的幸福感。

所以,影片中,当莱莉最终承认,搬到旧金山对她来说很艰难,这个时刻，对莱莉和她的家人来说，都是至关重要的情感课。这一发自内心的、对消极情绪的承认，使她与父母更加亲密，沟通也更加畅达。

第二个见解：幸福不可以强求。

大多数人都想要幸福，追求幸福似乎是天经地义的。小朋友也不断接收到一种信息：如果自己一直不开心，那就是哪里出了问题。

虽然幸福有助于我们追求并实现重要的人生目标，然而，过度执着于追求幸福并不总是健康的，甚至可能使人疯狂。这是因为，大部分人会为幸福树立一个高标准，而当这个标准得不到满足时，就会感到苦恼。而且，当设定的幸福标准越高，为体验幸福付出的努力越多，似乎就越难梦想成真，越容易倍增失望。严重的话，就可能导致心理健康问题，例如抑郁症、躁狂症等。

在电影里，莱莉试图强迫自己变得快乐，但这并不能够帮助她应对生活中的压力和转变。实际上，这不仅不能带给她幸福，还使她对父母生气，感到孤立，以至于决定离家出走。那么，对于莱莉（以及我们其他人），更有效的策略是什么呢？

我们必须先有一个排序，就是列出自己认定的"幸福清单"，看看哪些是应当优先考虑的；因为幸福是有时间和地点的，它的体验常常与具体的情境相关——这样想了之后，就可以有意花更多时间来享受我们真正喜欢的事情。对于莱莉来说，那是冰上曲棍球，与朋友共度时光，与父母四处闲逛。

不过在这里，至关重要的是，将积极的选项放在优先位置，并不需要避免或否认消极情绪，也不需要完全消除那些可能造成消极情绪的情况。保持情绪的平衡，适应情绪的多样化，才是情绪健康真正的秘诀。

我们没有必要强求，也不可能每时每地都感到幸福。过于以追求幸福为目的展开生活，实际上是自欺欺人的。应该做的是，努力理解、接受或调节当前自身的情绪状态，而不是不管不顾地、偏执盲目地寻找幸福。

在电影的关键时刻，莱莉除了害怕和愤怒外，对自己离家出走这一行为也感到了悲伤。最终，她决定放弃她的出走计划。这一选择使得莱利与家人重新团聚，而她从父母那里得到的安慰，使她对幸福和满足感有了更深刻的了解——即便悲伤和恐惧也混杂其中。

第三个见解：幸福来自对他人和对自己的仁慈。

幸福往往来自内心。几乎所有人都有一种倾向，比起好的经历来，对坏的经历会反刍更多。这是一种进化的适应：从我们遇到的危险或伤害（比如欺凌或背叛等）中过度学习，来避免未来遇到这些情况，并在危机中迅速反应。这就意味着，我们往往需要付出更多的努力，去驯服头脑中那些消极的想法。一些小技巧会很管用：

首先，不要试图阻止消极的念头。越告诉自己"不要那么想"，就会越多想到自己极力避免的事情。不如老实承认它——比如，我担心控制不了自己的脾气，我害怕老师上课让我发言。

其次，像朋友一样对待自己。当你对自己感到消极时，不妨假设一下，你会给遇到类似情况的朋友什么建议，然后试着把这个建议应用到自己身上。

然后，挑战自己的消极想法。可以试着从消极的心态（比如"我就是没有办法忍住写作业时不去打游戏"）转变为更积极的想法（"我前一阵已经克服得相当不错。这次只是一时昏头，并不影响接下来怎么做。我可以从中吸取教训，保证下次做得更好"）。

善待自己的同时，不要忘记，善待他人也是通往幸福的不二法门。慷慨、善良、诚实会让我们在与他人的连接中，收获真正的友谊，无尽的爱和幸福。

不知道以上的观后感，你们同意吗？

爸爸知道你们对过去漫长的一年零三个月以及将要到来的新学年的感受。在你们迈入中学，即将展开青少年生活之际，让爸爸再送你们一些"幸福锦囊"。

第一计，表达、写作可以改善情绪。从小学四年级开始，你们就养成了写日记的好习惯。写下自己的个人经历，可以帮助我们表达情绪，认识我们的环境，解决我们的内在冲突。通过编辑自己的故事，可以改变对自身的看法，找出阻碍个人幸福的障碍，并针对所面临的特定挑战，思考下一步可以做什么。

第二计，花时间在大自然中。比如，在安静的、绿树成荫的小路上散步，可以有效地改善心理健康，甚至使大脑发生物理变化。

阳光也很有作用，到户外去，接受光照，对人的情绪会产生正面影响。而且，你俩要记住，站起来活动，比静止不动更快乐。不要总是宅在家里，守在屏幕前。

第三计，花时间与快乐的人在一起。我们自己的幸福与他人的幸福紧密相连，每增加一个快乐的朋友，我们自己的快乐也会大幅增加。地理空间也很重要，如果我们能和这些朋友为邻，时常见面，幸福感也会倍增。

亲爱的未未、末末，幸福的真正秘诀在于集中对生活的兴趣，包括对学习的兴趣，对同学的兴趣，对运动的兴趣，对自然界的虫、鸟、花、叶等的兴趣。换句话说，要对周围的一切保持清醒的觉知，你学得越多，就越能懂得欣赏，从中获得充分的快乐和幸福。

真实的、记得住的幸福是那么强大，它的来源是那么深刻和真实。我们最幸福的生活经历，将帮助我们面对现实世界中的所有困难。

未未、末末，此刻你们走在个人旅程的新起点上，少年易犯的一个错误，是相信自己在这一刻是谁，就是以后成为什么人的最终目的地。它不仅是错误的，而且是许多不快乐的来源。

成人是正在进行的工程，没有完成时。你现在是什么人，就像你曾经是什么人一样，瞬息万变，稍纵即逝。没有人知道你的生活或生命本身应该是什么，因为它正处于被创造的过程中。生命是根据不断增长的生命意识而运动的，完全不可预测。

所以爸爸才会那么强调觉知。生命之河的水流推动着我们。而对快乐、幸福和生命之美的认识就是河流的水流。有了伟大的觉知，我们就会流动起来。而如果缺乏意识，我们就不会移动。

靠灵感生活才是生活。靠比较、算计、计划、构想来生活，都是一种过于自负的智力追求，其中没有美，也没有幸福——因为它没有生命。

根据爸爸的看法，在生活中的一个巨大和致命的陷阱，往往是对智力的依赖，而不是对灵感的汲取。

对智力的依赖，意味着考虑观察到的事实，用观察的推论作为生活的指南。对灵感的汲取，则意味着对意识的依赖，一种从对快乐、幸福和生命之美的体察中发展起来的不断增长的意识。

开放你的心和脑，以便清楚地听到灵感。坚持对灵感的顺从。不要模仿别人，也不要在任何地方寻求建议，除了你自己的思想。

在《头脑特工队》里，有一段好玩的英语台词梗：

Sadness: Wait Joy! You'll get lost in there.

（忧忧：等等乐乐！你会迷失在那里的。）

Joy: Think positive!

（乐乐：想得乐观点！）

Sadness: Okay... I'm positive that you'll get lost in there!

（忧忧：好……我很确信地认为，你会迷失在那里的！）

乐观思考，也注定迷失，两者都对。

男孩,你一样可以哭

二〇二二年 一月八日

哭有这么多功用,爸爸作为一个男人,看到我的小男孩涕泗滂沱,简直可以当作一场育儿的胜利。

亲爱的未未、末末:

你俩并不是大哭着来到这个世界上的。可能,只是因为没有力气。

你俩和妈妈仅仅团聚了一小会儿,就被护士抱到保温箱里去了。妈妈怀你们时是高龄产妇,患上了妊高症;分娩时大出血,用了三卷医用纱布才保住命。你们早产,加起来总共才 8 斤。

你们和妈妈分离的五个夜晚,爸爸每天跑到儿科病房,塞给护士一个数码相机,让她拍下你们在保温箱里的照片。三岁时,妈妈曾给你们回忆出生后进保温箱的故事。

未未:未未、末末在保温箱里挤死了。

妈妈：保温箱里不挤，还像妈妈肚子里一样温暖。

未未：那我也还是要在妈妈肚子里。

爸爸：你在保温箱里都干什么了？

未未：保温箱里没什么可玩的。没干什么，小时候。看书，不会走，光爬。

爸爸：也不会看书是吧？

未未：会看书！

爸爸：噢，会看书啊？会说话吗？

未未：会！就不会走，光爬！

  事后的回忆总是那样的温馨。其实，婴儿和妈妈的分离并不美好。你们不可能记得保温箱里的日子，但对爸爸妈妈来说，那真是一段相当紧张的时期，尽管不过短短的几天。

  回到妈妈身边以后，在出生的第十天，爸爸观察到，小孩睡着了其实会做梦，有时哭，有时笑。

  小女孩未未的梦多是笑容，偶有皱眉、委屈的样子，也是娇娇的惹人怜爱；小男孩末末的梦丰富多彩，笑、大哭、发出特别的很好听的声音。老人说，婴儿的梦是在回忆他们的前世。果真如此吗？

  爸爸妈妈每个深夜都注视你们。你俩有时浅睡，有时深睡。无论深浅，你们的表情有着喜怒哀乐的变换，同时伴奏以抑扬顿挫的声音。这个时候，爸爸妈妈知道，在你们的世界里，正上演着一幕幕神奇的故事。

2009 年 10 月 22 日，妈妈留下这么一条记录："小末末今天中午做梦大哭，哭得好伤心，出生以来从来没见她这样哭过。这么小的宝宝也有伤心事吗？或者，人真是有前世，梦里，前世有那么令她大哭的伤心事？"

这哭梦中的女孩子令人心疼。不过，关于哭，故事更多的是男孩末末。

得自奶奶真传，末末长了一对漂亮酒窝，可偏偏爱哭。

末末的笑很迷人，妈妈形容："是有点像爸爸的那种羞涩的笑，看着你，微微地咧开嘴，然后垂下眼帘，别过头去。"然而一旦开启哭腔，五官马上向鼻子紧凑，嘴也会随之方起来，清秀劲儿霎时全无。而且，婴儿期，恐怕是人一生中"脸皮最薄"的阶段，末末只要一哭，小脸只如红苹果一般。所以，一见他酝酿情绪，姥姥就会喊："快来，末末又要变红了！"

"变红"的理由有很多：早晨醒来先哭上两嗓子，呼唤大人去抱；睡觉的时候更糟糕，抱着就睡，放下就哭；吃奶时候是个急脾气，快了慢了都叫唤，甚至还会对妈妈拳打脚踢……几乎总在末末身旁的未未，常常会被哥哥突然亮起的高音吓着，也随之大哭。出生大半年，爸爸自嘲，家里常有鼓乐齐鸣的气象。

再大些，末末哭，未未会严肃地看着，对哥哥喊"嗨！嗨"（妈妈的翻译是，"有什么好哭的,小孩！"）表示抗议。有时候，还真管用，末末被妹妹镇住，立即不哭了。

更多的时候是镇不住。妈妈说,小末末好似一只冲锋号——嘹亮的冲锋号划破夜空,召唤你马上行动。听多了,爸爸妈妈发现,末末的哭声是依次递进的:先是小声哼哼,没有人理,就把声音提高一个八度;如果搭理得仍不及时,会骤然提高第二个八度,哭声嘹亮,声震屋瓦。

家住三楼,一楼住着一只大狗。曾经,大狗每天早晨的狂吠令邻居侧目。而今,小末末中气充沛的儿童男高音彻底地压倒了大狗的气势。它只敢在末末不注意的时候,悄悄地吠几下。

爸爸最害怕末末在夜深人静、四邻俱寂的时候哭。澳大利亚作家萨拉·纳塔利说:"身处人生的不同阶段,会对何为'人生的真相'有不同的看法。当我们还是个孩子的时候,会笃定地认为,父母就是自己'人生的真相';而当我们为人父母之时,会自然而然地认为,孩子才是自己'人生的真相'。"读了这话,爸爸感慨,每天晚上,孩子吃完奶、抱着在客厅里转来转去的时候,原来就是大人领悟"人生的真相"之际。

那时候,爸爸往往一边抱着末末在屋里踱步,一边教育小男孩:要学会笑!哭怎么能让人看见你有酒窝呢!

抱也是很有学问的,要看抱谁了。小女孩末末只要被人抱着就满足,而小男孩末末呢,对抱的姿势有很高的要求——要把头尽可能地垫高,以便观察四周;还要搂紧一些,以获得安全感;抱着哄睡的时候还不能和别人说话,违反了这一点,末末会直接用小手打你。

一家人出去吃饭，姥爷夸末末爱笑："她爸爸一抱上她出门，她笑得那个灿烂。"姥姥跟着夸："爱笑的孩子聪明。"妈妈看看身边的末末，幽幽地问："那爱哭的孩子呢？"

爱哭的孩子——有奶吃呗，老辈流传下来的老话总是那么精准。两个孩子并排躺着的时候，肯定是哪个吆喝抱哪个。婴幼儿期，家人花在末末身上的心思比未未多得多。用妈妈的话来讲，养末末这样一个孩子，比得上养三个寻常孩子。妈妈精疲力竭的时候，曾经忍不住问爸爸：末末难道是想在做婴儿时就哭个够吗，好长大了以后不再哭？

不过，在后来的成长过程中，末末爱哭依旧。回翻爸爸某一天普通的记录：

末末一天哭若干回：摔倒了，额头上起了包，哭；捡完树叶，回家不洗手，被爸爸强行洗手，哭；晚上吃饭前，非要吃"葡萄味"的咳嗽药，妈妈不准，哭……

爸爸说：儿子一天眼泪的"流量"是一定的，必须让他流完才行。

妈妈嘲讽：爸爸真是互联网专家。

哭多了，末末开始遭大人"嫌弃"。大人最常见的反应是不解："就这点事还值得哭啊？"接下来是不耐烦："你要愿意哭就先一边哭去吧，什么时候好了再过来。"然后是责怪，尤其是公共场合，末末控制不住自己的情绪，让爸爸妈妈总是悬着心，回到家，就会因为"丢人"遭到批评。

爸爸妈妈懂得，一开始，婴幼儿时期，新生儿只能用哭泣这种方式来表达自己的需求和情感。那时，大人努力把宝宝的哭声当成一种很难懂的语言来学习：有"饿哭"，典型的声音效果是低音调，有节奏，持续；还有呼唤人的哭，一声比一声高；如果"哇"的一声大哭，可能是身体感到疼痛，或被什么东西伤着了。除了分辨哭的音调，还可以观察身体动作：饿了哭，头会偏向一侧，脑袋不断转动，嘴巴蠕动；哭时腿往胸前靠，则说明尿了。打个比方，新出生的婴儿就好像刚到外国的游客，无法表达清楚自己，别人也会对他们的表达会错意，因此父母需要很多的观察和倾听。

到了童年的时候，爸爸妈妈常感烦恼的是，孩子没什么来由就哭。其实，仔细想来，孩子们情绪上的发作，归根到底还是由于想法无从表达，造成了挫折感：烦恼没办法说出来，有时说不清，有时不敢说，所以诉诸流泪及尖叫；常感到无力，也缺乏生活技巧来处理不舒服的感觉；累坏了的时候，并不知道该怎么办；不了解为什么有些事不能照自己的意思来，只知道很难过，难过到受不了的程度。

可叹的是，这时爸爸妈妈的耐心渐少，疲惫感日甚一日，很难做到全力投入，而和孩子们心意相通。可以说，如果不是亲手带孩子，永远不会想到小家伙们需要那么多的注意力。男人尤其会为此感到震惊，爸爸曾经开玩笑说，奶爸太难当了，自己最适合的工作，还是外出打工给孩子们挣奶粉钱；而女人，一旦从广阔的事业天地转移到小小的、软绵绵的婴儿世界，如果没有孩子父亲或家庭其他重要成员的支持，就如一头扎进深海，连喘息的时间都变得稀有，遑论培育有建设性的亲子关系。

因此，儿童成长过程中，存在一种常见的缺失：两代人没有全面深入倾听对方，不曾真正彼此了解。爸爸曾看到一位妈妈回忆儿时说："我小的时候并没有受过多少苦，但我就是没法否认那种悲哀，那种由于长期从未被好好关注或认真了解而存在的悲哀。"

要不是后来发生的一些事情，爸爸妈妈和末末之间，也可能陷入这种悲哀。

有一次，末末和妈妈冲突，负气出门，爸爸到外边去找，末末看到爸爸，撒丫子就跑，爸爸在街上追了半天，气喘吁吁没追上。回来末末还笑话爸爸："你现在是一个 old man。"爸爸顾不上生气，只忙着教育末末："以后不管出现什么情况，都不能往外跑。"末末说："我本来就是想在外边清静一下，看到你出来我才跑的。"

在父子追逐中，爸爸看到邻家的狗汪汪叫，不禁担心起末末怕狗的事情。后来父子俩在屋里谈心，末末说，我知道见了狗，即使害怕，也不能跑，要慢慢地走过去。

但接下来，儿子哭着说了一番话，让爸爸大为震惊：儿子觉得自己连狗都不如。爸爸一开始错会了，以为儿子是想表达自己不受待见，其实末末的意思是说，连狗都会听话，和妈妈好，自己却做不到。

末末：我觉得只有我的小螃蟹（玩偶）爱我。我只能信任我的螃蟹。

爸爸：爸爸又没和你发脾气，为什么不信任爸爸？

末末：我不知道，也许是因为你老也不在，我和你不熟。

爸爸：那爸爸在的时候，每天和你聊天，可以变得亲密吗？

末末：也许吧。我对妹妹的信任有90%，对爸爸妈妈的信任是60%。

爸爸妈妈顿感无能，原来自己在孩子心中的分量，比不过一只小螃蟹。

妈妈回想起自己小时候也爱哭，曾因此被送到厢屋，大人吓唬说里面有红眼睛耗子，再哭就出来了，还真被吓得够呛。爸爸妈妈这一代人，从小就被灌输，哭不对，哭不好，哭是丢人的，哭是软弱的，对爱哭的孩子必须呵斥和制止。

后来，妈妈恍然悟到："其实我们对末末的哭没有很好的认知，他可能就是这样一个孩子，需要哭，把心里的委屈和负面的情绪释放出来。以往他释放的时候，我们却把上一代的错误理念又加在了自己的孩子身上。"

于是，2021年圣诞节，给末末送礼物的时候，妈妈决定附上一封信，信中说：

2021年快过去了,这一年我俩的冲突前所未有地激烈。

妈妈学习了如何"倾听孩子",发现自己并没有理解你很多。你哭,是你情绪的宣泄,是人的自我保护和修复机制。你发脾气,应该也是同样吧。哭不丢人,也不难堪。你需要哭泣来修复自己,所以下次要哭的时候,你可以哭,妈妈会和你在一起,修复你心中的情绪。

你会想不到,哭却是为了以后越哭越少。你是个能洞察事物本质的孩子,像个小禅师。希望你从2022年起,学会更好地修复自己,妈妈的爱也会一直陪着你,我们都成为更好的自己。

这个新年里,妈妈告诉末末,以后可以哭。

另一位妈妈,有同样爱哭的孩子,发信息说:"刚才我女儿专门来说:昨天我哭够了,今天心情好愉快啊。"

哭也能带来愉快吗?令人意外的是,哭的确可能让人放松。

英国精神分析学家唐纳德·温尼科特从四个不同的动机来分析小孩的哭泣:满足、痛苦、愤怒和悲痛。

就满足动机来说,哭是孩童快乐的源泉,因为像任何运动一样,它行使了某种重要的功能,亚里士多德是这么说的:"那些试图通过规定来阻止儿童大声哭闹的人是错误的,因为哭有助于他们的成长,并在某种程度上锻炼他们的身体。紧张的声音有一种强化作用,类似于在剧烈运动中保持呼吸的作用。"爸爸不由得想起久经战阵的月嫂在末末小时候说的一句:"孩子哪有不哭的?哭就是干活。"真是至理名言!

接下来是痛苦的哭声,这是对身体不适的嘈杂宣告,常常由饥饿引发;对婴儿来说,饥饿的体验与其说是对食物的积极渴望,不如说是身体的危机,是需要缓解的痛苦。当然还有受伤引发的痛苦。从人类发展的角度来看,哭甚至有一个进化的目的,因为它是在向附近的人发出信号,表明孩子需要帮助和安慰。

愤怒的哭声指的是发脾气,孩子被愤怒所征服,哭到脸色发青。无论愤怒的孩童多么难以控制,愤怒自有其积极的一面:至少意味着孩童对他人存在某种程度的信任,相信后者有能力对愤怒的哭声做出反应,改变当下令人愤怒的状况。尖叫更是表现出孩童对改变的渴望。一个失去愤怒的孩子是一个已然幻灭和失去了希望的孩子,最后他(她)完全停止哭泣,陷入长久的沉默。

最后,还有悲伤的哭声,它标志着儿童心理发展的一个重大进步。愤怒主要是对挫折的直接反应,而悲伤和难过则需要对自我与他人的关系,对依恋和失去依恋的戏剧性有更复杂的理解。悲伤的哭声也可以看作一种最低限度的诗意姿态,可以说是音乐的主要源泉之一:它是一种自我安慰的尝试,是孩子为自己唱的一首不快乐的歌,以表达令人难过的损失,并在面对这种损失时,勇于与自己为伴。

原来,哭有这么多功用,爸爸作为一个男人,看到我的小男孩涕泗滂沱,简直可以当作一场育儿的胜利。

听起来很奇怪吗？并不。

对末末的爱哭，爸爸妈妈从不接受到接纳，是因为意识到，作为父母，我们其实总在以不同的方式控制（鼓励或阻止）孩子的情绪——特别是男孩——因为传统上更不接受一个情绪丰富的男孩。而当我们在这样做时，甚至可能都没有意识到。

我们在文化上继承的许多养育子女的语言，都植根于努力减少儿童的情绪，特别是那些消极的情绪。

比如，当孩子哭泣或心烦意乱时，我们就说："嘘，好啦好啦，安静点，并没有那么糟。"

如果孩子受伤并因此痛哭，我们会说："别哭，擦干眼泪，你是个勇敢的孩子。"

作为父母，我们自以为说这些话都是出于好意。我们只是试图用多年流传的语言来提供安慰。但是我们其实暗地在说："不要悲伤或脆弱。如果你真的那么难过或者难受，一定要学会隐藏它。"

这些对一个孩子来说，可能是非常混乱的信息。如果他们的情绪不能自然流淌，就只会越来越多地淤积起来。

很多时候孩子哭泣或者发脾气事出有因，但他们有时也会出现"出离愤怒"的情况，怒气似乎毫无来由。比如，饼干掉到地上碎掉了，本来不是什么大事，小孩却哭得好像他的世界也跟着四分五裂！这其实是孩子累积了许多痛苦的情绪后，在一件小事上一股脑地宣泄出来。发展心理学家称之为"碎饼干"现象。

而长期的情绪压抑会引发身体疾病（如心血管疾病）和一系列与压力相关的精神健康问题，特别是在男性身上。

研究表明，男孩和女孩的情绪景观从很早开始就有很大的不同，而且主要是社会化和无意识投射的结果。例如，有一项研究考察了母亲和30—35个月大的孩子如何讨论过去经历的情绪，发现母亲和女儿使用的词汇要复杂和细微得多，而母亲和儿子之间的对话，往往集中在一种情绪上：愤怒。

这意味着，我们对男孩的情绪往往描述得很单一、缺乏多样性，也因此存在很大的偏见。

爸爸由此反思自己，过去经常对末末说两句话："末末，遇到事情，第一不要哭，第二不要怒。"其实是爸爸错了，爸爸潜意识里也接受了这种偏见，认定男孩比起女孩，体验丰富的情感的能力要差许多。然而情感多样性，早已被证明为心理健康和幸福的一个重要因素。

情感多样性的忽视和匮乏，不仅仅影响男孩的心理健康。我们的社会传统，也长期要求女孩顺从、温柔、安静，来回避她们的愤怒和欲望。随着社会的进步，很多女孩的父母，已经开始对这种"标准"非常警惕。但我们却仍然在告诉男孩不要哭。

作为父母，我们经常鼓励我们的男孩"坚强起来"，如果他有姐妹，我们就鼓励他做个榜样，"成为一个男子汉"。男孩的眼泪让我们感到不安。他的悲伤，让我们觉得他无法担负重任。

其实是我们做父母的，混淆了指责与负责。我们自己常常表现出指责和愤怒(是你的错,不是我的错),而很少负责任地表达脆弱(虽然我没做好,但我尽力了)。于是我们养育的男孩,也被我们有意无意地鼓励了这样做。

指责和负责是截然相反的。指责是对不适和痛苦的排解,是释放愤怒的一种方式。经常指责的人很少有毅力和勇气去真正负责,因为所有的精力都被花在了愤怒上,企图找出事情到底是谁的错,然后把责任"摘"出去。

实际上,责任的承担,反而意味着对脆弱的接纳。根据社会工作专家布蕾内·布朗的说法,要鼓励责任心,必须首先愿意接受羞耻、匮乏、恐惧、焦虑和不确定的体验。当完美主义倾向,或者那种强烈保护自己免受指责的愿望,一直受到鼓励,我们就不可能有脆弱性,也不可能有责任担当。

这就来到了允许哭泣的关键所在:不要害怕脆弱性。布朗说得好:"脆弱性是爱、归属感、快乐、勇气、同理心和创造力的诞生地。它是希望、责任感和本真性的来源。如果我们想让自己的目标更加明确,或者让精神生活更加深入和有意义,那么,脆弱性就是一条道路。"

亲爱的未未、末末,爸爸妈妈要改正自己,再也不能一味指责你们哭泣。爸爸妈妈希望你们,也要勇于接受自己的脆弱。

脆弱不总是一种轻松、积极的体验,但它也不是人们所说的黑暗情绪。事实上,脆弱是所有情绪和感受的核心。情绪就是脆弱。感受就是脆弱。认为脆弱是弱点,就等于认为情绪是弱点,感受是弱点。如果由于害怕脆弱，由于担心代价太高，从而选择逃避责任，那就会扭曲我们的生活。

脆弱是双向的。你们可以脆弱，爸爸妈妈也大可向你们示弱。所以，爸爸愿意从此后，与你们分享一些关于我们内心挣扎的故事，等你们更大一些，也可以从我们犯下的错误当中学习。

一个小孩子不可能事事完美，同样地，父母也不需要让孩子们觉得自己是完美的。正如美国作家琼·狄迪恩所说："我认为没有人会觉得自己是个好家长，或者，如果人们自认为他们是好父母，他们就应该再想想。"

而所有不完美的人，都有权利哭泣。

无声

妈妈的话·贰

一

五岁的一天,一打餐巾纸被哥哥叠成各种形状:"我在工作,我在做纸"。妹妹:"我在把末末做的纸撕掉。"

他们小时爱反复读一册画书——《小蓝和小黄》,然后一左一右搂住妈妈做游戏,嚷嚷说:"妈妈变绿了!"原来他俩一个是小黄,一个是小蓝,叠加在一起就绿了。

四岁,去北海道支笏湖,约四万年前形成的火山口湖,镜面绿水,地壳烈焰,都是它。

事物不缺多棱镜元素,孩子也不例外。

六岁,迪士尼归来,画游乐园,末末一如既往的自信,未未有点着急:我不会画,我画得那么烂。末末安慰她:没有人十全十美,个个有长处。

上小学了,作业多起来,爸爸问未未:为什么每天晚上哥哥都比你晚睡觉啊？未未：因为他数学做得慢。八岁，未未数学获了一个奖，妹妹上台领奖时，哥哥闷闷不乐，撞在柱子上。

爸爸跟未未说，还记得《鱼就是鱼》吗？

池塘里有一条小鱼和一只蝌蚪，他们形影不离。慢慢地，蝌蚪变成了青蛙，离开池塘看到了外面的世界。青蛙跟鱼讲述了自己新奇的见闻，鱼也开始憧憬起那个有飞鸟、乳牛和形形色色的人的世界。有一天，鱼终于鼓足勇气，爬上了岸，结果当然是不能呼吸，无法动弹……

其实鱼儿和青蛙，各有各的美丽世界。

十二岁了，哥哥还在为数学烦恼，妹妹咿呀拉着大提琴，进步如蜗牛速度，也不恼。

哥哥总知道自己想要什么样的圣诞礼物，妹妹一如既往地对拥有什么无所谓。

他们像平常小孩一样成长，以各自的速度，拖着各自的影子，在不同的时刻发光，黯淡，隐形，又出现。

二

上了中学，哥哥一心要做建筑师，别无他求；妹妹的理想变了又变。

屋外初春，知更鸟还在草地残雪上，为了拍它们，一点点接近，直到自己变成鸟儿眼中的风景。

看孩子的，是知更鸟的眼睛，还是相机的镜头？

眼睛如此奇妙，在聚焦不同亮度区域时进行补偿，环顾四周以包括更广泛的视角，或者交替聚焦于不同距离的物体，最终汇编成一个心理图像。

使用眼睛时，大脑是根据眼睛输入的参数对物体进行重建。所以，眼睛带有欺骗性，很容易被表象迷惑。

把眼睛变成相机，需要不断调整视角，利用透视法则，凑近瞧，拉远看，拆解浮现在眼前的光线，还原再还原，生命轴、命运罗盘、时代远景，甚至某种神秘力量，若即若离，沉下浮起。

帕慕克说："我们一生当中至少都有一次反思，带领我们检视自己出生的环境。我们何以在特定的这一天出生在特定的世界这一角？我们出生的家庭，人生签牌分派给我们的国家和城市——都期待我们的爱，最终，我们的确打从心底爱她们——但或许我们应当得到更好的人生？"

或许，仅仅是或许。

他们不过有十几年做我们的孩子，之后，是更长的路。

不要急于发声。

三

九岁的一天，因为末末沉迷玩具，发生了母子冲突。爸爸赶来拉架，末末倾吐了烦恼：永远不知道什么时候能满足妈妈的期望，妈妈总是会对我产生新的不满。

十二岁的一天，末末大哭，小男孩的自我迅速壮大，对自己不满意。答应对他的问题就事论事，不再说难听的话，可他还是哭。问他为什么，他说："没有人安慰我，抱抱我啊……"给了他一个拥抱，他放松了一点："我有一股气出不来，原因比你们想的复杂得多。"

和爸爸讨论，是不是对末末太严厉了？导致他遇事对大人的第一反应是躲藏。躲来躲去，就成了性格的一部分。

时隔数年，我才明白，他哭也好，发脾气也罢，只是情绪宣泄的一部分。需要大人以平常心对待。

锻炼孩子们收衣服，末末发明了一种"鸵鸟式"收法：四处乱塞，只要不被妈妈看见就行，最后衣服去了哪里，连他自己都忘记了。

气也气过，烦也烦过。转念想去，不就为了培养他生活自理能力吗，体验第一，对错第二。不涉及基础的原则的事情，大概就是这样……视角一变，顿时释然。就四处藏衣服这桥段，长大了，可能都是家庭回忆里的会心一笑。

两年前，邻家的老父亲讲起他的孩子们："你会发现，当年你万般纠结孩子身上的某个缺点，在他们长大后，可能并不是什么大事；而你没有特别在乎的某一特质，却在以后释放了光芒。"

如果你想要快乐的孩子，如果你希望与他们的关系持续到他们飞出巢穴，那为什么不对孩子好一点？

这个冬天，我越来越多地，在他俩四周无声。

同时，更想在他们的记忆里埋伏点什么，在将来的某个时刻，会成为一帖止疼药，一股暖流。

四

春天，哥哥第一次去骑行、露营，出门前问："妈妈，我出门半天后，你会想我吧？"我敷衍他："会，你一出门我就会想。"

其实他一离开后，家里就小小地欢呼，仿佛一下少了千军万马。

不到半天，就开始挂念男孩，睡袋够不够厚？驱蚊液涂了没有？忍不住对妹妹絮叨："不知道你哥哥吃得好不好？"

妹妹就瞪着小眼睛，对我微笑，像大人看无措的孩子。

哥哥露营结束到家的时候，我带妹妹在外面上课。三天里，他吃得并不好，饿坏了，自己进门煮了方便面，吃了一大份。还告诉我，睡袋薄了，冻得睡不着，睁眼盼天亮。不过，这些都是轻描淡写地说说，只是叮嘱我下次要有更保暖的睡袋。他更乐滋滋地给我描述骑行和露营的快乐,以及帮助他人的愉快。

想起他俩从小被我如何"细养",精细到每一餐饭、每一件衣服,心里不免发笑。

四面八方的喧闹,使我们经常在各种声音里变迟钝。而一个更接近事实的精灵,穿过多棱镜,默默无声陪伴,等我们去发现,或者终究不必见。

五

他俩是再普通不过的小孩,即将进入青春期,有着不少疑问:"人这一生为啥而来?""为什么有时觉得我不是我了呢?"

有一天妹妹说:"妈妈,人活着是为什么呀?好好学习,考个好大学,找个好工作,赚钱,嫁人,生小孩儿,把他们养大,然后你就老了,死了。到底是图个啥呢?"

哥哥比妹妹问得还早:"妈妈,我为什么要弹好钢琴?为什么要画好画?我怎么总感觉,即使做好了这些事情,也没有多开心似的。"

我想了想，想到一个答案，要把小孩培养成独立会发光的星球，既能温暖自己，又能辐射光和暖给他人。

"练好钢琴，精修学业等等，都是建构星球的过程，都是小火种。"我对他们说。

要做的是，引导他们成为发光的人。渗透给他们一些力量，像静默的河载动小船。

六

"看，小时候的你们，多可爱啊！"

他们大了，我经常翻看过去的照片和视频，啧啧赞叹。

"难道我们现在不可爱吗？"妹妹不以为然，"妈妈，有一天，我问游泳队的朋友，大家说她们的妈妈也常这么说。"

"她们的妈妈都说了什么？"我好奇地问。

"你们小时候多可爱啊，现在……"妹妹学得像模像样，一脸无奈，"天下妈妈都说一样的话"。

现实的琐碎很容易被放大，过去总是镀上金色的光芒，眼前平淡中的奇妙，总需要一点沉默去捕捉。

　　玛丽亚·蒙台梭利说："还有谁像孩子一样，连我们吃饭睡觉的时候，都那么想和我们在一起？将来有一天会叹息：'现在可没有人在睡觉前还哭着要我陪他，每个人在睡觉前只想着自己，只记得今天发生了什么事。'这将是多么悲哀啊！只有孩子每天晚上都记得说：'不要走，陪我嘛！'我们可不要失去了人生这一不复再来的机会。"

　　时间很重要。记忆很重要。留给孩子记忆，就是留给孩子时间。为人父母不仅仅是好的、或坏的记忆的引擎，也是时间的银行。

　　幸运的孩子，在生命中慢慢耗尽爸爸妈妈预备的账户余额，拥有一个好记忆大大多于坏记忆的记忆仓库。

　　该怎样就怎样，此时此刻，只是陪伴，只是爱。养育，无声。

劢斐

2021 年 6 月 8 日

成 长

自我需要成长,就像身体那样。它也需要食物和住所。

屏幕之外，天高地阔

二〇二〇年 十二月

是的，屏幕之外，有远为辽阔的世界。走进那世界里去。

亲爱的未未、末末：

从开始能够跟大人交流时起，你们就意识到了电脑和手机的存在。一岁多一点，只要爸爸妈妈一打开电脑，你们就双双凑上来看，一会动鼠标，一会敲键盘，一会用手去摸电脑上的画。一旦把你们从电脑前抱开，就会大喊大叫，那时唯有拿小画书转移注意力。

爸爸有时不得不抱着孩子在电脑前工作。为了哄小朋友们不和爸爸争键盘或抢鼠标，爸爸用很多东西摆在你们面前吸引注意力：可以乱撕的纸，可以乱扔的扑克，可以乱画的笔，可以乱抓的花生……可这些招数渐渐不灵，比方未未，爸爸抱着往电脑前一坐，就拼命拽爸爸"起，起"，让爸爸带自己去别的地方玩儿。

手机就更不用提了，一开始就是大人们哄小朋友的通用玩具。

小孩对触摸屏毫不陌生，你们会很熟练地用手划过屏幕，玩弹琴游戏，翻相册，也会退出到主页，对各种应用乱点一气，最后发现涂鸦最好玩，涂得不亦乐乎。要么，就是和 Siri 进行无休止的对话，也搞不清楚是 Siri 还是你们更有孩子气。

两岁的时候，我到美国访问数月，和妈妈第一次用 Facetime 视频通话。未未问："爸爸在哪里？"我说："爸爸在美国，美国在你脚底下，你拿挖沙子的小铲子挖呀挖，就找到爸爸了。"未未对着镜头直比画："用小铲子挖！"末末则一个劲地说："未未、末末在小框里。"

那时节，你们也会用妈妈的 iPod Touch 听音乐、听故事。你们很快就把"Touch"发音发得很标准了，通常这样说："妈妈的 Touch 呢？"也懂得某一样东西"Touch 上有"。未未还会说"和爸爸 Facetime 一下"，不过那个 M 的音一时还发不出来。

未未跟爸爸通越洋电话，通完了，道再见，爸爸说："亲一个！"小姑娘"叭叭叭"亲了三下，妈妈在旁边说："全亲在屏幕上了！"每次跟姥姥视频电话也难舍难分，末末说："我都想扑进手机里，把姥姥'拿'出来。"

你们同爸爸妈妈争抢电子设备，也很快就懂得，要同电子设备争抢爸爸妈妈。

六岁的一天，未未对 Siri 叨咕：大人整天盯着电脑，未未、末末整天自己玩。

未未学会用手机拍照，偷拍了爸爸坐在电脑前的样子，用然然姐姐的话来形容就是：爸爸一看电脑，就双眼无神，表情呆滞，张着嘴，皱着眉头。妈妈最清楚爸爸这形象，曾经说，爸爸无论到世界上的什么地方，都会对着电脑坐成雕塑。有时妈妈会生气："我看到爸爸打开电脑，一下子又回到那个令人熟悉的状态。"这时未未就会嚷嚷："把他的电脑拿走，让他回到那个不熟悉的状态。"因为爸爸老坐在电脑前端坐不动，你俩还发明了一个名为"拔树根"的游戏。

可是妈妈自己做得也没有多好。七岁的时候，有一次爸爸出差归来，你俩争相向爸爸告状：

未未：爸爸出差的时候，我对妈妈可不满意了。她老钻进手机里，跟她说话，她老是说：啊？你说什么？

未未：她还在沙发上看手机，看着看着就睡着了。

未未：妈妈告诉我们不能躺着看书，我们都做到了，可是妈妈为什么躺着看手机？

未未：我们要妈妈从手机里出来。

末末有句评论说，妈妈的生活就是：手机，电脑，iPad。未未马上补充说，爸爸也是。

那段时间爸爸妈妈经常带着你俩旅行，各大城市里的世面见得多了，你们在家里模仿创作各种禁止标志：除了"小心滑倒""小心楼梯""小心被门夹着"，以及"禁止饮食""禁止玩具""禁止垃圾桶"

等之外,还有极其重要的两项——在爸爸的衣服上贴一个"禁止电脑"的图标,表示不许爸爸总是工作;在卫生间门边贴一个"禁止手机"的图标,表示禁止妈妈上厕所时看手机。

旅行到巴黎,有一天晚上闲谈,未未突然提出一个问题:"爸爸,谁是最伟大的人?"爸爸被问住了,只好说:"每个人的标准不一样,所以会说出不同的伟大的人。"

未未:我觉得埃菲尔最伟大,因为他建了铁塔。

未未:我觉得最伟大的人是发明软件的人,让爸爸天天盯着电脑,妈妈天天盯着手机。

爸爸给你俩算账,说你们一生中大概只有五十年干事的时间,要珍惜光阴。未未说:"五十年好长啊。我就想圣诞节快快到来。"未未嘀咕起来:"那样,妈妈一生看手机的时间占多少?未未玩小汽车的时间有多少?爸爸工作的时间呢?"

未未的思考很犀利:我们一生中,会度过多少屏幕时间呢?

在你们出生两年半之前,2007 年 1 月 9 日,苹果公司推出了第一款智能手机 iPhone,将手持计算机与手机融合为一体。人们对它的易用和时尚趋之若鹜,它也给其他领域带来巨变,包括信息、社交、软件、娱乐、广告等。iPhone 非常出色,然而,它所带来的问题是,这种设备无论白天、黑夜都和人在一起,以至于变成了人体的一个"新器官"。

10年后的2017年,英国生理学会调查过2000人,让他们评估亲朋好友去世、身份证丢失、手机丢失、遭解雇、患重病、筹划婚礼等18件"人生大事"带来的压力。并不奇怪,失去亲朋好友和患重病名列前茅,但令调查人员意外的是,丢手机造成的压力感与遭遇恐怖袭击相差无几。

手机、平板电脑和其他智能设备的设计,无不经过一整套的精心研究,目的就是要让人在使用的时候不自觉地上瘾、无法自拔。这些设计吸走了人类的成万上亿个小时。那时,理想的广告用语是"诱人的交互设计""一次又一次地吸引用户"。而现在,人们慢慢开始意识到,绑定在自己的手机上很可能是一种不良行为,好比吸烟成瘾,或者患上了肥胖症。

自iPhone亮相以来(一年后首款Android智能手机问世),智能手机经历了速度惊人的更新迭代,已经比以前更大、更精致、更智能、更普及,超出任何人的想象。一部普通智能手机的处理能力是把"阿波罗11号"送入月球的计算机的10万倍以上。一场无声革命由此开启,人们交流、聆听、观看、消费和创造,从此再也离不开它。永远在线的网络连接、随手可拍的相机、口袋里的计算机,将人类的生存彻底"屏幕化"和"设备化"。

你们和然然姐姐,还有爸爸妈妈都已化作"屏幕化"生存的一员。

在你们的成长过程中,平行世界的入口无处不在:在电脑上、手机上以及电视上都潜伏着。屏幕一下子成为我们生活中如此熟悉的物件。为了应付众多的屏幕,我们学会了在不同媒体间,以及在媒体和真实生活之间反复切换。

保持你们的眼睛远离屏幕,从来是爸爸妈妈的一项艰巨任务——毕竟爸爸妈妈自己也未必是好榜样。你们喜欢和大人打游击战,并且常常获胜。而且,孩子们都是天生的黑客,无论爸爸妈妈怎么改电脑密码,都能被你们破译。

之所以这样防范,是因为爸爸担心,过度盯着屏幕有可能对大脑产生影响。研究表明,频繁的刺激和即时的满足,可能会让人难以关注更费力气的任务。一旦习惯于屏幕上那种高潮迭起的刺激,假若现实世界中的事物不那么令人着迷,我们就很难集中注意力。屏幕时间使常规世界看起来相当沉闷,就像看植物生长一样。

我们正面临普遍的注意力危机,尤其是孩子们,几乎没有抵抗力,因此深受其害。注意力持续时间在缩短,记忆广度也随之出现问题。走神,或者叫分心,变成了我们必须日常与之搏斗的顽敌。

大脑的运作包含两种注意力:自动注意和定向注意。自动注意来自大脑的默认模式,是一种不需要额外努力的注意力,通常在我们与容易吸引人的东西互动时被唤起,例如浏览社交媒体、玩视频游戏和看电视。定向注意则不然,但凡集中精力完成乏味甚至是无聊的任务,都需要利用这种注意力。那些比较费力的活动,比如看书和学习,往往要调动大量的定向注意力。

爸爸想起,每次洗完衣服,妈妈都吩咐你们将自己的衣服收起叠好。结果，为了逃避叠衣服这种不得不完成的任务，末末开始把衣服藏得到处都是，给妈妈一种衣物已经收好的假象。小男孩这样做，有时想的就是如何赶快回到电脑上去。当一个孩子花太多时间在屏幕上，并且不断获得快感的奖励时，就很难专注于那些不那么有趣、但在生活中很必要的任务。

尤其令爸爸担忧的是，大脑还没有进化到能够处理大量的视觉线索和即时信息的程度。研究数据告诉我们，每天花在屏幕上的时间超过6小时的人，明显更有可能患上抑郁症。

抑郁症与睡眠息息相关，电子设备似乎格外扰乱睡眠。以往人们获取信息的活动对睡眠的影响不大。比如读书和看杂志，要么催人入睡，要么可以在睡觉时轻松放下。每天看几个小时的电视，与睡眠减少也只有微弱的联系。可是，智能手机的诱惑往往让人无法抵挡。无论是刷短视频、玩游戏还是在社交媒体上聊天，都让人欲罢不能，直至深夜。

睡眠不足会导致无数问题，包括思维和推理能力受损，体质变弱，体重增加等。它还会影响情绪，直至患上抑郁症和焦虑症。那些在黑暗中发出蓝光的智能手机，正在扮演一个"邪恶"的角色，一点点蚕食人们的身心健康。

其中，我们的很大一部分屏幕时间，花在了社交媒体上。

"〇〇后"的你们，不能体会过去联络起来多么麻烦，比如：没有电话，远距离的交往基本靠写信；出门拍照，照片需要等一周才能在照相馆冲洗出来，等等。在社交媒体发明之前，人与人互动的手段非常有限，主要限于亲自认识的人。手机和社交媒体彻底改变了全世界人们的互动和交流方式。

爸爸毫无疑问是社交媒体的受益者。与家人和朋友联系，从未如此简单；爸爸还得以与那些素昧相识的人建立联系，其中许多人日后成为生活中的好友和宝贵的事业同伴。此外，社交媒体也是一个发布平台，作为写作者，社交媒体对爸爸来说，构成了重要的表达出口。

但是，随着时间的推移，爸爸注意到，社交媒体正在入侵我们的每一天，甚至每时每刻。检查社交媒体是爸爸早上做的第一件事，也是晚上做的最后一件事。爸爸的写作和研究常常需要长时间的集中思考，现在却被社交媒体严重分心了。

不仅如此，虽然爸爸现在能获取的信息比想象的要多得多，但在社交媒体上，有那么多的丑陋，那么多的恶意，那么多的错误信息。爸爸开始认同那些社交媒体的直言不讳的批评者，比如美国计算机科学家杰伦·拉尼尔，他甚至写了一本书：《马上删除社交媒体账号的十大理由》。这些理由包括：自由意志的丧失，对真相的侵蚀，同理心的破坏，不快乐的滋生，以及公共生活的破坏。

社交媒体的一大问题是，人们在上边不断雕刻和制作一个经过修饰的、更"讨人喜欢"的自我形象。甚至可以说，社交媒体正在强制它的用户们相互表演：从身材长相、世俗成功到日常生活，每个人都在试图让自己看起来完美——但其实只是看起来而已。大家在社交媒体上晒的美轮美奂的照片中，不乏真实的存在，然而，大多数人都有自己的好日子和坏日子，历来就是如此。社交媒体扭曲了这种平衡，炮制了一种空洞的美好。

我们被激励以各种方式在社交媒体上塑造一个失真的，甚至虚假的自我，但当我们这样做时，失去了一些真正重要的东西：此时此地体验生活的能力。而"此时此地"才是真正的自我存在的地方。一旦减少社交媒体的使用，你会发现，仅仅是更多地与家人在一起，与现实生活中的朋友对话和相伴，不必为虚拟的虚荣而费心记录自己的每一刻，也不会因沉浸屏幕而错过日落，是多么简单而美妙。

更致命的还在于，社交媒体会根据用户的喜好和行为进行调整，让它自己显得更有用、更引人入胜、更具诱惑力。这就是算法发挥的魔力，它会跟踪你关注的人、搜索的内容以及在网上的浏览痕迹，源源不断地提供相似或相关的东西。

这就会导致，每个人最后只看到自己惯于，或者乐于看到的东西，而失去了不一样的视角。对于青少年来说，这就意味着，更容易被同龄人的喜欢、评论和分享所影响。爸爸担心，刚刚步入青少年的你们，还没有形成鲜明的个性和个人兴趣时，就被社交媒体里趋同的"酷孩子"形象淹没，导致你们可能做出的选择变得乏味和值得怀疑。

为什么在今年，爸爸想要很严肃地和你们谈一下社交媒体？这是因为，在疫情影响下，你们的网上聊天次数明显增加。爸爸当然知道，社交媒体现在已成为青少年人际交往的主要平台，而这一时期，又是你们的社会接触面迅速扩大、对个人幸福越来越有切身感受的重要成长阶段。

爸爸妈妈是在智能手机和社交媒体之前的时代长大的，我们的青春期和你们的迥然不同。区别不仅在于对世界的看法，而且在于如何度过自己的时间。你们这一代青少年，在社交媒体这类新空间中花费大量时间，而这会使你们更快乐吗？

尽管社交媒体有能力将孩子们日夜联系在一起，但它也加剧了青少年对被抛弃的担忧。当看到朋友或同学在自己缺席的情况下相聚时，便会感到被排斥和受冷落。社交媒体对发帖行为也征收了"心理税"，因为常常会焦急地等待着评论和肯定。

青春期的孩子，无论是身体还是心灵，都处于迅速的变化和成长中。社交平台日益明显的视觉导向，会放大孩子们在社交网络中的不安全感。尤其是女孩，无论是图片还是视频，都不断将身体外观置于点赞和评论之下，容易使其沉迷于担忧、羞耻和嫉妒，甚至患上抑郁症和焦虑症等心理健康问题。女孩也可能因此遭受更多的网络欺凌。

如果有令人信服的证据表明，爸爸妈妈给到你们手中的手机、电脑可能使你们严重不快乐，那么，我们大人首先就要反问自己：为什么要允许你们现在就进入智能手机和社交媒体的生活？

你们可能需要知道自己的朋友在做什么，期盼同龄人的互动和激励；你们需要探索自己的身份，创造并分享你们所做的事情。但是，你们现在很难过滤掉负面的东西，特别是在青春期心理脆弱的时候，更是如此。

很多父母在数字时代的育儿工作中有点退缩，任由孩子自行其是，这一方面可能是因为，大人对孩子的数字冲动感到无能为力，另一方面也可能是因为孩子说，这里是我的独立空间，请你尊重我的隐私。

作为数字化移民，爸爸妈妈在网上和网下、现实世界和虚拟世界之间做了一个人为的区分，但对你们来说，两者之间可能是无缝的。不过，爸爸依然认为，在这个阶段，你们在虚拟空间里需要我们，而我们作为父母，也需要在这个空间里养育你们。

所以让爸爸来明确一下大人的想法：

第一，正如有不同类型的食物，也有不同类型的屏幕时间。阅读电子书的感觉可能与刷社交媒体不同；在流媒体平台上看电影，可能与在电脑上看动漫不同。有些时间比其他时间更有"营养"，对你们的情绪和心理健康更具积极影响，"营养"的高低，取决于内容、上下文和剂量。

屏幕的使用没有绝对的对错。关键是要分门别类地考虑你们的屏幕时间，而不是笼而统之，这样就可以确定什么是合适的混合比例。由此也可以推导出，哪些屏幕的使用是必要的，以及使用的限度又是什么。

第二，任何屏幕的使用时间都必须是有限制的。至于所选择的平台和时间段，我们可以共同商量。在给定的时间里，你们拥有使用的自由，爸爸妈妈并不会监控你们的在线互动。如果遇到困扰，我们愿意随时支持和帮助。特别是在受到网络欺凌的情况下，爸爸妈妈将尽全力保护你们。

在专注于家庭作业或其他需要集中脑力的活动时，不可以接触屏幕。有一条不可逾越的规矩：晚上不允许把手机、平板电脑或其他电子设备拿到自己的卧室里，卫生间也不行。在睡前至少一个小时内，不得使用这些设备，以免影响睡眠。

它们也不得出现在餐桌上，我们召开家庭会议的地方，以及家庭旅行之中。在这些时候，家庭成员需要把注意力完全转向对方。

第三，在高中以前，爸爸妈妈选择不给你们配备手机，也不允许你们注册社交媒体账号。如果你们的同学或朋友有智能手机，或者活跃在社交媒体上，当你们受到邀请的时候，可以直言不讳地告诉他们：父母还没有同意我们拥有这些，我们可以选其他方法交流。

总之，爸爸妈妈希望你们：保持足够的睡眠；不要与朋友失去现实生活中的联系；坚持体育和艺术活动，这对心理健康和幸福非常重要。如果你们能在这些方面照看好自己，爸爸妈妈将不再担心手机和社交媒体的不良影响。

就像有健康和不健康的饮食方式一样，每天的屏幕使用也需要适度、适当，这对你们的健康同样影响重大。相比于屏幕时间，现在，你们需要更多的眼睛对眼睛的时间。

重要的是，你们要明白，我们越是关注屏幕，我们在生活的其他方面投入的精力就越少，结果会使我们的生活实际上变得不那么有趣。

亲爱的未未、末末，爸爸妈妈希望你们迈向一个更真实的自己，一个更充分地生活在此时此地的自己。你的生活最终由你所关注的事物组成，所以，你关注什么，必须是一种有意识的选择。

当然，必须说，爸爸妈妈作为大人，也需要仔细反省自己对电子设备的使用，以及我们所树立的榜样。我们必须身体力行，塑造良好的屏幕习惯，比如，尽量不要用屏幕开始和结束自己的一天，也不要试图在卫生间马桶上了解天下大事。

你俩小学二年级的时候，忘了是谁测验没考好，妈妈很不开心。那天，妈妈和爸爸出门去银行，忘了带手机，只好翻看店里的杂志。翻着翻着，妈妈突然悟到，世界这么辽阔，为什么要那么在意孩子一次、两次的测验成绩呢？爸爸嘲笑她说：所有的觉悟，都只会在不看手机时产生。

是的，亲爱的未未、末末，屏幕之外，有远为辽阔的世界。走进那世界里去。

万物生灵,慈悲以待

二〇二〇年 十二月

愿我们养育的孩子,爱那些不被爱的事物——蒲公英、虫子和小蜘蛛。

亲爱的未未、末末:

你们五岁的时候,有一次爸爸妈妈带你们在青岛海边度假,姥姥出门在院子里捡到一只小螃蟹(学名赤甲红),你俩喜欢得不得了,拿到房间里用小盆养着,最后趁全家人离开的时候,给它放了生。

姥姥不知道,这个小小的插曲,开启了小男孩末末漫长的对螃蟹的迷恋。末末给自己起了个昵称叫"螃螃",画了无数关于螃蟹的画;小学二年级,立志做班上第一个作曲家的时候,谱的第一首曲子就叫《快乐的小螃蟹》。

你俩还一起编《小鱼和螃蟹》的故事,主角一个是小螃蟹(哥哥),一个是小鱼(妹妹),讲的是这俩小动物相遇,发生的各种事情。故事编得千奇百怪，一般都是即兴发挥，俩人一起编造，有时候还带有表演。"他来自螃蟹村，她来自小鱼村，贝壳国发大水了，小螃蟹被冲到了小鱼村……"

曾经有一段时间，每天一起床，你们就开启小鱼和小螃蟹的叙事扮演模式，进入没完没了的场景中，一幕又一幕，一季又一季。尤其是末末，可以滔滔不绝地讲上好几个小时，最后意犹未尽，还办了一张《螃蟹小鱼日报》。

爸爸在青岛看到螃蟹毛绒玩具，给末末带回北京，末末视作珍宝，睡觉时把它放在枕边，早晨起床给它铺好"窝"；就连去遥远的山林中露营一周，也不忘放它在背包里。等到末末着迷《我的世界》游戏的时候，开始围绕游戏编故事，小鱼和小螃蟹也随即出现在《我的世界》里。

三年级的时候，小学举办分享会，末末在分享袋里准备了小螃蟹、私房茶和"福"字。末末口述，爸爸打字，帮着准备了分享材料。

> 这个是我的小螃蟹。它已经在我们家待了一年了。我天天陪它睡觉，虽然我老把它弄到床底下。我和我的妹妹喜欢编故事，这只螃蟹经常被加进故事里。本来我有三只这样的螃蟹，特地起名小螃蟹、螃蟹一、螃蟹二，但后两只螃蟹都在搬家时不见了，就留下了一只小螃蟹。那还是因为我妹妹将它藏到了一大堆包的底下。我要感谢我的妹妹。我爱我的小螃蟹。

小螃蟹是末末的知心朋友，甚至比爸爸妈妈和妹妹都贴心，小男孩有什么烦恼都会跟它倾诉。因为无论怎样，"螃蟹从来不和我生气，我就更会听它的"，而且，"我和螃蟹之间有我们的秘密，它是我脑中的另一个声音"。

2018年的春天里，你们九岁，在家门口捡到一只折断翅膀的蝴蝶。你俩心疼它，就把蝴蝶带回家，给它搭了个窝。早晨一起床，先去查看蝴蝶的情况；每天放学回家，忙着把蝴蝶带出门，放在户外，说是"遛蝴蝶"。一周以后，蝴蝶终于往生去了。

你俩伤心着，妈妈给出建议，把蝴蝶埋在黄玫瑰底下，"说不定，它会变成一朵玫瑰花"。你俩埋了蝴蝶，说晚上要开纪念会，哥哥更是哭戚戚的样子。最后，妹妹问妈妈："蝴蝶死了，哥哥很伤心，是否可以治愈一下，玩一会儿《我的世界》？"妈妈同意了，不一会儿，房间里充满了玩游戏的欢乐声音，伴随在蝴蝶飞去变成玫瑰花的路上。

又过了一个春天，你俩碰到一只受伤的、壳破了的蜗牛，趁妈妈没注意，悄悄养在卧室的抽屉里，还偷来妈妈的牙线盒，给它设计了个新房子。

就这样，家里不断冒出新鲜物种：在小溪里网来的小鱼，妈妈害怕得要命、末末却喜欢得要紧的壁虎，看上去总在微笑的蝾螈，妹妹捡回的樱花枝，走到哪里都不忘往家里划拉的小石子，海潮冲上岸边的、形形色色的贝壳，周游世界沿途收集的树叶……对了，还有林子里和草地上看到的那些小生灵！我们一一给它们起了名字（主要是"小说家"然然的功劳）。

一对小红鸟，屋外的灌木丛是它们的家，早晨喜欢在日本枫和樱花树上唱几嗓子，时间久了，可以知道哪只醒得早，我们把它们分别叫作"霞客"和"云中君"。小蓝鸟，名唤"蓝采和"；小黄鸟，赐号"玄黄"；啄木鸟，人称"木心先生"。两只小松鼠——"松松兔"和"桑桑鼠"——总是悄悄攀上露台。狐狸的警觉超过所有动物，永远只在屋外惊鸿一瞥，然然姐姐给了它一个充满喜气的名字——"福禄"。鹿是这些生灵中最大胆的，妈妈精心栽培的两盆玫瑰，一长出新叶子就被吃掉，花朵也吃，无论是盛开的，还是花骨朵；从春天到夏天，吃了至少十次；而且，每次都不忘带着小鹿宝。妈妈直接唤它们作"采花大盗"；爸爸安慰妈妈说：鹿们喜欢，你就权当回馈大自然吧。

这些生灵们，一旦给命了名，就和我们产生了牵绊。

亲爱的未未、末末，你们看，我们所生活的这个宇宙中，汇聚了这么多美妙的万物生灵。万物之间，仿佛连成了一片无限的网络，遥相呼应、交相辉映。这张网，虽无限却也脆弱，把一切事物——所有的生命——包容在内，简单或复杂，直接或隐藏，强大或微妙，暂时或非常持久。而我们人，置身其中，去触摸，去感知，化作一个个特别活泼、强烈、有意识的关系节点。

我们轻易就可以爱上那些我们喜欢的人、事或物。

爸爸很喜欢诗人尼科莱特·索德的一首诗，叫作《愿我们养育出热爱不被爱的事物的孩子》。

愿我们养育的孩子
爱那些不被爱
的事物——蒲公英、虫子和小蜘蛛。
孩子们能感觉到
玫瑰需要荆棘

奔向那些被雨淋湿的日子
也以同样的方式
转向太阳……

当他们长大后
有人必须说话，为那些
没有声音的人

希望他们能凭靠那
更狂野的纽带，那些日子
关爱温柔的东西

并成为那样的人。

爸爸觉得，就如同纪伯伦的《孩子》一诗，索德也是在用诗的语言，描绘一条清晰的爱的教育的道路：从珍惜自然界的日常微小之物如"蒲公英、虫子和小蜘蛛"开始，到保护那些不能为自己说话的、无法保护自己的人，直到这种爱延伸向整个世界。

正如"玫瑰需要荆棘"，困境总是存在。生活中有阳光，也有雨天，那么，体味悲伤和压抑的时刻，就要像享受快乐和乐观的时刻一样勇敢。孩子们必须学会"奔向那些被雨淋湿的日子"，就像"转向太阳"一样。直面生活悲喜的勇气，至关重要。

这样，孩子们长大以后，就有更大的勇气，为那些"没有声音的人"说话，确保他们被听到。"没有声音的人"是我们世界上的弱势群体，他们缺少许多人拥有的权利。在为他人说话的时刻，孩子们将借鉴那种"更狂野的纽带"——这里指的是童年的爱，在这个生命阶段，孩子们通过父母的教诲学会了"爱那些不被爱的事物"；进入成年，便早已准备好帮助他人。

亲爱的未未、末末，爸爸妈妈愿继续呵护你们那小小的、珍贵的爱，愿你们"关爱温柔的东西，并成为那样的人。"

心理学家卡尔·荣格有句名言："谁看外面，谁做梦；谁看里面，谁觉醒。"但哲学家罗曼·克兹纳里奇认为，二十一世纪需要从内省转向外省，而外省的最终形式是共情。

这位哲学家告诉我们："共情不仅仅是扩展你的道德世界的东西。共情可以使你成为一个更有创造力的思想者，改善你的人际关系，锻造使生活值得过的人类纽带。"

亲爱的未未、末末，为什么共情如此重要？不仅因为它使我们变得更好，而且因为它具有实实在在的好处。它有能力治愈破碎的关系，打破我们的偏见，滋养我们对陌生人的好奇心，使我们重新思考生活的追求。归根结底，如克兹纳里奇所言，共情创造了人类的纽带，使生活值得过下去。

共情不是怜悯。怜悯，是承认另一个人的感受，比方说，"我为你的损失感到难过"，意味着理解对方正处于悲伤之中，并承认这一事实。而共情是设身处地为对方着想，体会对方的感受，就好像你自己经历过同样的事情一样。

怜悯和共情的区别是巨大的，尽管它们常常被归类在一起。怜悯是被动的，共情是主动的。共情往往创造奇迹，可以将大家聚集在一起，使人们感到被包容，从而促进了联系；而怜悯却可能推演出权力的不平衡，并导致孤立和区隔，这是一个不幸的结果，因为怜悯通常起源于好心，却不知不觉走向反面。

要做到共情，需要经过一些必要环节：

> 换位思考，即站在他人的立场上考虑问题。
> 不做评判，用心倾听。
> 感知他人的情绪。
> 沟通表达你对这种情绪的认知。

哪一条也不像表面看上去那样容易。

换位思考，你必须愿意并能够通过对方的眼睛来看待和感受这个世界，就像俗话说的，把脚踏进他人的鞋子。你需要把自己的事情放在一边，真正体会他人正在经历的事情。

远离评判也很重要。妄自评判另一个人的痛苦或遭遇，会掉入个人经验的狭窄陷阱。远离评判，用心倾听，意味着对他人的感受持开放态度，并避免发表无效或使他人感到不安的评论，比如"我觉得那没什么呀"，或"我不知道你为什么这么在意"。

认识情绪，意味着审视自己的内心，体会对方有什么样的感觉。这表明一种完全愿意承认对方感受的态度，或许还可以试图替对方说出这种感受。你可以问对方，你是否正确地捕捉了他们的感受，比如："听起来你感觉非常沮丧"或"听上去你对这个问题感到非常难过"。

沟通表达你的认识，与其说"至少你可以这么办……"不如告诉对方，你真正理解他们的处境，并认同他们的感受和经历。例如，你可以这样说："很抱歉你受伤害了。我也经历过，真的太糟糕了。"或者，你可以尝试说："听上去你遇到了麻烦，跟我多讲讲吧。"

用社会工作专家布蕾内·布朗的话来总结："共情没有脚本。没有哪种方法有多么对，也没有哪种有多么错。它只是倾听，保持空间，不作判断，在情感上联结他人，并传达'你并不孤单'这一令人难以置信的治愈信息。"

在思考共情时，爸爸还想特别提醒一点，一定要把它同所谓的"黄金律"——"你们愿意人怎样待你们,你们也要怎样待人"——区分开来。尽管"黄金律"反映的道德法则犹如黄金一般贵重,但它并不是共情,因为它仅仅考虑你以自己的视角来看,希望被如何对待。共情比"黄金律"更难:它需要想象他人的视角,然后再采取相应的行动。

亲爱的未未、末末,不妨把共情当作一种特别的体验,一种不寻常的、挑战性的人生旅行方式。著名作家乔治·奥威尔,一个深怀共情之心的人,告诉我们,旅行不是为了享受异国情调,或是参观标准的景点,而是通过进入他人的生活——并让他们也看到我们的生活——从而扩展我们的思想,点亮我们的人生。

所以,在人生的旅途中,与其问自己,"我下一步能去哪里?"不如问自己,"我下一步能踏进谁的鞋子里?"

在共情之上,还有慈悲。

如果说爱是一种给予他人自主权的恩典,并允许相爱者以相互发现的方式彼此尊重,那么就可以说,慈悲心是爱的最纯粹的源泉之一。美国歌手露辛达·威廉姆斯有一首美丽的歌曲,抓住了这种相互发现的紧迫性。

> 对你遇到的每个人都要有慈悲心……
> 因为你不知道发生了什么样的深处战争,
> 在灵与骨的交汇处。

慈悲与共情有什么不同？慈悲要求我们审视自己的内心，发现是什么让我们感到痛苦，然后在任何情况下，都拒绝将这种痛苦施加给其他人。

我们看到某人经历的痛苦，以及我们随之产生的慈悲，并不是由某时某处的客观事实决定的，而是由谁在看决定的。促使我们愿意伸出援手的，不是痛苦的严重程度或真实情况如何，而是我们是否在受害者身上看到了自己。

如果我们在所做的一切中选择慈悲，那么无论任何人对我们做什么，我们都能让它在我们的生活中发挥效用。如果我们将慈悲视作高于一切，那么你就真正到达了一个地方，没有什么能够伤害你。

亲爱的未未、末末，爸爸这样说，并不是笃定你们从此就不会受到伤害了，而是期冀你们通过慈悲心，来克服施加在你们身上的任何痛苦！

慈悲，换一个角度来说，就是接纳自己的脆弱，并在这个基础上去理解他人。这正是我们每个人所需要的：有人无条件地对我们表达慈悲，不论我们有什么弱点。试问，假如我们每个人都诚实地照照镜子，有多少人会真的喜欢自己所看到的一切？其实，我们最难原谅和显示慈悲的，就是我们自己。当我们能够真正对自己显示慈悲，我们就会有慈悲心来给予他人。

这必须首先从学会做人、知道是人就会犯错误开始。如果我们不能包扎自己的伤口，滋养自己艰苦卓绝的灵魂，我们怎么能真正为别人做到这一点？如果不对自己仁慈，不照顾自己的身心，怎么能告诉或教导别人这样做呢？我们父母，尤其需要通过自身的榜样来教导孩子们。"我爱你"或"我很抱歉"这些话，如果它们背后没有任何行动，就非常非常空洞。

正如在最深的慈悲当中会有很多苦难一样，心怀慈悲也会有最大的回报。海上起风暴了，然而即使在最严重的风暴中，海洋的最深处也波澜不惊，静静地待在那里，美丽的生命不受干扰。这就是纯粹的慈悲对人的灵魂的抚慰。当生活的风暴在你周围肆虐时，慈悲所带来的和平和安全感，即使是最大的考验、恐慌、苦恼和痛苦，也不能剥夺掉。你知道一切都会过去，因为所有的风暴都是暂时的，就像生活中的考验一样。有些可能持续十年或十五年，然而正是在这些时候，深刻的性格在你的心和灵魂中建立起来。

就像黄金一样，你必须把它加热若干次，使其化作液体，再撇去表面的渣滓或污垢，最终获得最纯净、最有价值的内核。那些有时充满我们生命的考验和悲伤，是为了去除我们的心和灵魂中不需要的渣滓而施加的热量，把我们带往一个更纯净的存在，一种更宏大的慈悲心。

正如爱因斯坦所说："我们的任务必须是解放我们自己……通过扩大我们的慈悲心圈子，来拥抱所有的生物和整个大自然的美。"也正如弘一法师圆寂前最后的手书："问余何适，廓尔忘言，华枝春满，天心月圆。"

亲爱的未未、末末，听起来很玄奥是吗，没关系，这封信写给未来的你们，留给你们慢慢去体会吧。

你们教给爸爸妈妈的"白金律"

二〇二一年 三月

> 父母和子女的互动质量高低,是一件双向的事情——小孩影响父母的程度,可能同父母影响小孩的程度一样深。

亲爱的未未、末末:

末末有句口头禅:"我在思考人生。"十一岁的小孩已经遇到了说不清、想不明的人生烦恼了。

爸爸开始在家里定期召开读书会、观影会,还有家庭会议,起因便是察觉到你们在成长的过程中遇到了一些烦恼。这些烦恼并不是你俩独有的,很多人在这个年龄段都会经历类似的困惑。

爸爸觉得,人生的困惑大抵来自四个方面:不可避免的死亡,内心深处的孤独,一边追求一边害怕的自由,以及欲望不满足就痛苦、满足了则无聊的恶性循环。

也许,从现在开始,可以和你们认真谈谈人生了。不过,用交流的眼光来看，不是和你们谈人生，而是和你们一同思考人生。"一起、一同"是交流的要义，也是关系的要义。

让爸爸先来谈谈关于交流这回事儿。

人类已经交谈了很长时间。语言学家丹尼尔·埃弗里特说："当最初的人说出第一个单词或句子时，语言并没有真正诞生。它是在第一次对话时才诞生的，对话是语言的源头和目标。"

想象一下原始部落的场景：你看到一只猛虎，警告了我。所以我躲开它，活下来了。这显示，人虽然体型小，皮肤柔软，没有尖牙利爪，也没有速度和强大的力量，但只要他们能够彼此交谈，就可以战胜猛虎。

正是语言，让我们实现了"成为人类"这一伟大飞跃。动物并没有语言。动物当然也交流，每种动物都有一些与其他同类动物互动的方式，但那并不是真正的交谈。这种互动可以是呼叫，或者扇动翅膀，蜜蜂甚至还会跳复杂的舞蹈。但没有一类动物能使用人类的说话方式。

另一位语言学家乔姆斯基说，人类的语言有一个很重要的特点，动物世界做不到：动物只是拥有一种它们可以告之同类的事务清单，但不能编造新的东西；可是人类可以不断地说出新东西，哪怕是自己没有听说过的东西。

其实，你俩从小不停编造的"小鱼和螃蟹"的故事就是这样。从没有其他人讲过这个故事，而你们一直在这样做，甚至连想都不用多想。

语言起源于交流，也为交流插上了翅膀，人类得以更好地协作、创造。

实际上，交流远非上边爸爸想象的原始部落场景那么简单。它非常复杂；正是对交流活动中所隐藏的复杂性的揭示，才引发了二十世纪的一些伟大发现。

打个比方，交流很像跳舞，就是那种有舞伴的舞蹈。这样的舞蹈要想跳好，不能只依赖于一个人的舞技。一个伟大的舞者，如果不考虑舞伴的技能水平并去适应对方，就会使两个人看起来都很糟糕。即使是两个才华横溢的舞伴，也无法保证一定会成功。当两个熟练的舞者在动作不协调的情况下各自表现时，对舞者来说很糟糕，对观众来说很愚蠢。

像舞蹈一样的关系交流是一种独特的人类创造。你的跳舞方式可能会因舞伴而异，同样，你的交流方式也一定会因不同的交流对象而不同。

赫拉克利特这位古希腊哲人有一句名言："人不能两次踏进同一条河流。"这是因为，河流在变，踏入河流的人也在变，而河流与人的周围环境都在变。

交流，像河流一样，是一个持续变化的过程。你在变化，与你交流的人在变化，而交流的环境也在不断变化。你进行了一次交流，但围绕着这个交流行为，前前后后都会发生一系列的事件。

交流形成关系，而关系永远正在进行中；交流不是我们对他人做的事情，而是我们与他人一起开展的活动。在人类社会中，有些东西可以单独存在，有些事物却只有依靠与他人互动才能存在。比如，我们说一个人有吸引力，那么，他（她）必须有可以吸引的对象才行。没有了追随者，哪里会有领导人？征服者难道不是先被他（她）想要征服的人征服了？爱情就是一种典型的双向关系，你爱上一个人，需要对方对你的爱充满赞赏地予以肯定。

交流是不可以单独存在的（与自己内心的交流除外，那是另一个话题）。交流的互动性和相互依赖性在一种特别的关系——爸爸妈妈和子女的关系——也即亲子关系中，体现得异常明显。

养育你们的过程中，爸爸越来越体会到：父母和子女的互动质量高低，是一件双向的事情——小孩影响父母的程度，可能同父母影响小孩的程度一样深。

父母和孩子相互塑造着彼此的感受和行为。例如，研究社会行为的人会把青少年的某些行为叫作"问题行为"，有这些行为的孩子，会引发父母高度控制反应，从而导致更多"问题行为"的发生；自尊心低下的父母往往会传达出一些信息，削弱他们的孩子的自尊心，而孩子的自尊心降低，又使父母对自身的感觉更糟糕：这就出现了一种双向的循环。

大人大声呵斥小孩的时候，小孩也会大叫，并对大人说：是你先冲我嚷嚷的。公平地说，大人冲小孩嚷嚷，可能确实是有道理的，不过方式还是有问题。要想不培养一个嚷嚷的小孩，大人就不能老是冲小孩嚷嚷。大人权力大，责任也大，所以行为的改变，要先从我们大人做起。

这时，对于我们父母来说，要想帮助自己的孩子成长为有爱心和责任感的成年人，似乎最好的办法就是牢记一条亲子关系的法则：假设你处于和孩子同样的位置，那么，你希望自己被怎样对待，就请怎样对待你的孩子。

这条法则乍听上去很有道理，而且似乎很讲公平，但细究的话，就不一定了。

它的背后显然有"道德黄金律"的影子。以自己期望被对待的方式，来对待他人——这条原则犹如黄金宝石一般贵重，所以被称为"黄金律"。在大多数宗教和文化中都有类似的格言，历史极其悠久。

例如，印度的释迦牟尼说："以己喻彼命，是故不害人。"（《法集要颂经》）每个人的生命都是一般地珍贵，所以不能杀害生灵。《马太福音》第七章第十二节说："无论何事，你们愿意人怎样待你们，你们也要怎样待人。"波斯袄教的教谕指出："唯有不将于己不利之事施于他人，人性方可称善。"伊壁鸠鲁告诫希腊人："你自己竭力想避免的痛苦，不要强加给他人。"而在《论语》中，孔子先后两次说过："己所不欲，勿施于人。"

仔细推究，各种宗教和文化对于黄金律的不同表述，可以归纳为否定式和肯定式两大类。否定式最为常见，最典型的表述就是孔子所说的"己所不欲，勿施于人"，在中国叫作"恕道"。基督教里也有类似表述,在《圣经·后典·多比传》中,多比对他的儿子说:"你不愿意别人如何对待你,你就不要以同样的手段去对待别人。"

而肯定式就是反过来,己之所欲,施之于人,把自己想得到的给予他人。如孔子又说过:"己欲立而立人,己欲达而达人。"中国道教经典《太上感应篇》劝导人们说:"见人之得,为己之得,见人之失,为己之失。"基督教《圣经·旧约·利未记》记述耶和华的话:"要爱人如己。"

"道德黄金律"被认为以最精炼的语言浓缩了人类最基本的道德,但它忽视了一个最关键的问题:一个人怎会知道别人想被如何对待?

当然,显而易见的办法是询问他人,但如果没有达成特定的、相关的理解,依然无从知道。剧作家萧伯纳因此写道:"不要用你希望别人对你的方式对人。人们的口味可能完全不同。"

必须考虑到人们的价值观、兴趣取向和利益诉求都有很大的不同。"黄金律"的一个问题是,它是自我主义观念的一个变体:我自认为有益或有害的东西,主宰了我的道德决定。可是,接下来我们会陷入麻烦:我怎么知道我所欲求的东西,也会是别人所欲求的?如果直截了当地默认这一假设——对我有用的东西对别人也有用——就会形成主观主义的谬误。

如果你的价值观没有得到他人的认同,你希望得到的对待就不会是他人也希望得到的。正如哲学家伊恩·金所说,"黄金律"的肯定式"在错误的人手中是危险的",因为"一些狂热分子对死亡并不反感：'黄金律'可能会激励他们在自杀性任务中杀死其他人"。甚至纳粹分子也可以应用"黄金律"，该法则恰恰给了他们想要的理由，让他们去做别人认为绝对令人发指的事情，比如：以世界上最好的意愿为名，从事种族灭绝……

"黄金律"的否定式是不是会好一些？否定式往往比肯定式更常见，伊恩·金在他的《如何做出好的决定并始终保持正确》一书中说，"以别人对你的态度，来反映你对别人的态度，虽然这样的想法确实非常普遍……不过大多数古代智慧都是否定式的——建议你不要做什么，而不是你应该做什么"。但首先，我们需要弄明白一点，肯定式和否定式到底有什么区别？

举个例子，未未、末末，你们两个人经常打架，爸爸教训你们说："都离对方远点！"这就是否定式。另一方面，妈妈会开导说："对你的哥哥（或妹妹）好一点！"这才是肯定式。任何有兄弟姐妹的人都会很快认识到，执行消极的命令（即不做事情）比执行积极的命令（即做事情）要容易。

这种差异是巨大的，我们可以看到它在实际生活中是如何运作的。"黄金律"的否定式可以被理解为最低限度的义务：我们只是不允许做任何有意为害的事情——而其他额外的事情都由我们自行决定。

有的时候，一个人可能在世界上遭遇了很大的痛苦，如果我们相信他的痛苦是由命运碰巧造成的，那么否定式的"黄金律"可能意味着我们可以不去管他，我们没有义务帮助他。甚至我们也许会认为，受苦是符合他的最佳利益的，可以实现他的忏悔或开悟。

这就是为什么，有些哲学家相信，否定式的道德律令有可能导致惰性，使不良行为和状态得以持续下去。如果说，否定式是道德的底线，那么，肯定式则是道德底线的升华。很多人可能只是止步于底线就满足了，因为不施害于人似乎比施惠于人更容易一些；往往需要额外的动力，才能从遵循否定式转为执行肯定式律令。

爸爸给你们讲了肯定式与否定式各自的问题，也许可以从中得出一个结论："黄金律"并非坚如金石，除非用其他道德法则对其施加限制。

你们可能会问了："黄金律"都不一定管用，难道有一个更高的"白金律"？如果有这样的"白金律"，那又是什么？

其实很多时候，我们并不需要诉诸更高层次的规则，而只需要一些背景常识和道德判断力。如果存在所谓的"白金律"，爸爸相信，它的表述方式可能是这样的：对待别人，就像别人希望他们被对待的那样。

美国作家戴尔·卡耐基有一本畅销书，叫《如何赢得朋友及影响他人》。他在书里讲了一个故事，可以借用过来说明"白金律"为什么是必要的。

> 我个人非常喜欢吃草莓和奶油，但我发现，由于一些奇怪的原因，鱼更喜欢吃虫子。所以当我去钓鱼时，我没考虑我想要什么。我想的是鱼想要什么。我没有用草莓和奶油作为鱼饵。

相反，我在鱼的面前晃动着一条虫子或一只蚱蜢，并说："你不想吃这个吗？"

刨除这个故事中钓鱼所包含的引人上钩的意味，卡耐基提醒了我们一个常识：展开交往时，为什么不先想一想，别人到底想要什么？

爸爸有一个爱好：阅读。我不钓鱼，不打高尔夫，也不收集宝可梦卡片。我读很多书。仅此而已。

由于这种爱好，多年来，我最喜欢送人的礼物是：书。我最喜欢做的一件事是：给人开书单。

学生会收到我开的书单，你俩也是。每次推荐完书，我都在期待，你们一定要读爸爸列的书啊，这本书可能会给你们的生活带来巨大的变化。当你们不去读的时候，爸爸总是很惊讶，心想：怎么会呢？爸爸喜欢的书，你们怎么不喜欢呢？怎么宁愿放弃学习新东西的机会呢？

有的时候，你们的确读了，但是爸爸却对你们不做读书笔记很不满意（因为我自己一向是做读书笔记的）。爸爸向你们提问书中的内容，你们答不上来或者答得不好，爸爸也很恼火：你们读书怎么能不带着脑子呢？

天底下有些父母，可能很像我（不见得是书呆子，但总有点自我陶醉）。我们都不乏自我迷恋，认为每个人都有着和我们一样的兴趣、欲望，或激情。对待孩子，尤其如此。

这就是"黄金律"应用到亲子关系上的偏差。它没有考虑到一个人的自主性：这是我想被对待的方式，所以我就这样对待你。难道一个人就不能选择他们自己想被对待的方式吗？

作为父母，我们自己走过的道路，假定被视为成功，会希望自己的孩子再走一遍。假定被视为失败，我们就告诫孩子，千万不要走爸爸妈妈的老路。在这些时候，我们从来没有问过孩子：他（她）自己到底想走一条什么样的道路？

推广到其他方面，我们会假定我们的朋友和自己喜欢做同样的事情；我们的学校也建立在这样的前提下：每个孩子都以同样的方式学习，最后从一所四年制大学毕业；进入亲密关系的时候，人人都默认遵循同一个择偶模板；而在职场上，所有人都注定走上一条类似的职业道路，目标是晋升、管更多的人和拿更高的薪水。

所有的这些"前提假设"导致的结果是，我们似乎都在追逐相同的目标，并觉得任何不符合预期的事情都应当归入失败。所有这一切，导致了大量的努力、压力和沮丧，以及最糟糕的：千篇一律，千人一面。

爸爸醒悟过来，现在到了该尝试不同方法的时候了——拥抱差异。

与其假设其他人都和我们想法一样，不如充分尊重他们与我们完全不同的可能性。这是一个令人震惊的想法，但爸爸意识到，它是如此必要且紧迫，尤其是当我们面对家人和最亲密的朋友的时候。

比如，然然姐姐上高中的几年，爸爸很难不去想象她未来的生活，并试图为她打算"完美"的职业、人生道路。对爸爸来说，这几乎就像一个试验，创造一个"迷你版的我"。一想到她对爸爸的计划完全不感兴趣，我心里就难免有点恐慌。

恐慌诚然也是多余的，然然姐姐有她自己的路要走。于是，在她由高中升大学的重要阶段，爸爸不得不每天提醒自己一个重要事实：她是一个独特的个体，会规划出自己独特的道路；大人必须尊重她的自主权。

然而，当我转向还未成年的你们的时候，为什么马上又会忘记遵循同样的法则呢？难道因为她成年了，而你俩还没有，便有道理这样对待你们吗？

爸爸犯了一个通病。在我们的社会中，父母往往有对未成年子女大包大揽的倾向。我们一直在问一个错误的问题："哪套规则对儿童有用，哪套又对成人管用？"其实，现实要简单得多：所有人的表现，都取决于他们受到了什么样的对待。年龄根本不是区别。

慢慢地，爸爸开始体会到：父母之道在于，帮助孩子实现对他们来说很重要的东西，不管父母自己的喜好如何。这就是"白金律"的精髓——像别人希望被对待的那样，对待他们。

只有当你真正关注、理解他人，甚至采用他们的视角对待他们时，"黄金律"才算适得其所。

爸爸又由此想到，这种方法应用在人际交往上也是一样。例如，很多人谈及自己遇到的困难时，目的并不是寻求别人的意见，只是把这些谈话当成一种建立联系和分享人生经历的手段。一个人在遭遇重大打击之后，可能并不想要关于让人生如何变得更容易的演讲，或者是老生常谈的"时间可以治愈所有的伤口"；他可能更喜欢一个拥抱，一个可以哭泣的肩膀，以及一双可以倾听的耳朵。

所以，交往时，有的时候，我们需要遏制住向对方提供建议的冲动，要认识到交谈双方是不同的个体，有不同的偏好，不同的兴趣，不同的成长环境，也许来自不同的文化。如果你非要把自己作为基准和标准，来衡量其他人应该被如何对待，那么这将产生非常扭曲的世界观，即相信世界上有一个正确的答案，一条绝对的真理，一种正确的生活方式。

更合适的做法是，真正去尝试理解人的多样性、特殊性，看到他人的不同需求和利益，看到不同的美。对自身而言，也是一样的道理；如果我们履行了对自己的义务，尽最大努力发展了我们所拥有的兴趣、激情和才能——即使我们没有赢得金牌，没有挣到大钱，没有被授予了不起的头衔——这依然是美好的生活。

"白金律"与"黄金律"相比，更加秉持一种克制和尊重的态度。它告诉我们，不要强加于人；我们并不总是知道什么是最好的，所以，要活到老，学到老。

小孩影响父母，如同父母影响小孩一样；所以，亲爱的未未、末末，爸爸在此要感谢你们，在你们成长的过程中，我从你们身上学到了更多。

关于家务劳动不得不聊的事儿

二〇二一年 十月

一个温馨的房间有时是最被需要的礼物，可以送给你自己，或者你所爱的人。

亲爱的未未、末末：

以前妈妈总和爸爸说，家务劳动会使人变傻。傻到一朵飘落的叶子砸在头上，肉身都会解体。

爸爸很少体会到这种感觉，直到有一天，因为要照顾爷爷奶奶，开始和他们住在一起，不得不每天做家务。爸爸试图列一个最讨厌的家务活单子：吸尘很费时，而且超累；套被子和换床单也不轻松，总是把这件事推迟到睡觉前；擦灶台怎么样？似乎也可以排进前三；那么，刷马桶呢？清洗水槽呢？清洁抽油烟机呢？

爸爸一边干活，一边琢磨：究竟为什么家务劳动如此难以忍受？某些特定的家务显然相当令人不快：很少有人喜欢刷马桶，或者从厨房水槽里抠出淤积的剩菜。除了这些不愉悦以外，家务劳动总体上是件让人泄气的事情。

很大的原因在于，它似乎是个没完没了的无底洞，很少能达到那种心满意足的感觉，甚至连取得一点点进展的欣喜都没有。

把干净的碗碟从洗碗池中拿出、摆好，似乎是为了第二天可以再次弄脏它们；把衣服洗干净，整整齐齐叠好，以便第二天它们再回到脏衣服筐里。法国哲学家西蒙娜·德·波伏瓦在《第二性》中写道：很少有工作比家务劳动更像是一种西西弗斯式的折磨，它无休无止地重复着。干净的变成脏的，脏的变成干净的，一遍又一遍，一日复一日。

不做家务，你们就不会意识到日常习惯很重要，如果不改变，它们将继续拖累做家务的人，特别是我们这个社会里的女性。

记得你们看的《小妇人》吗？女主角乔·马奇不愿意做家务，因为家务事使得她没时间去做自己想做的事情。"我干不了，我生来不是过这种生活的。我知道，要是没人来帮我，我会挣脱开做出不顾一切的事情的。"

在 BBC 的一部纪录片中，J.K. 罗琳曾经谈道，她是如何在独自抚养孩子的同时，抽出时间来写第一本《哈利·波特》，回答是："我有四年时间没有做家务。"

为什么那么多的女性必须要做家务，而男人却不用做？某位当红相声演员在节目中曾脱口而出："女人你连家务都不干好，我娶你干什么呀！"他后来解释，因为自己受传统的家庭环境和教育思想影响，觉得女人必须会做家务，否则结婚之后，女人不仅要被老公嫌弃不会做事，还要接受婆婆的批评和指责。在这样的人看来，谁做家务活，就是由性别来划分的。

传统的关于家庭男女分工的想法根深蒂固。打理一个无懈可击的家似乎是女性天经地义的职责，而不会被当作对女性的隐蔽的、内在的歧视。讽刺的是，一个重视清洁的男人会被格外夸赞，而一个爱干净的女人则被认为是理所应当，否则，就是一个懒女人、不称职的女人。

爸爸现在还清楚地记得，你俩出生从医院回到家，家里请的月嫂，死活不肯抱着小男孩进厨房，理由是：男人要是进了厨房，以后就没出息了。

至今，在中国的很多地方，大人一般不让男孩干家务活，但却会要求他的姐妹扫地、抹灰、洗东西、带小孩，充当厨房的小帮手。

小学二年级的女孩未未，就已经对男女不平等有感触了：为什么女的生孩子，男的不用生孩子？我觉得这不公平。男生力气大，打女生；大人力气大，弄哭小孩，这些都不公平。

未未说对了，男女不平等仍是当前社会普遍存在的事实。

在所有关于女性不平等的书当中，最有名的可能就是波伏瓦的《第二性》。这本书1949年以法语出版，书名的意思是，女性成为了相对于男性的"第二性"。原因在于女性被定义为男性的"他者"，并被归入附属等级。

什么叫"他者"？这是个有点抽象的概念，要了解它，得先从"自我"谈起。以前爸爸和你们讲过自我概念，它包含了一个人的自尊、自我形象，以及想成为什么样的人。它是看待自己、自己的经历和环境的方式，以及对自身的感觉的综合。

这种综合感觉是一种循序渐进的过程。

以你俩的成长而言，首先开始于对自我身体的认识——也就是探索自己的身体。所有婴儿似乎都对玩自己的手和脚相当着迷，交替地触摸、移动和观察它们。

爸爸清楚地记得，两岁多一点的时候，吃完了晚饭，末末不回小床，而是躺在大人的大床上，四脚朝天，玩自己的脚丫子，一边玩还一边说："末末在读脚。"这个阶段，"我"是我的身体自我。

很快，你俩就来到第二个阶段，"我"变成了"我所能做的"。在幼儿的词汇中，"看我的！"很快就成为一种常规的表达方式，因为你们对自己能做成某件事越来越得意。

末末在这个阶段，不玩自己的脚丫子了，开始玩各种各样的小汽车。妈妈记得，六岁的一天，早晨上学路上，男孩问："这世界颜色最多的车是黑色的，还是白色的？为什么我不能有一辆白色带绿色的跑车？"妈妈回答："可以呀，你还可以定制呢，当然，也要看你有没有钱。"小男孩语气沉稳地回答："嗯，到时候，看我的画能卖出多少。"末末对绘画技能的夸耀，本质上是对自己能力的一种庆祝，所以，在这个阶段，"我"强调的是"我的能力"。

从幼儿来到青少年时期，你们在人生中第一次思考自己的身份。你们开始想知道自己是谁，并对自己是谁的原因感到好奇。同时，你们也想知道别人如何看待自己。这时，"他者"就出现了。所谓"他者"是相对于"自我"而形成的概念，指自我以外的一切人与事物。凡是外在于自我的东西，不论它以什么形式出现，可见还是不可见，可感知还是不可感知，都可以被归为"他者"。

放到你俩的成长过程中来看，你们的自我概念慢慢与你们正在发展的新的身份相联系，而你们的身份认同越来越独立于家庭。这里讲的身份认同不是别的，就是自我的标签，而你们的自我标签，开始包括其他人为你们贴上的标签。你们发现自己会根据同谁在一起的情况，而有不一样的表现。你们由此进入了"别人说我是什么，我就是什么"的阶段。

这里的别人，也就是"他者"，对于你们的自我定义和完善必不可少。特别重要的是同龄人群体，对于青少年来说，同龄人群体提供了关于自我概念的宝贵信息。比如，你在这个群体的眼中是什么样子？是酷、是呆，还是萌？

很有意思的是，一方面，青少年为求获得同龄人的认同，往往会不自觉地追随潮流；但另一方面，青少年日益感到自己是一个独特的个体，如同歌手张国荣所唱的，"我就是我，是颜色不一样的烟火"，虽然难免要和别人共同完成任务，但相信自己总是可以与别人相分离，相独立。

青少年的自我的形成依赖于自我与他者的差异，依赖于成功地将自己与"他者"区分开来。在很大程度上,甚至可以说,自我身份的建构依赖于对"他者"的否定。由于这种否定,"他者"带上了负面色彩:暗示了边缘、属下、低级、被压迫、被排挤的状况。社会学家齐格蒙特·鲍曼总结了身份的二分法:

"女人是男人的他者,动物是人类的他者,陌生人是本地人的他者,异常是标准的他者,偏离是守法的他者,疾病是健康的他者,精神错乱是理性的他者,普通大众是专家的他者,外国人是本国公民的他者,敌人是朋友的他者。"

在这人类社会中的一长串"他者"名单中,波伏瓦第一次深刻论述了,为什么女人成为了"他者"。

在《第二性》第二卷第一部的第一章,波伏瓦开宗明义地说:"女人不是天生的,而是后天形成的。"这是《第二性》全书当中最有名的一句话。

为什么这句话如此出名?因为它首次把社会性别同生理性别区分开来:后者是生物性的,与生理因素和生理结构有关(比如性别男和性别女);而前者则是通过文化积累习得的,关于男性或女性的角色、行为、活动及特质(比如男性化和女性化)。

长期以来,我们的社会对男人和女人各自如何说话、着装、打扮和行为,总有一些固定的期待。社会性别角色影响了人们的言行举止、与别人相处的方式,也影响了人们对自己的感觉。

社会对女性的期待,波伏瓦称为"女性气质"。在《第二性》中,波伏瓦批判了很多关于女性气质的谬论。例如，从童年开始，女性就被教导说，"女孩要有个女孩的样子"，必须做符合女孩身份的事。女性通常被期望以典型的女性方式着装，出门要化妆，回家要做饭，并有礼貌、包容和养育子女。

在《杀死一只知更鸟》中，就有这样一段情节：亚历山德拉姑姑不满意斯库特穿着背带裤在外边乱跑，认定凡是得穿裤子去做的事儿，女孩子都不应该做，努力想把喜欢打架、会说脏话的小女孩斯库特培养成一名淑女——"举止优雅，摆弄摆弄小炉灶和小茶具，再戴上我出生的时候她送给我的那条每年添加一颗珠子的珍珠项链"。哥哥杰姆也劝妹妹："你就不能学学针线活儿什么的吗？"斯库特回答："我偏不学！她从来都不喜欢我，就是这么回事儿，我才不在乎呢。"

女孩斯库特的遭遇很常见，《第二性》这样描述："人们要求小姑娘拥有女性的美德，教会她烹饪、缝纫、做家务，同时学会打扮、施展魅力、懂廉耻；人们让她穿上不方便而又昂贵的衣服，她必须细心加以料理，人们给她梳理复杂的发式，强加给她举止规范：站立笔直，走路不要像鸭子；为了显得妩媚，她必须约束住随意的动作，人们不许她做出假小子的举动，不许她做激烈的运动，不许她打架，总之，人们促使她像她的女性长辈那样变成一个女仆和一个木偶。"

最根本的是，成年以后，女性不能拥有对自己生活的理想愿景，不能随心所欲地去追求自己想要成就的事业，因为这一切都被认为可能会损害女性气质。女性由此总是处于一个双输的境地：做自己，就意味着变得不可爱；而如果想要获得爱，就得放弃自我。女性很难选择自己的命运。

女性为什么这样窘迫呢？因为她们是被"第一性"迫使变成"第二性"的。我们长期处于男性为主导的社会，这种社会总是告诉女性，她们不需要有自己的职业，婚姻和家庭就是女性的全部；人们总是说，女性天生顾家，所以渴望成就一番事业有违女人的天性；女性为爱牺牲自我，成为妻子和母亲，在相夫教子方面越成功，女性就越能感到"幸福"。

女性陷入屈从地位的一个重要方面恰恰在于：女性负责生育，并因此承担了社会关于母亲角色的一切期许。

当你俩还是小宝宝的时候，爸爸和妈妈把你们放在两个婴儿车里推出去散步，几乎总是会引来邻居们羡慕的目光，他们会夸赞说：妈妈真了不起啊！不用费两遍事了！

现在，平均每个女人生两个孩子，可是，谁会计算生两个孩子需要付出多少时间呢——十八个月每天二十四小时，身体不停地孕育。

波伏瓦发现了一件很荒谬的事情：整个社会蔑视女性，却同时尊重母亲。"整个社会不让女性参与所有的公共活动，不让她们从事男性的职业，声称女性在所有领域都没有能力，但是社会却把最复杂最重要的任务——养育人类——托付给女性，这简直是一种充满罪恶的悖论。"因此，波伏瓦认为人们非常表里不一，说穿了是一种集体自欺。

波伏瓦想要纠正人们关于做母亲的两个错误观念：一是"成为母亲能够在任何情况下让一个女人感到满足"，二是孩子"一定能在母亲的怀抱中找到幸福"。波伏瓦发现，尽管很多女性享受做母亲的乐趣，但她们并不希望这是她们一生中唯一的事业。同时，如果母亲感到沮丧和不满足，她们的孩子也不太可能会感到快乐。

因此波伏瓦得出结论：显然，对于母亲来说，做一个完整的人要比做一个残缺不全的人，对孩子更好。

在今天，随着社会的进步，女性不再被排除在职场之外。但也因此，女性变成了"三重劳动者"——生儿育女，工作养家，同时还得面对那些几乎总是落在她们头上的家务。

现在绝大多数女性都有工作，并且是全职工作。女性受教育程度大大提升，她们已经涌入许多以前由男性主导的职业，如法律和医学，并且担任公司或政府领导人。今天的人们比40年前更加坚信，女性应该拥有与男性一样的机会，在学习和工作中取得成功。

可是，性别平等在一个关键地方却没有取得多少进展：人们自己的家中。家庭生活看起来与半个世纪前没有什么不同。

虽然年轻人对性别角色的态度已经变得越来越开放，不同性别的工资差距一直在缩小，父亲花在孩子身上的时间也越来越多；但是，人们依然普遍认为，妇女应承担大部分家庭责任。

波伏瓦对"家庭"一词的定义似乎依然奏效："家庭是这个男权

世界剥削女性的中介，每年从她们那里勒索数十亿个小时的'隐形工作'。"

妇女花在家务劳动上的"隐形时间"，特别是与孩子有关的时间，造成了招聘歧视和职场晋升中的偏见。

在职场上，一直有一个比喻，叫作"玻璃天花板"——在公司、机关和团体中，女性要想晋升到高级职位或决策层，常常面临潜在的障碍，虽可能像玻璃一样隐蔽，但却实实在在地存在着。一想到正是家庭中的不平等导致了工作上的不平等，有位女作者曾气愤地说："问题根本不在于玻璃天花板，而是黏黏的地板。"

女性在家中的"隐形工作"，包括所有无偿的照顾责任，生儿育女、做家务、照顾老人和小孩。她们构成了社会和经济增长的隐性基石，但在正规经济中却被排挤。政府不衡量家里做的工作，人们不认可女性多年来从事的无偿劳动，这使得女性无法充分获得回报。

所以，所谓"家庭主妇"的说法是很荒谬的，其实她们是"家庭工作者"。美国的"全国妇女组织"（NOW）曾提出一个口号"每位母亲都是工作的母亲"，正是在表达这个意思。

家务劳动理论家西尔维娅·费德里希把母亲的劳动称为"再生产劳动"。她使用这个词不只是指生孩子和养孩子；它表示所有维持生活的活计，目的是使自己和周围的人保持良好的状态：饱暖、干净、安全、被照顾，可以茁壮成长。"再生产劳动"意味着做早餐，洗衣服，打扫房间，购买家庭用品，照看新生儿，或帮助年迈的祖母洗澡——这些都是必须一次又一次反复操持的工作，没有这种"再生产劳动"，社会生产就不可能持续（比如让家人可以第二天精神饱满地去工作，孩子长大后可以参与社会生产等）。

这种"再生产劳动"还是一种情感劳动，因为照顾家人需要极大的情感投入，需要爱，需要积极的情绪和乐观的心态，需要严格的自律，需要无休止的耐心。如果我们觉得，妈妈好像在家里什么都没有干时，我们其实是把生活当中的一切，都看成理所当然了。

换句话说，母亲承担了"爱的工作"——艰苦、多才多艺、有创造力的工作。它需要面对不断变化的要求，克服令人心碎的挫折，花费漫长的工作时间（一年 365 天、一天 24 小时、一周 7 个工作日），以及掌握多种多样的技能。而只有当我们把工作叫作工作，我们最终才可能重新发现什么是爱。

与前些年相较，男性做家务多了许多，但女性做得仍然比男性多。很多时候，女性还是通常会承担额外的一件操心事：列出所有家务的清单，而男性只是从这个现成清单中挑选任务。

而且，还有一个让人生气的现象：丈夫会为妻子制造额外的家务劳动！

比如，由于妻子在家，丈夫就认为她有大量"空闲时间"来处理家务和任何其他可能出现的问题。当他把盘子放在水槽中，而不是洗碗机里；把脏衣服丢在地板上，而不是洗衣篮内；或者乱堆乱放衣物和床单，而不收进壁橱时：妻子的工作量就会变得像无底洞——尤其是当孩子们也照样学样的时候。

爸爸作为男性，需要时刻提醒自己家庭里存在的那些根深蒂固的偏见，比如，把大部分的家庭管理默认为母亲的责任。如果一方感到负担过重，就需要坐下来重新调整。爸爸妈妈逐项讨论需要做的事情，规定谁应该对哪些事情负全责。这些对话让爸爸妈妈有机会认识到为了使家庭运转而必须完成的一切，而不再是一方默默地做，另一方只是坦然接受；并且，更进一步，爸爸妈妈借此阐明各自对家庭生活的期望。最终的结果不一定是完全平等的分工，但起码有相互的公平感。事实证明，只有当夫妻双方对家庭分工感到满意时，才能拥有更高的婚姻和家庭生活质量。

但归根到底，男人应该洗碗，并不是因为别的，而仅仅是因为——碗是脏的，而女人不是唯一用碗吃饭的人。

不过，接下来还有个问题：你俩需不需要做家务呢？做父母的，该不该让孩子承担家务？

一些溺爱孩子的家长可能会觉得没必要，毕竟，管理家庭不是父母的责任吗？而且，只要孩子学习好，会不会做家务也变得不重要。甚至，在这些家长看来，为了让好孩子更好地学习，难道不是应该让他们袖手不管家务吗？

但爸爸妈妈却不这样认为。经过思考后，我们相信，让你们做家务，可能是父母所做的最重要的决定之一。

公平地说，像你们这样的孩子大多数也有非常繁忙的日程。功课紧张，课外又总是从一个活动赶往下一个活动，几乎没有时间打扫屋子或洗刷碗筷。然而，尽管有这些现实情况，做家务仍对你们很有好处。

你俩不要误解，虽然给你们分配家务，可以减轻爸爸妈妈的一些压力，但其实这并不是大人期望你们参与的唯一原因。（特别是当大人花五倍的时间向孩子解释需要做什么，然后在孩子做的时候还要费力监督，这时大人就会想，还不如自己完成算了。）

真正重要的是，在家务劳动中，你们学会担当责任，并获得重要的生活技能，而这将使你们一生受益。

哈佛大学曾经进行过一项著名的、长达75年的研究，考察童年的哪些因素可以用来预测日后的健康和幸福状况。你们相信吗？最后的结果表明，会做家务的小孩，在以后的生活中会活得更好。家务，是预测哪些孩子更有可能成为快乐、健康、独立的成年人的最佳因素之一。

为什么扫地、收拾桌子对孩子的生活幸福感如此重要？其中一个原因是，孩子们在做家务时感到自己有能力。无论是铺床还是吸尘，在家里帮忙都能让孩子增加成就感。例如，虽然是爸爸妈妈做饭，但你们帮忙摆好了桌子，当家里所有人都坐下来吃饭时，你们就会觉得自己在用餐准备过程中也发挥了重要作用。

另外，做家务可以锻炼你们完成指定工作的能力。当你们再长大些，在学校和社会上有了更多的责任，能够高质量、及时地完成工作，会让你们受益无穷。

通过做家务，还可以认识到条理清晰和组织有序的价值。当你们的环境不那么杂乱的时候，不仅更容易找到东西，也更容易把事情想清楚。养成定期收拾自己东西的习惯，可以帮助你们建立良好的外部秩序，同时有助于减少思维的混乱，培养做事井井有条的本领。反过来，如果长期处于无序状态，无论在情感、身体或社会方面都会感到痛苦。

做家务也能让你们感觉自己是家庭团队的一员。如果用"我们大家在一起"的方式看问题，那么家务事就构成了更大事情的一部分，家庭中每个人都必须贡献自己的份额。投入家庭事务和帮助家庭成员，可以增强你们为家庭做贡献的自豪感，也可以鼓励你们日后进一步为社会做贡献，成为好公民。

既然家人都住在一起，彼此熟悉各自的习惯，也就知道如何为每个人创造一个最好的家。在尽量分担家务的同时，我们都永远不要忘记，妈妈是为了家最操劳的那个人；不止是她实际上做了最多的家务，而且也是她在养育你们时投入了最多的心血。

最终，做家务可以转化为一种礼物，或充满爱意的表达。因为，一个温馨的房间有时是最被需要的礼物，可以送给你自己，或者你所爱的人。

与你们一起探索数字世界

二〇二〇年 五月

今年你们虽只有十一岁,已然感受到了数字虚拟世界的"致命"吸引力。

亲爱的未未、末末:

还不到七岁的时候,爸爸和妈妈带你俩去中国科学技术馆玩,发现你们对琳琅满目的展品毫无兴趣,却唯独对靠墙的一面大屏上的 3D 虚拟科技馆情有独钟:忙着把各种模块倒来倒去,搭建自己合意的建筑;沿着虚拟展馆的虚拟走廊漫步,东张西望,四处打探。

也就是说,你们关心的是仿真展示,对真的东西,反而不怎么在意。

今天,仿真技术已经广泛地应用在我们的生活中,例如:建筑师依靠虚拟设计,创造出难以想象的建筑;科学家通过在虚拟空间中操纵分子,来确定分子的结构;医生对数字化人体进行解剖学研究;

当然，还有让你们欲罢不能的电子游戏……

为什么要使用仿真技术呢？有的时候，真实系统可能无法访问，或者访问起来太危险，比如核反应；有的时候，它正在被设计之中，还没有建造出来，或者可能根本不存在，比如登陆火星；也有的时候，是为了演练自然系统或人类系统在条件发生变化之后，会出现什么样的最终效果，比如有关气候变化或者经济运行的模型。

仿真打开了一扇认知之门。越来越普及的仿真和可视化技术，改变了你们这一代人看待世界的方式。仿真世界成为你们把玩幻象的新舞台，而这种把玩，既是智力上的，也是情感上的。

就像美国诗人惠特曼曾经写的那样：

> 有一个孩子，每天向前走去，
>
> 他看到的第一个对象
>
> 是什么，他就成为什么，
>
> 他的所见成为他生命的一部分，在那一天，或那一天的某些时段，
>
> 或者持续许多年。

建筑师路易斯·卡恩曾经提出过一个著名的问题："砖头想要什么？"

> 你对砖头说："你想要什么，砖头？"砖头对你说："我喜

欢拱门。"你对砖头说："看，我也想要一个，但拱门很贵，我可以用混凝土门楣代替。"然后你又问："你觉得怎么样，砖头？"砖头说："我喜欢拱门。"

根据这段对话，研究仿真多年的麻省理工学院教授雪莉·特克尔问道："仿真想要什么？"

亲爱的未未、末末，请留意，这里特克尔教授问的，不是你想要什么，而是仿真想要什么。仿真想要的，和你们想要的，可能不一样。

让爸爸试着来回答特克尔教授的问题：归根结底，仿真想要的，就是一个诉求——沉浸。

什么是沉浸？沉浸感意味着物理世界与仿真世界之间的界限的模糊，数字技术围绕着用户的感知，创建了一个虚拟系统，将图像、声音或其他刺激物囊括在内，来打造一个引人入胜的整体环境。一旦进入这个环境，人们就会产生在一种身处非物理时空的感觉。

听起来很复杂吗？沉浸的简单版本可以叫作"互动"。爸爸最爱引用的例子是一个四岁小姑娘的故事。

一位朋友和他四岁的女儿一起看DVD。电影放到一半时，小姑娘毫无征兆地从沙发上跳起来，跑到电视机屏幕背后去。这位朋友以为女儿想看看电影里的演员是不是真的躲在屏幕后面。但事实上，这并不是小姑娘要找的。见她围着屏幕后面的电线绕来绕去，她爸爸终于忍不住问："你在做什么？"小姑娘从屏幕后方探出头来："找鼠标。"

对你们这一代人来说，凡是不会动的屏幕都不能算是屏幕。但其实，人类对仿真的依赖是一步步发展的。一开始，我们对于屏幕没有任何把控权；到二十世纪八十年代，人开始操纵屏幕上的内容；到今天，仿真引诱人"入住"虚拟世界，"身陷其中"——这就是爸爸所说的沉浸。

有一个说法，老的一代人是"数字化移民"，而新的一代人是"数字化原住民"。你们一出生，便进入了数字世界。

你们这一代人在沉浸式环境下成长起来，吸收信息和做出决策的时间都快得惊人。超文本（可以通过链接在文本间跳来跳去）、即时回应、多重互动等新媒体的特性，使得信息输入与输出已发生显著的变化，培养了这一代人同时接受和处理多种信息流的能力。

"数字化原住民"与"数字化移民"相比，拥有一个显著的特征，就是喜欢更多的信息，并不怎么担忧如此众多的信息会令自己精神崩溃，而是担心自己无法得到所需的足够多的信息。就像知名科幻小说家科里·多克托罗所描述的那样："我以吞吃、消化和排泄信息为生。"

有人忍不住批评，"数字化原住民"是有史以来最"愚蠢"的一代人，只喜欢沉浸在多媒体环境中浅尝辄止，而缺乏良好的阅读习惯。所以眼下会流行读图、划视频和拆书，曾经的集中阅读或深入阅读都遇到了麻烦。就好比，原来大家获取知识的方式如同潜水，现在却变成"冲浪"，也就是顺着信息流，漂到哪里是哪里；获得的信息虽然丰裕，但宽度达一里，而深度却只有一寸。

不过，在这一点上，"数字化移民"也并没有好到哪里去。

你们常常看到爸爸伏案对着电脑工作的场景：爸爸的电脑屏幕上，可能同时打开10个网站页面、两个电子邮件账户、6份Word文档、1张电子表格、两个pdf文件和至少一个社交媒体应用。爸爸同时在办若干件不同的事情，正在专心完成其中一件时，突然来了一封新邮件，或是，微信上弹出一条新讯息，爸爸忙不迭地前去处理一番。一上午甚至一天过去了，爸爸高速忙个不停，但好像所有事情都没有最终搞定。

如今，多任务、多种信息流处理成为了当代人工作和生活的基本状态。同时做两件事会让我们觉得好像节约了时间，也似乎更有效率。

但事实上，不断变化的焦点使我们的大脑功能减弱，而不是增强。研究表明，习惯于同时使用多种媒介的人的工作记忆力较差。比如，在课堂上浏览网页的学生不太可能记住老师讲授的课堂内容，即使他们正在搜索与课程相关的信息。

为什么我们会产生高效率的幻觉？这是因为，多任务处理可以带来情感上的满足。多任务处理的有趣之处在于，它在加大认知负担的同时，却会减轻我们的工作压力。在繁忙的工作中，我们如果分分心，似乎就感觉到压力有所减轻——但效率并不会因此真正提升。

归根结底,这是个有效注意力问题,虽然不少人声称自己能够"一手画方,一手画圆",但总的来讲,注意力是一种"零和"现象。换句话说,注意了一件事,另外的事就会失去你的注意。这也可以解释,为什么现代人如此容易感到无聊。太轻易地就可以将注意力从一件事情转移到另一件事情了。

爸爸经常开玩笑地把社交媒体叫作"大规模走神武器"。爸爸是个大学老师,教书这么些年,越来越觉得教室已经被这些"大规模走神武器"攻陷了。

课堂分心的问题如此之严重,引发了教育者之间的对话。一些教授认为,需要创建引人入胜的演示文稿,以便与学生的数字设备竞争。国内有的大学甚至要求老师做8分钟微课,因为据说学生的注意力不会超过10分钟。

爸爸对这些做法非常不以为然。对大学生来说,他们是来上大学的,不是来上幼儿园的,对吗?难道,他们一路辅导补习,拼爹累妈,从重点中小学一路搏进名牌大学,就是为了重进幼儿园吗?大学不是别的地方,正是专门进行"注意力训练"的场所。

走神的来源是什么?当然在一个传统课堂上,老师如果讲得不好,学生也会思想上溜号开小差,但在今天,走神几乎百分百是因为与现实空间不同的数字空间的存在。也就是说,你身体在场,而意识却在"别处",一个用技术搭建起来的虚拟世界。这个"别处"正越来越多地侵入我们当下存在的世界。

爸爸这么讲，实在是太抽象了。举个通俗易懂的例子。当你拿起电话和朋友通话时，你们的谈话在哪里进行？在你桌上的电话机里吗？显然不是，但肯定也不在另一座城市的另一部电话中。

它似乎是在两部电话之间的某个地方，在外面的一个无限的空间里。在那里，你们两人相遇并且互相交流。苏东坡有一首《琴诗》问得好：

若言琴上有琴声，
放在匣中何不鸣？
若言声在指头上，
何不于君指上听？

弹琴的人和听琴的人，必须共同进入一个空间，在那里相遇。

打电话时，我们都有过这样的感受：和别人通话时，常常会觉得双方坐在同一间屋子里。人虽然不在一起，但交流的时候，仿佛时空拉平了。通话的人明明在世界的另一端，有时候俩人的距离，倒比同房间的人还更近些。同房间这个人无非是问问："谁来的电话？她说什么？"通话人身处的物理地点，反而变得不重要了。换句话说，人们在心理上的亲近取代了地理上的接近。

这就是我们今天的生存状况，从一个"海内存知己，天涯若比邻"的世界，第一次来到一个"海内存知己，比邻若天涯"的世界。从今而后，由于虚拟世界的打扰，我们永远在场，而又永远缺场，用句小说家的话来说，我们永远"生活在别处"。

未未、末末，今年你们虽只有十一岁，已然感受到了数字虚拟世界的"致命"吸引力。末末着迷游戏，妈妈竭力限制，在上学的路上，末末便问妈妈：如果游戏对小孩的影响这么不好，为什么还有人把它们造出来呢？又问：为什么游戏明明是假的，却做得跟真的一样？为什么游戏明明是空的，看上去却那么实在？

这是几个不那么容易回答的问题。

每天有不计其数的儿童访问虚拟世界。在虚拟场所，孩子们可以与学校的朋友聊天，结识新朋友，构建虚拟化身，组队游戏，甚至赚取虚拟货币。

在《我的世界》这样的沙盒游戏中，你们可以自由地漫游虚拟世界。你们在游戏中习得生存，而生存同时意味着毁灭和创造。你们可以尝试各种各样的事情，而不必担心，若是在现实世界中可能会产生的后果。你们时而是独立的探险家，时而是联络官，与其他玩家互动联系。你们可能学到了许多有用的社交技巧，锻炼了合作和解决问题的能力，懂得了调整自己的身份定位。

然而，与此同时，虚拟世界的风险也将随时降临。你们这一代青少年越来越少"实际"行动，而是习惯于把一天当中的大量时间消耗在屏幕前。

爸爸妈妈十分担忧，过度使用电子媒介将会对你们的行为、健康和学习表现产生重大负面影响。它将改变你们同真实世界的关系，剥夺你们宝贵得多的生活体验，诸如亲近自然的玩耍，心无旁骛的阅读，和小伙伴面对面、手拉手的交流，等等。

在社交上，技术是个人互动的不良替代品。"数字原住民"显然更喜欢发信息，而不是交谈和对话。由于孩子们通过电子媒介进行更多的交流，他们将更容易感到孤独和沮丧。在现实生活中，对其他人感到好奇，学习如何倾听，会帮助孩子们提高情商，而在虚拟世界中，情商却很难得到这样的培养。

它还将削弱你们的注意力，让你们无法专注于真正重要的事情，而这对于以后生活和工作所需的深层思考至关重要。

大多数电子参与的久坐性质也会导致儿童的不健康。在游戏中投入过多的孩子很容易胡乱吃饭甚至不睡觉，以便可以玩他们喜欢的游戏。身体上的后果也是严重的：出现手指和手腕疼痛，眼睛血管变窄（其长期后果未知），以及因看手机、平板电脑和电脑导致的颈部和背部疼痛。

还有其他严重的网络风险。微软的一项研究表明，与其他年龄组相比，世界各地的千禧一代（指的是二十世纪八十年代初至九十年代末出生的人。在中国他们实际上对应的是"80后"和"90后"两代人）暴露在最高级别的在线风险之下，并被迫承受这些风险带来的最严重的后果。而一旦千禧一代在网上有过负面的经历，他们容易在网上和网下失去对他人的信任；他们变得紧张，情绪低落，失眠或失去朋友；他们担心被伤害的经历会再次发生。

这些伤害可能包括：

*声誉：在线透露有关某人的可识别信息，如真实姓名、地址、电话号码或其他可追溯到个人的信息，对某人的声誉造成损害。

*行为：在网上被不公平地对待，经历钓鱼、骚扰或霸凌，遭遇仇恨言论和攻击言论。

*性：收到儿童不宜的信息，接受不受欢迎的性关注。

*个体侵犯：成为不受欢迎的接触的目标，遭受歧视、打击，成为厌女症对象，或是成为恶作剧、诈骗或欺诈的受害者。

写到这里，你们可能会发现，爸爸似乎总是在说，数字技术有好的一面，但也有不好的一面。

是的，我们和技术的关系就是如此。没有任何技术是纯粹的魔法。比如，仿真的确教会了我们如何认识复杂现象，即把它们当作动态的、不断变化的系统来加以思考，但同时它也使我们习惯于操纵一个自己所知甚少的系统。一味沉浸在仿真中，人类会变得很脆弱：放弃自己的判断，默认仿真的逻辑，承认不透明的模型，并被这些模型所左右。

虽然仿真可以加快研究和设计的工作流程，但它作为工具的有用性，依赖于它距离现实的远近。如果离开真实的生活太远，它就丧失了有用性。无论刺激我们感官的可视化呈现有多么炫目，也无论能够进行重复分析的计算速度有多快，我们都无法模拟我们所不理解的东西。如果我们作为用户，不知道仿真与现实的差异程度，这时仿真的真正限制就到来了。

不仅孩子们需要学习如何区分仿真世界和现实世界之间的复杂关系，父母们也是一样。

其实，父母减轻数字世界对青少年危害的最佳方式，是像孩子一样精通数字技术，并且以身作则做技术与生活平衡的榜样。在指导孩子的技术应用时，父母最好是作为导师，而不是事无巨细的管理者。

毫无疑问，新一代不了解没有计算机的世界。我们的生活中不可能没有那些总是闪闪发亮的屏幕。但孩子们既然与屏幕长期共存，最好遵守一些有关屏幕的准则。合适的准则可以效仿迈克尔·波伦的《食物规则》，他将营养建议简化为："吃东西。不要太多。主要是植物。"以此类推，在屏幕使用方面可以是："享受屏幕。不要太多。主要是一起享受。"

一起享受的意思并不是每次孩子使用电子设备的时候都坐在他们身边，而是对他们在网上做的事情显示兴趣，并尽可能与他们就此展开对话。对话总是比强制更强大。

在可能的情况下，身为父母，我们可以通过书籍、音乐、户外活动和共享体验等来填补孩子们的生活，但也要牢牢抓住机会，通过共度屏幕时间，谈论影像的利弊，理解并讨论广告、网红和数据的影响，鼓励批判性思维等，教育孩子成为负责任的数字公民。

父母的任务不是保护孩子免受网络世界的影响，而是鼓励孩子自主，逐步提升做出正确决策的能力，以及为他们提供所需的信息。

虽然孩子的秘密生活从未像今天这样充满风险，但爸爸也发现，这一代的青少年与此前数代青少年一样，有同样的焦虑、不安全感和挑战，也同样需要小心的呵护和陪伴。不同之处在于，数字技术可能是人类历史上第一个青少年可以教导成年人的技术，而变化的步伐要求父母不断提升自己的知识。

数字化养育——这是一个前数字时代的成人未能注册的任务。既然我们做父母的，已经成了数字化移民，那么，让我们放下姿态，开放心态，与孩子一起探索数字世界。在应用程序上花费的每一个小时，总是可以对应公园的一次散步；对于网络的每一次滥用，总有机会将网络变得比昨天更好。

最终，如同查尔斯·狄更斯《双城记》中的不朽开篇所言，在这个最好与最坏并存的时代，总是可能在愚蠢中发见智慧。

宇宙大爆炸和哲学家

二〇二一年 十一月

人类将永远不会停止对自身存在的好奇。所以末末就会问：大爆炸是什么，它是怎样让这个世界就"有"了？又如何带来了生命？

亲爱的未未、末末：

末末到了十一岁，知道了宇宙大爆炸之后，提出一个问题：啥也没有，是什么样子的？没有宇宙，没有物种，当然也没有人，总之就是啥也没有。为什么要有现在的一切呢？

老实说，这正是世间为何要有哲学家的原因，他们的使命，就是回答这类问题。爸爸带你俩读《苏菲的世界》，书的作者，身为高中哲学老师，这样赞美哲学家："我们需要哲学家，不是因为他们可以为我们选拔选美皇后或告诉我们今天番茄的最低价。（这正是他们为何经常不受欢迎的原因！）哲学家们总是试图避开这类没有永恒价值的热门话题,而努力将人们的注意力吸引到永远'真'、永远'美'、永远'善'的事物上。"

爸爸并不完全同意这个看法,事实上,哲学家们也关心"真"的不可能性、"丑"的现实性以及"善"的脆弱性。而且,哲学家不受欢迎,不仅是因为他们不够关心世俗,更可能是因为,他们对那些永恒问题提不出答案。

比如,"我们从哪里来?我们是谁?我们到哪里去?"——这是法国印象派画家高更创作的一幅最大的油画的名字,也是人类探索自己在宇宙中存在的意义时的古老追问。

哲学家真能答上来这些问题吗?我看未见得。这倒也不完全因为他们没有智慧,而纯粹是因为,哲学处理的几乎都是无法解答或者没有终极答案的难题。就连二十世纪的著名哲学家维特根斯坦都说,"哲学问题具有这样的形式:'我找不着北'"。

接下来的问题是,哲学问题是否亘古不变?既不变,也变化。先说不变的这一部分。爸爸简略介绍两个基本问题:

> 宇宙的构成是什么?
> 我是什么?(我是用什么做的?)

关于宇宙的本质和我们在其中的位置,几千年来一直占据着人类的思想。人类将永远不会停止对自身存在的好奇。所以末末就会问:大爆炸是什么,它是怎样让这个世界就"有"了?又如何带来了生命?

为了回答儿子的问题，爸爸特意去查了科学作家西蒙·辛格的回答。他说，宇宙并不是从无到有，而是从一个更早的宇宙的崩溃开始的。我们的宇宙是先前宇宙的回收版本。

然后，在非常、非常遥远的未来，宇宙会出现大爆炸的反面，有时被称为大压缩。这可能会导致大反弹和另一次大爆炸，如此循环。所以，宇宙的历史将是大爆炸、大膨胀、大停止、大崩溃、大紧缩、大反弹、大爆炸……

不管怎样，我们现在的宇宙始于130多亿年前的一次大爆炸。一些恒星在很久以前爆炸了，把所有的元素从它们的核心喷入太空。大约45亿年前，在我们银河系的一部分，空间中的物质开始坍缩。这就是太阳，还有它周围的太阳系，以及地球上所有生命的材料的形成过程。

所以，分子物理学家劳伦斯·克劳斯说得很诗意："现在构成你身体的大部分原子都是在恒星内产生的！你左手和右手中的原子可能来自不同的恒星。你确实是星星的孩子。"

这就给出了"我是用什么做的"的回答。

你们身体里的一切，以及你们周围能看到的一切，都是由称为"原子"的微小物体组成的，小得你们根本无法看到。从最基本的成分来看，你们和岩石、水、动物、植物和空气分子，并没有什么不同。

相信这些的人，在哲学上叫作"一元论"者，他们认为宇宙中的一切都受同一套物理定律的支配，而且这些定律在今天我们大都掌握了。宇宙中发生的一切都可以归为物理学，物理学是最重要的。物理学解释化学，化学解释生物学，生物学解释生命，生命解释意识。所以我们也可以把"一元论"叫作物理主义。

你俩在科学课上学过DNA双螺旋结构。距我们所住地方不远的北京中关村，就有一个双螺旋雕塑，是中关村创新精神的象征。DNA是生命的遗传物质，而它的美丽的双螺旋结构，是剑桥大学的科学家詹姆斯·沃森和弗朗西斯·克里克共同发现的。那么这个结构具有什么意义呢？1953年，沃森和克里克在《自然》杂志上提出了一个"惊人的假说"——"你，你的快乐和悲伤，你的记忆和你的野心，你的个人身份和自由意志感，实际上只不过是大量神经细胞及其相关分子。"

对于我们普通人来说，这个假说很惊人，但绝大多数科学家都认为，它说出了一种再明显不过的事实。当然，他们也能理解，为什么这样的观点让很多人感到不安。原因有三个：

首先，人们所信仰的自由意志，很难被替换为一个简单因果关系的世界。爸爸提到自由意志，这也是哲学上的一个深奥话题。在这里简单解释一下，所谓自由意志，就是能够在不同的行动中进行选择。判断一个行动是好是坏，只有在这个行动是你可以自由选择的情况下才有意义。自由意志意味着人们可以做不同的事情。除非人们有自由意志，否则像建议呀、劝说呀、禁止呀这一类的事情，都是毫无意义的。

自古以来，哲学家和宗教家们就认为，文明取决于对自由意志的广泛信仰，而失去这种信仰可能是灾难性的。比如，伟大的启蒙哲学家康德就相信，自由与善之间存在深刻的联系。他认为，如果我们没有选择的自由，那么再去强调人应该选择正义的道路，就没有丝毫价值了。

那么，什么又叫因果关系的世界呢？其实，早在你们还没有理解这个概念的时候，爸爸妈妈就开始用因果关系来和你们说话了。妈妈会哄你们："你要是吃完了这口饭，就可以给你吃些甜点。"爸爸会警告："你俩需要好好刷牙，否则就会满口蛀牙。"这些都是在告诉你们，每一个原因都有一个相关的结果。

因果关系有多重要？你们上学，在几乎每一个学科的学习中，它会一次又一次地出现。

> 在数学中，它是理解运算顺序或重新组合等概念的一种方式。
>
> 在阅读和写作中，理解因果关系可以帮助你们学会更有批判性地阅读，并写出具有迷人情节和人物的故事。
>
> 在科学中，可以帮助你们理解科学方法。
>
> 在历史中，它提醒你一个历史事件是如何在一系列原因和行为的链条中达到高潮的。
>
> 在社会关系中，因果关系是学会更合适地参与的一个关键方式。

现在，我们面临的情况是，科学界已经越来越大胆地宣称，所有人类行为都可以通过因果律来解释。比如，我们选择命运的能力不是自由的，而是取决于我们的生物遗传。

你们听过爸爸妈妈争论，你们性格的某些方面，到底是先天遗传的，还是后天发展的。爸爸甚至开玩笑说，所有好的性格，都是从妈妈那来的，不好的，统统算在爸爸身上。其实关于先天、后天，科学家们也争论不休。每个因素的重要性都被充分论证，并积累了令人印象深刻的证据。但无论科学家们是支持其中一种，还是支持另外一种，或是支持两种的混合，他们都越来越多地认为，我们的行为由某种或某些客观原因决定。

近几十年来，对大脑内部运作的研究打击了自由意志的信仰。大脑扫描仪使我们能够窥视一个活人的头骨内部，揭示出错综复杂的神经元网络，并使科学家们达成广泛共识，认定这些网络是由基因和环境形成的。神经元的发射决定了我们所有的思考、希望、记忆和梦想。

这就来到了让普通人感到不安的第二大原因：我们被突然告知，我们都只不过是化学品和电子冲动的化身。尽管爸爸妈妈从小就告诉你们，你很特别。但按照科学眼光来看，你实在并没有什么了不起。我们和田鼠共享大多数的DNA，我们的基本遗传机制几乎与细菌类同，细菌是我们遥远的进化表亲。

这实在让人难以接受。这时另一种思想流派，我们称为"二元论"，就站出来表示反对了。"二元论"者认为宇宙是由两个（或更多）的东西组成的：当然有原子，但还有别的东西。

这些别的东西可能是什么？你俩大概首先会想到那些宗教信奉者。他们确定不移地认为，这世界上既有物质，也有灵魂；他们不相信科学家是一切知识的验证者，也不认为，人类凭着自己，不靠造物主的启示帮忙，就能认识人的一切本质。这就是一种"二元论"的宗教观。

所以，人们容易将"二元论"立场归于信仰层面，认定它缺少理论上的合理性，同时把"一元论"看作理性的和现代的。

其实"二元论"还包含许多没有宗教含义的观点。比如认为宇宙是由物质和精神组成的，精神上的东西包括希望和遗憾、爱与恨等；虽然这些情感可能是由大脑中的物理过程引发的，但它们的体验却并不是物质性的。这是一个微妙的差异，但却是一个很重要的差异。

以爱来说吧！你俩经常缠着爸爸妈妈问，你们是怎么相爱的？对这个令人口拙的问题——人们如何坠入爱河——"二元论"者会给出极为诗意的答案：

> 你不像掉进洞里那样坠入爱河。你坠入爱河就像在太空中坠落。就像你跳出自己的私人星球，去访问别人的星球。而当你到达那里时，一切都显得不同：花、动物、人们穿的颜色。坠入爱河是一个很大的惊喜，因为你认为你在自己的星球上拥有一切，而且在某种程度上说，这也没错；但后来有人在太空

中向你发出信号,这时你可以访问那个星球的唯一途径,是纵身一跃。你义无反顾地去了,落入别人的轨道,过了一段时间,你也许决定把你们的两个星球拽到一起,称这个新地方为家。你可以带上你的狗。或者你的猫。你的金鱼、仓鼠、收集的石头、你所有的奇怪的袜子……

而且你可以带你的朋友来参观。并给对方读你最喜欢的故事。而坠落真的是你必须做出的纵身一跃,以便同你不想失去的人在一起。就是这样。

PS:你必须要有勇气。

这是作家珍妮特·温特森的问答,摘自《小小人儿大问题》(*Big Questions from Little People & Simple Answers from Great Minds*, Compiled by Gemma Elwin Harris, Ecco, 2012)。

爱就是"纵身一跃"!听起来好浪漫……其实也有点后怕。

一个"一元论"者则会抛弃浪漫,这样解释爱:

我们坠入爱河时发生的一切,可能是整个宇宙中最难解释的事情之一。这是一件我们做起来不假思索的事情。事实上,如果我们想得太多,通常最终都会做错,反而陷入可怕的泥潭。这是因为当你坠入爱河时,你大脑的右侧变得非常忙碌。右侧是对我们的情感似乎特别重要的部分。另一方面,语言几乎完全由大脑的左侧来完成。这就是为什么我们发现谈论自己的感受和情绪如此困难：左侧的语言区域不能很好地将信息传递给右侧的情绪区域。因此，我们被语言所困，无法描述我们的感受。

现在，我们有扫描仪，可以让我们看到一个人的大脑在工作的情形。大脑的不同部分会在屏幕上亮起，取决于大脑正在做什么。当人们坠入爱河时，他们大脑中的情感部分会非常活跃，马上亮起。但是大脑中负责更理智思考的其他部分却比正常情况下沉寂得多。因此，通常说"不要那样做，因为那太疯狂了！"的部分会被关闭，而说"哦，那样做多可爱啊！"的部分则被打开。

为什么会发生这种情况？一个原因是，爱情会在我们的大脑中释放某些化学物质。一种叫作多巴胺，它给我们一种兴奋的感觉。另一种被称为催产素，似乎负责释放我们与所爱的人在一起时感到的头晕目眩和舒适感。当这些物质被大量释放时，它们会进入大脑中对它们有特别反应的部分。

这种解释似乎印证了爱情只不过是个化学反应过程。它来自进化心理学家和社会学家罗宾·邓巴。但邓巴接着笔锋一转：

但所有这些并不能解释为什么你会爱上一个特定的人。而这是一个有点神秘的问题，因为我们的选择似乎并不存在好的理由。事实上，你在和某个人结婚以后，好像和婚前一样容易爱上对方，这个次序似乎弄反了。还有另外一件奇怪的事。当我们坠入爱河时，我们可以欺骗自己，认为对方是完美的。当然，没有人是真正完美的。但我们越是发现对方完美，我们的爱就会持续得越久。

所以你们看，当"一元论"者说，爱情不过是大脑中神经元的模式时，"二元论"者也有理由说不，认为爱情是自然科学法则无法触及的事物。爱情起源于某个地方和时间，它传导，它对人产生影响，但科学管不了爱情。

这就是为什么你们问"爸爸，你为什么爱妈妈？"或者"妈妈，你还爱爸爸吗？"这类问题的时候，爸爸妈妈用一句话常常解释不清楚的原因。爸爸妈妈也闹不清楚，哪种观点更接近本质，也许都不对，也许都对。

后来，未未给了一个答案："爸爸，我知道你为什么爱上妈妈，因为你要找到我。"嗯，这个答案听上去很有解释力。

对所有生物体，特别是我们人类这个物种来讲，奇怪而奇妙的事情是：机械性的物理过程以某种方式产生了一种叫作生命的奇迹，但生命却无法还原为纯粹的物理过程。尤其是人类的大脑，产生了我们引以为豪的思想，虽然受制于物理规律，但却没法全凭物理规律来解释。

我们是碳基生物，但我们又不只是一个个碳原子的排列组合。因为我们有心灵、意义、思想，并希望为它们的存在寻找理由。

比如，我们深深相信我们自己的自由意志。这门开着，我决定出去，于是迈过了门槛，就这么简单。或者，更复杂一点，我知道这块饼干很好吃，但在最后一刻，作为一种纯粹的意志行为，我选择不吃它。

第一种简单到四岁的小孩就能理解——当我们不受外界力量制约时，我们可以做我们想做的事。因为如果门是锁着的，我就不能走过去，无论我有多大的决心；但由于它是开着的，我们可以选择是否通过。

但是四岁的孩子们不理解自由意志的第二种含义——我们不只是不受外界约束，我们甚至可以违背自己欲望行事：不管饼干对我有多大的诱惑力，我下定决心不吃它。四岁的孩子很难推翻自己的欲望，如果想吃饼干，且妈妈允许，那就可以吃。等到更大一些的时候，比如六岁的孩子，就可能像成年人一样行事了，虽然饼干好吃，但是吃多了不好，于是决定不吃。这是一种绝对的自主权，有觉知地自行决定做或不做任何事情。

正是这种自主权构成了道德的起源。哲学家们认为，要真正成为道德之人，我们必须行使我们的自由意识。我们选择做正确的事。

所以，我们难以接受"所有的人类行为都来自先前的事件，并且最终可以从分子运动的角度来理解"的第三个理由是：从这样的观点，很难导出普遍的道德准则。说句极端点的话就是，杀死一个人的道德后果，似乎并没有比砸碎巨石更严重。

一个否认自由意志的社会，是一个既没有英雄，也没有恶棍的社会。决定论不仅破坏了指责，也破坏了赞美。假如，一个人冒着生命危险救人，事后，人们却说他别无选择，因此不值得赞扬，我们的英雄就会显得不那么鼓舞人心，所取得的成就也轻如鸿毛。如果有人采取了某个自私的选择，也不会遭受谴责，而是逍遥事外，那么，我们很快就会陷入颓废和绝望之中。这样下去社会是非常危险的。

自由意志的假设贯穿现代社会的各个方面，从福利、刑法到流行文化，并支撑着那些奋斗的精神和励志的梦想——相信任何人都可以在生活中有所为，无论他们的起点如何。假如听从科学解释，而把自由意志看作是一种错觉，那么所有建立在自由意志基础上的行为方式，乃至制度和文化，都会濒临崩溃。

当人们不再相信他们是自由人的时候，也就不再认为自己的行为应当受到责备。因此，他们就开始屈服于基本本能，很轻易地便放纵了自己的黑暗面。

归根结底，如果没有自由意志，那我们生活的意义感就会丧失。就连爸爸在这里给你们写信这件事，也会变得非常奇怪，毕竟我是想和你们一同探寻生活的意义。

现在你俩明白 DNA 双螺旋结构的发现者沃森和克里克提出的假说，为何如此惊人了吧。

神经科学家萨姆·哈里斯宣称：如果科学界宣布自由意志是一种幻觉，它将引发一场"文化战争"，其激烈程度将远远超过进化论发动的"战争"。

在爸爸妈妈生活的年代，进化论塑造了绝大多数人的共识；而在你们成长的年代，哈里斯所说的"文化战争"，或许会不可避免地全面铺开。

有关自由意志的辩论如此顽固地存在，人们始终无法在以下两个层面上达成共识：一方面，将人类视为自然界因果链的一部分；另一方面，将人类视为自主的、有创造力的、有思想的生命。

其实，它们只是在不同层面上描述了我们的行为而已。如果不将两者过分对立起来，我们会更好地理解这一切，也更有助于我们成为更好的人。

就像爸爸前边所说的，自由意志是社会中的责任、赞美和指责概念的基石。最终，它事关我们对自己生活的控制程度。

显然，我们都没有我们所愿望的那样自由。没错，我们的选择处处受到限制，受到物理学定律、遗传基因、教养和教育、社会、文化、政治和智力背景的限制。决定论者说得很对，我在某一时间出现在这个宇宙之中，出生在我的父母那里，出生在我的祖国，出生于某个种族，这些都不是我的选择。在生命的早期，我不能决定自己的饮食，以及我与同龄人、成年人的互动。我不想生病，我也没有主动选择老去和死亡，但一切都不可避免。

可是，即使我们的选择是相当有限的，并不意味着它们不存在。我们没有绝对的自由，并不意味着我们完全没有自由。我们的选择或许是可以被预测的，但并不意味着我们不做选择。

如同神经科学家克里斯托弗·科赫所说:"自由始终是一个程度问题,而并非我们拥有或不拥有的绝对的善。"所以科赫建议,从有关物理学、神经生物学和心理学的最新研究中,不妨吸取两个教训:

第一,采取一种更加务实的自由意志概念。努力使自己尽可能不受约束地生活,除了被道德的律令约束:不要伤害他人,爱护这个世界。

第二,试图了解自身无意识的动机、欲望和恐惧,在此基础上不断地对自己的行为和情绪进行反思。

这时候就会发现,我们兜兜转转又回到了哲学上。这些不正是几千年来,不同文化中的智者都曾开示过的教训吗?

古代希腊人将"认识你自己"铭刻在德尔斐的阿波罗神庙入口上方。

而曾子说:"吾日三省吾身:为人谋而不忠乎?与朋友交而不信乎?传不习乎?"

持续的内部审视,将使我们对自己的行为、欲望和动机更加敏锐。这将使我们不仅能够更好地了解自己,而且会令生活与梦想更加和谐。

我们是自己生活中的主要演员,所以最好对自己的行为负责。

以及,永远不要忘记——认识你自己。

你不是海浪,你是大海的一部分

二〇二一年 十二月

"无论黑暗有多大,我们必须提供我们自己的光。"

亲爱的未未、末末:

爸爸在上封信里问到,哲学问题是否亘古不变?答案:既不变,也变化。这次说说变的这一部分。

你俩出生于二十一世纪的第一个十年。

"箭也似走乏玉兔,梭也似飞困金乌。"转眼我们进入这个新世纪已经二十年了。在过去的二十年中,人类的生活、工作和交流方式的许多方面,都与二十世纪末叶完全不同。以这种速度发展,我们有可能会不认识2040年的世界。

爸爸相信,二十一世纪是人类历史上最重要的世纪,虽然这个世纪还远远没有过完。这并不是因为你们和姐姐、爸爸和妈妈都身处这个世纪,而是因为,二十一世纪我们面临着前所未有的、关乎"生存,还是毁灭"的挑战。

牛津大学的研究者提出了"存在风险"的概念,即某些威胁可能消除地球上诞生的智慧生命,或是永久性地、大幅度地缩减智慧生命的潜力。

只有克服"存在风险",才能拥有任何未来;假如被这些挑战所击败,人类就将处于毁灭的边缘。

有哪些风险堪称"存在风险"呢?

直到最近,大多数存在风险都是自然的,比如数百万年前导致大规模灭绝的火山爆发和小行星撞击地球,这是人力所不能阻挡的。不过,在今天,绝大部分的存在风险,是我们人类自己制造的。

这就要说到和人类已经不可分割的技术,虽说技术造成了巨大的社会进步和成就,但也使我们面临新的"存在风险"。

爸爸首先想到的是原子技术。过去,人类不可能完全消灭自己,但是二十世纪,人类发明出了可以完全摧毁自身的武器——核弹。原子弹第一次投下去是在 1945 年(距今天并不很久),从那以后,我们不断磨炼这种"死亡能力",现在地球上有了成千上万的核武器,人类的自毁不再遥远,甚至每年都在变得越来越容易。

另一种巨大的风险是病毒。随着我们侵占自然并把地球人口扩大到 80 亿,病毒可能反复来袭,这恐怕是作为一个"成功物种",人类必然与之相伴的灾难。

人工智能毫无疑问也是一种风险。杰出的物理学家霍金就说过:

"我们无法知道我们将无限地得到人工智能的帮助，还是被藐视、并被边缘化，或者很可能被它毁灭掉。"

还有一个风险是气候风险。气候变化不会使地球变得无法居住，但它肯定会使地球变得更脆弱，弹性更低，全球协调性下降，并且更容易受到生态系统、地缘政治环境等其他冲击源的影响。

所有的这一切，要么可能消灭全人类，要么至少杀死全球大部分人口，使幸存者没有足够的手段来重建社会，达到目前的生活水平。

所以爸爸在想，我们这个时代最重要的哲学问题或许是：我们该如何拯救我们的文明和我们生存的基础？

不管幸与不幸，我们生活在人类历史上的"枢纽期"。所谓"枢纽期"的意思就是，我们发明了各种自毁方法，但却没有发展出相应的全球性能力，来对存在风险加以协调，从而系统地解决它们。

只有在接下来的时间里采取明智的行动，人类才有可能度过最危险和最具决定性的时期。在没有度过这个时期之前，你、我、他，每一个人，包括你们，包括爸爸妈妈，都是凭借着运气在生活，存在着巨大的偶然性。

生态学家保罗·艾里奇和妻子安妮·艾里奇写过一本书叫《灭绝》，警告全世界的物种大灭绝。他们在这本书的前言里讲了一个寓言故事。

这个故事说的是，一位旅客注意到一个机修工正从他将要乘坐的飞机机翼上敲出铆钉。机修工解释说航空公司将因此获得一大笔钱。同时，机修工也向这位震惊的旅客保证，飞机上有上千铆钉，绝对是万无一失的。事实上他已经这样做了一阵子了，也没见有飞机掉下来。

这则寓言的重点在于，我们无从知晓，究竟哪一颗铆钉会是导致飞机失事的最后一根稻草。对于乘客而言，哪怕敲掉一颗铆钉都是疯狂的行为。

通过铆钉的寓言，艾里奇夫妇严正地指出，在地球这艘大型宇宙船上，人类正在以越来越快的速度敲掉一颗颗的"铆钉"："生态学家并不能预言失去一个物种的结果，正如乘客无法估计飞机失去一颗铆钉会有什么后果一样。"

世界自然基金会（WWF）发布的《地球生命力报告2018》显示，从1970年到2014年这44年间，野生动物种群数量消亡了60%。最近数十年，地球物种消失的速度是数百年前的100到1000倍。报告指出，人类活动直接构成了对生物多样性的最大威胁。

生态学家经常提到"荷兰谬误"：人口密集、填海生存的荷兰拥有极高的生活标准，但并不能由此证明，人类可以在基本上非天然的人工环境中健康发展。就像所有其他人一样，荷兰人也需要一整套生态系统所能提供的东西；只不过幸运的是，他们可以用金钱从别处购买。

换言之，所有"高级"的、"文明"的欧洲人对这个星球的依赖度，其实跟原始的菲律宾渔民或是亚马孙的狩猎、采集者没什么两样。事实上，维持欧洲人高生活水准的资源，来自遥远的地方，远到欧洲人无法看到。他们使用欧元能够买到所有的进口物品，并觉得这是天经地义、理所当然。他们忘记了，富国所以能够飞得更高，是因为借助了其他国家的翅膀。

如今，人们正在更快地把铆钉敲掉。决定究竟哪一颗铆钉比另一颗更重要，就像是在全球生物系统里玩俄罗斯轮盘大赌博。没有人知道，哪一种生物，或者多少种生物，是维持地球最低限度生态系统所必需的。

"铆钉寓言"精妙地显示了，为什么说人类每一年都在依靠运气生存。也因此，存在风险的警示者希望我们能够彻底结束导致危险的全球局势，而不是仅仅试图平安度过每一年。

爸爸讲过"黄金律"，在伦理学当中它也被称为"互惠原则"，意味着平等的给予和回报。互惠把道德看作是一个平衡的等式，在这个等式中，一个从道德行为中得到好处的人，有责任做出同样的回应。这种对他人的道德，要求公平、公正或不偏不倚。它意味着"如果你可以，我就可以"，或者"你挠我的背，我挠你的背"。

随着时间的推移，我们已经学会了更广泛地应用这一规则。在二十世纪六十和七十年代，人们开始认识到，互惠原则必须跨越国界，既适用于富有的北方，也适用于贫穷的南方。

这还仅仅是将"黄金律"用于跨空间。人们随后意识到，互惠原则也适用于不同的时间：假定下一代生活在我们之前的星球上，那时，我们希望他们做什么，我们就应该对下一代做什么。

在我们身后，留给下一代的，不应该是一个远比我们已经享受过的星球更差的地方。一个海里的鱼更少的星球，更缺饮用水的星球，更少雨林的星球，更少珊瑚礁的星球，更少动物和植物物种的星球……那意味着更少的美丽，更少的奇迹，更少的幸福。

在二十一世纪的头二十年当中，人类对气候变化和生物多样性的重要性有了全新的认识。我们处在一个最好的和最坏的并存的时代。一方面，我们属于胜利的一代，大到可以深入探索宇宙，细到可以绘制人类基因组图谱。另一方面，我们又是一代严重破坏环境的人。人类活动正在耗尽资源，消灭物种，破坏自然栖息地。我们改变周围环境的能力比自然力量还要大，以至于科学家认为我们的时代是一个全新的地质时代——"人类世"（the Anthropocene）。

所谓"人类世"的意思是，人类自身就是一种地质力量，就像陨星撞击一样，可以改变整个地球。人类世作为一种地质时期，从人类对地球地质和生态系统产生重大影响开始，包括但不限于人为的气候变化。

科学家们认为，1610 年前后，人类开始主宰地球，并造成无法挽回的损害。作物和物种在该年发生了不可逆的转移，这种转移又肇始于 1492 年欧洲人到达美洲，开拓了全球贸易，以前所未有的规模把物种转移到新的大洲或大洋，并导致地球的全面调整。除了物种改变，大气构成也发生显著变化：大气二氧化碳在 1610 年明显下降，这体现在南极冰芯中。

很多历史学家相信，美洲新大陆向欧洲输送农产品和煤炭是工业革命的两个关键，工业革命后来又进一步推动全球环境变化的浪潮。地球同步低温时代终结，从此开始了全球性的长期变暖。

植物、动物、海洋、石油、煤炭和天然气中都含有大量的碳。这些碳正迫不及待地想被氧化并释放到空气中。在金星和火星等死亡星球上的大气层主要是二氧化碳，如果地球没有能够阻止碳的释放，这里最终也会变得像它们那样。

然而从十八世纪末开始，化石燃料就像阿拉丁神灯中的精灵一样诱惑着我们。"释放我们吧。"精灵低声说。而我们屈服于这种诱惑。

在工业革命之前，大气中的二氧化碳含量为275ppm（百万分之275），而爸爸写这封信的现在，这个数字已经达到415ppm，并且还在上升。

温室气体的排放是造成全球变暖的元凶之一，在我们长期所生活的北京，很容易就可以感受到气温的升高。据报道，1960年至2014年北京市年均温、年均最高温和年均最低温分别从12.8℃、18.3℃和7.4℃上升到14.1℃、19.5℃和9.2℃。

按照现在的速度，毁灭性的气候变化几乎是不可避免的。我们正试图迫使精灵回到灯里。根据世界领先的气候研究者之一的詹姆斯·汉森博士的说法，我们必须将二氧化碳的浓度降至350ppm，只有这样，我们才能感受到合理的安全。

一段时间以来，爸爸发现"环境"这个词让人感到不安。它蕴含着人类中心主义的味道，将我们置于自然界的中心，并将自然界的其他部分视为环抱我们的东西,围绕着我们旋转。

我们对世界的许多困惑,来自我们对人和自然分离的错误理念。人是自然界的一个组成部分,既不能把自己与自然分开,也不能把自然与自己分开——人和自然构成了一个单一的实体。因此,我们所谓"自然资源"的概念,将树木、河流和矿藏作为满足人类需求的实体和经济资产而存在,实质上推动了文明的傲慢,让我们以为人类是万事万物的主宰。

而要拯救生物多样性,我们需要彻底改变我们的思维。从前,我们活得好像一切都以我们的时间为中心,现在,我们需要认识到,我们的时间并不比未来的时间更重要。我们必须像尊重我们自己的时间一样尊重未来的时间。如果我们忘记了我们的后人,他们将永远无法忘记我们。

爸爸妈妈曾带着你俩看《相约星期二》,去上一门触及爱情、工作、社会、年龄、原谅以及死亡等的人生必修课。濒死的莫里教授曾对他的学生米奇讲过一个故事:

>"我那天听到一个有趣的小故事。"莫里说。他闭了一会眼睛,我等他往下说。
>
>"故事讲的是一朵在海洋里漂流了无数个春秋的小海浪。它享受着海风和空气带给它的欢乐——这时它发现,它前面的海浪正在撞向海岸。

"'我的天,这太可怕了,'小海浪说,'我也要遭此厄运了!'

"这时又涌来了另一朵海浪。它看见小海浪神情黯然,便对它说:'你为何这般惆怅?'

"小海浪回答说:'你不明白!我们都要撞上海岸了。我们所有的海浪都将不复存在了!你说这不可怕吗?'

"那朵海浪说:'不,是你不明白。你不是海浪,你是大海的一部分!'"

人是什么?我是谁?如果爸爸只是我自己——也就是此刻站在吧台前写作的身体——我就和故事里的小海浪一样。但我的身份比我自己的身体和我在地球上的短暂时间更深入。我是大海的一部分——我参与比我自己更大、更了不起的东西。我们应该在多大时空内应用互惠原则的问题,可以归结为人的身份问题。

人类往往对自己是谁有一种局部和短期的感觉。我们曾经不得不扫描我们的周围环境,对危险和猎物保持警惕。这使得我们有一种自然的倾向,即自卫和防范外界。但我们并没有同样的自然倾向来保护我们的后代,更不用说关心我们自己以外的物种。

对自己基因的自私的偏爱,隐藏在我们的天性深处。但我们不能做到用同样的本能来保护我们四代或八代以后的基因。这是我们必须学习的东西——就像我们必须学习尊重他人一样。

自从人类物种在非洲出现以来,我们一直在进行一场坚定的战斗,以防止我们的"进化树"的分支被切断。这场战斗是成功的,因为我们仍然在这里。但我们已然变得如此繁荣,以至于我们正在威胁我们自己的生存基础,乃至威胁每个物种的生存基础。

我们很聪明,很虚荣,很有创造力,但我们很容易忘记我们只是灵长类动物,只是脊椎动物。地球创造我们花了几十亿年的时间。几十亿年才创造出一个人!但我们能在下一个千年生存下去吗?

现代人认为我们几乎完全是由我们的文化和社会历史、由产生我们的文明塑造的。但我们也是由我们星球的生物历史塑造的。既有遗传的馈赠,也有文化的赋予。我们所谓的聪明和创造力,放在我们对地球未来的责任之前,不值一提。

我们再也不能只考虑到自己。我们生活的星球是我们身份的一个重要组成部分。即使我们的物种注定要消亡,我们仍然对这个独特的星球和我们留下的自然负有重要的责任。

什么是时间?首先,我们有个人的历史,然后是家庭、社会文化的历史,但也有地质学时间——我们来自3.5亿年前从海里爬出来的四足动物。最后,还有宇宙时间。我们的宇宙几乎有137亿年的历史。

但在现实中,这些时间并不像它们看起来那样遥远、陌生。我们有理由在宇宙中感到宾至如归。我们生活的星球正好是宇宙年龄的三分之一,而我们所属的动物类别,即脊椎动物,只存在于太阳系年龄的10%的时间内。我们的根和我们的亲属关系,错综复杂地深深交织在宇宙的土壤中。

科学作家史蒂芬·杰·古尔德说："人类在这个星球上只居住了25万年左右——约占生命史的0.0015%，是宇宙里程的最后一寸。除了在地球上的最后一刻，世界在没有人类的情况下过得非常好。这一事实使我们的出现看起来更像是一个偶然的事后想法，而不是一桩预设计划的高潮。"

尽管如此，人类可能是整个宇宙中唯一具有普遍意识的生物。我们对我们所处的巨大而神秘的宇宙，负有不言而喻的责任。

心理学家卡尔·荣格在他的笔记本上写道："人类存在的唯一目的，是在单纯存有的黑暗中点燃一盏灯。"人类只是宇宙的一个意外，单纯存有的黑暗很容易淹没我们——而我们却在继续划亮意义的火柴。拍过《2001太空漫游》的美国导演斯坦利·库布里克在1968年的一次采访中说："无论黑暗有多大，我们必须提供我们自己的光。"

人类一直没有停止过认识自己和宇宙的步伐。我们首先了解到，地球并不处于宇宙的中心。然后我们了解到，我们的太阳系，乃至我们的银河系，也只是无数星系当中的一个。我们接着了解到，我们自己也不过宇宙中的一粒微尘。

为了更好地利用这个世界，为了能够停止浪费世界以及我们在其中的时间，我们需要重新调整我们的存在方式。现在，我们都身处地球号太空船内，如果我们不能够具有同一艘船的伙伴意识，那么恐怕无论什么希望，最终都会化为乌有。

读 书

不是看我们读过多少本书,而是看所读过的书使我们停留在何种状态之中。

读书是探险，不是旅游

二〇二一年 八月

一本好书，在它的封面与封底之间，向我们不焦虑的独处，施以暂时的庇护。

亲爱的未未、末末：

你们最早的读书探险，是从"听书"开始的。

最初是为了保护视力，妈妈开启了听故事的方法。从听儿歌开始，之后是童话，慢慢地，其他知识不断进入你们的耳朵。音乐、历史、文学、诗歌等，你们都听得津津有味。先用电脑播放，不久换了手机，接下来就是APP时代百花齐放的音频节目。

很多时候，忙工作，忙家务，就放故事给你俩听。你们形成了一种玩玩具、听故事的模式，在幼儿园阶段，就能连续听5个小时的故事，一点也不会感觉厌烦。

家里听，睡前听，外出的路上听。有时候，吃着饭也听。一旦有无聊时刻，只要有可听的，安静与专注就出现了。

从你们很小的时候，爸爸就负责为你们读故事。从床边絮语，到微信语音，到喜马拉雅电台，你们习惯了爸爸天南海北的讲述，从北欧神话到《史记》，从安房直子到拉伯雷。你们说，爸爸念书时有一种特别的声音，轻轻的、缓缓的，好像世界都静下来了。还说，爸爸对各种事情都有点表示怀疑，讲起道理来一套一套的。

爸爸讲书，会时不时离开原著，去解释相关的概念或者连带的说法，甚至可能跳到一个完全不相干的领域，也不管是否超出小听众的需求。比如讲《希腊三部曲》的时候，未未提了一个问题：为什么小男孩罗杰给自己的乌龟宠物起名叫"阿喀琉斯"？爸爸兴致大开，从芝诺悖论讲到牛顿微积分，从数学的极限和无穷讲到量子物理的隧穿效应，美其名曰"要培养孩子对世界的好奇与喜悦"。

要感谢你们这两位忠实小听众，爸爸当大学老师，讲惯了课，把床畔也变成了讲台。

"你坐好了吗？那我就开始了……"著名的 BBC 广播节目《和母亲一起听》的开场白经久不变。从 1950 年到 1982 年，这个节目一直播放母亲给儿童读的故事。

为孩子读书似乎一向是与母亲联系在一起的。想一想绘本上任何对"故事时间"的描画，很可能是一位母亲与一个或两个孩子以及一本大书依偎在一起。

然而，正如育儿工作少不了父亲的参与，父亲给孩子们读睡前故事，同样重要且大有裨益。阅读是建立更好的父子（女）关系的一个良方。蜷缩在一起看一本好书，是多么温馨美妙的家庭场景，多么适宜亲密无间的心灵交谈。语言拥有如此巨大的力量——特别是用它编织成一个故事，并通过声音传递。带着孩子们阅读，就像引导你们进入一个新世界，向你们展示大人所积攒的全部库藏，揭开所有曾被严守的秘密。

爸爸喜欢印度裔加拿大诗人鲁皮·考尔的诗，她的诗具有非凡的纹理，"没有什么是不必要的，也没有什么是省略的。"在她的诗集《完美的约会》里，有一首小诗这样写道：

没有什么能比你的声音
比你大声读给我听
更安全
这就是安全，不是吗？适意。

关于给孩子读故事，还有什么比这更美的描述？

爸爸坚持为你们读故事，不仅仅是想诉说有关世界的一切，更重要的是，希望为你们带来一种安全感和舒适感。这是人人都渴望的东西，也是我们清楚地记得的关于童年的东西。它也伴随着温暖——被父母抱在腿上，拥在怀里。

舒适的感觉像被有力的臂弯环绕。但舒适并不代表全部生活，为了进入那些无法言喻的疆界，你们还需要惊奇。

舒适让人想留在家里，而惊奇推动人探索世界。你们的成长，既要与舒适为伍，也得和惊奇相伴。而保持惊奇的最好办法，就是冒险。

美国小说家玛丽莲·罗宾逊这样概括青少年时期的探索之旅："我所读过的每一本在相当程度上雄心勃勃、认真负责或富有想象力的书，我所遇到的每一个好老师、音乐和绘画，以及在任何方面都很有趣的谈话，甚至是在陌生人之间偷听到的对话，都为我打开了无法言喻的疆界，以及接近这些疆界的途径。"

读书，便是开疆拓土的一种探险。

你们十一岁的时候，爸爸在家里建立了读书会制度。刚一开始，未未问爸爸，读书有什么意义。那时小姑娘正迷《哈利·波特》，爸爸于是问，你读《哈利·波特》有什么感受？未未说，读到第五、六、七部的时候，觉得有股热乎乎的东西从心里流出来，传遍全身，有种又高兴又悲伤的感觉。

爸爸大笑：这不就是读书的意义么！

如果把《哈利·波特》的魔法传奇剥至核心，它们就是精彩的探险故事。小说带着我们踏上探险的旅程，进入一个奇幻的世界，一个未定义的时间，和一个与现实生活迥然不同的空间。

在《哈利·波特》中，麻瓜们（非魔法人士）害怕魔法世界，是因为他们不敢去了解；而伏地魔和他的食死徒追随者一心想创造一个所谓"纯粹的"魔法种族，清除世界上任何不"合适"的人：两种态度最终都没有获胜。唯有爱、家庭和友谊可以凭借，依靠它们，主人公哈利最终克服了他所遇到的任何挑战。

开放的心态、广泛的见闻是偏见的解药,当我们阅人越多,就越能意识到自己和他人之间存在多少共同之处,越能从与他人的连接中体会到爱的真谛。

之前爸爸还曾带你们读过 C.S. 刘易斯的《纳尼亚传奇》,其实 J.K. 罗琳写作《哈利·波特》,也向这位英国前辈作家表示了致敬。刘易斯写了七部儿童幻想小说,罗琳则描绘了哈利在霍格沃茨魔法学校七年的学习生活。在两个系列里,巫术、怪异的人物、神奇的野兽和世外桃源似的妙境都无处不在。而它们深层的契合莫过于魔法的至高无上的重要性——魔法是两位作者谈论现实,理解我们的精神生活的共同方式。

用刘易斯的话来说,魔法将奇妙的东西注入平凡的事物中,揭示出"一切存在的完全和谐"。魔法意味着希望,即使在黑暗之后,也总是隐藏着对更美好的世界的追求。因此,魔法世界并不只是为儿童而搭建,他们的书能够吸引所有年龄段的读者,并滋养我们的精神。

爸爸最喜欢的美国当代女散文家之一丽贝卡·索尔尼特在《遥远的近处》一书中,讲述了她小时候如何在《纳尼亚传奇》的"想象空间"中居住了很多年:

如同许多后来变成作家的人一样,我在很小的时候就消失在书中，就像有人跑进森林而消失。直到现在都令我惊讶的是，故事和孤独的森林都还有另一面，我从那一面出来，在那里遇到了别人……这些消失的行为是儿童读物的主要内容，它们通常讲述的是神奇的冒险，在现实的各个层面和种类之间穿梭，而这种跨越往往是对力量和责任的一种启蒙。

她回忆自己是个孩子的时候，只是不停地阅读，几乎不说话，因为她那时对交流的益处没有信心，害怕被嘲笑或面临自我暴露的风险。她觉得自己没有什么值得被理解和鼓励，从未期待被肯定，没有想过能在别人身上认识自己，当然更不知道她有什么东西可以给别人。所以她便埋头阅读，大量吸收文字，过着"醉书"的生活，从图书馆抱着成堆的书回家，并把图书馆形容为"既是远离世界的避难所，也是对世界的指挥中心"。

直到她终于觉得自己对世界有话要说，开始写作、表达——爸爸也是这样成为写作者的。

从孤独开始，从沉默开始，从安静地阅读开始，然后安静地写作，等待有其他阅读者进入写作者的世界，或者把写作者引向他们的世界。阅读者和写作者起先就这么一直独自旅行，直到听见了远处的声音，要求大声说话，大声朗读。他们的声音，最终连成了一片交响乐。

阅读并不是为了逃避交流，恰恰相反，它的目的指向交流。它从无声的交流开始，最终抵达的是更响亮的、更广泛的、更深刻的共振。

> 我们称之为书的对象不是真正的书，而是一种潜力，就像乐谱或种子。它只在被阅行为中完全存在；而它真正的家在读者的脑子里，在那里交响乐响起，种子发芽。

我们既需要阅读以聆听他人，又期望表达被他人聆听。爸爸和索尔尼特一样认识到：交流是我们的主要任务。所以，当爸爸写下这些给你们的文字时，总是会担忧，是不是有在你们耳边落空的风险？假如，我写给你们的这些信，能够令"交响乐响起，种子发芽"，那将是爸爸最大的快乐。

十一岁，你们也算读了不少的书，爸爸觉得，现在可以和你们分享一些我的读书心得了。

读书有很多肉眼可见的好，但不是通常人们以为的那些好——比如，为了获取知识而读书，或者，为了考试、晋升、增添履历里的一笔而读书。

读书真正的好，爸爸以为，首先在于它帮你看清自己的状态，以及周边的环境。因为人是以具体的方式在活着，并且在一个具体的环境条件下活着。我们对自己，对周边的环境，要有一种清晰的认知。

爸爸判断一个人，要看他（她）能否清晰地描述自己，以及能不能形成对生活环境的完整的描述。假如能够做到这一点，那就是在有"觉知"地活着。

生命是短暂的，浪费自己的时间是错误的。所以很多人都很忙。但是，如果一个人在忙的过程中失去了自我，不知道自己究竟是为了什么而忙，那么即使很忙，仍然是在浪费自己的时间。这就是没有"觉知"。没有"觉知"的人仿佛行尸走肉，悬浮在自己的生活中。

对自己和周边的认知，一方面靠生活经验的积累，一方面，我们也可以从书中广泛汲取。好的阅读，不仅不是在浪费时间，还能为我们节省时间。比如，优秀的文学作品能使我们接触到各种各样的情感和事件，而这些情感和事件，往往是我们需要花几年，甚至几十年的时间，才能在现实生活中体验到的，甚至是永远无法直接见证的。文学是最伟大的现实模拟器———一台让你经历无限多可能的神奇机器。

如同弗吉尼亚·吴尔夫所说："阅读，不是为获取知识，不是为了谋生，而是为了把交流扩大到我们的时代和地区之外。"爸爸相信，这种交流，是拓宽认知的一种最为便利的方式，对于涉世未深的你们来说，尤其如此。

那么，如何解释有些人很爱读书，但在生活中却非常不成熟？归根结底，生活经验和书本之间的关系是这样的：人从行动的生命过渡到沉思的生命，随后，再从沉思的生命回归至行动的生命，如此往复不已，互相激荡。经历这样的过渡与回归的动态过程，才是人生真正好玩的地方，才能平衡、完整且丰富地活着。

所以，阅读的意义，也许不是看我们读过多少本书，而是看所读过的书使我们停留在何种状态之中……看街道、云朵和其他人的生存对我们来讲意味着什么，看阅读是否使我们更加像是在活着。

这便是爸爸要分享的第一条读书心得：读书不是为了获取知识，主要是为了解决自己的生活状态。

阅读的核心因此成为"与自我相遇"。换句话说，阅读的最终目的不是获取信息，而是吸收和反思信息，并在这个过程中，发育出更好的自我。

第二条读书心得，是通过阅读，学会快速而准确地就任何问题，形成自己的知识判断。

你们已经迈入知识大贯通、大爆炸的时代。追求知识不像以前有那么大功用了，因为知识如牛奶，保质期很短；知识又如洪水，泥沙俱下，亟待激浊扬清。人人都必须培养一种能力，不是做某种知识的专家，而是可以在很短的时间内，知道到哪里去获得所需的知识；并且，在这个过程中，形成自己的知识判断。

假使没有这个能力，那么就会像爸爸经常打的比方：你们把自己的头脑变成了别人的跑马场。

第三条读书心得，是通过结构化的、系统性的阅读，形成联想。知识的树苗由此开始开枝散叶，长成森林。

很多人读书的问题在于：第一是没有结构，就是在书与书之间形不成联结。这直接导致了第二个问题，即使遭遇一本好书，也无法把握它的精髓，因为书籍进入大脑后不久就驶离，连一点水波都不曾漾起。所以，没有知识体系的读书，用处不大。

人是能思想的苇草，若真正释放思想，它们将会无穷无尽地开枝散叶。根本没有任何孤立的思想，从来没有过，有的只是思想之网。这也就是为什么艾萨克·牛顿说了那句著名的话："如果我看得更远，那是因为我站在巨人的肩膀上。"

只有体会了以上三点，才会觉得读书是令人愉悦之事，而非不得不做的功课或其他负担。后两种，目前对你们来说还比较难，相信你们将来在高中乃至大学的学习过程中，会有更深切的体验。

在中国，过去几年盛行一种东西，叫"知识付费"。有人贩卖二次加工的读书速成法，一年读一百本书，读书就像集邮。这完全背离了读书的精髓，也就是说，读书本来是一场探险，现在生生被弄成了走马观花的旅游。

妈妈酷爱的美国诗人艾米莉·狄金森曾写道："没有一艘战舰会像一本书，带领我们前往遥远的大陆。"过去，人们读书，是因为书可以带他们去任何地方；现在，人们不读书，是因为误以为自己已经到过很多地方。

当爸爸同你俩说，读书是一场探险，这并非常见的陈词滥调，而是可以在脑科学中得到证明。阅读不仅调动了大脑中与语言处理有关的区域，而且还使大脑中的那些与你刚好读到的行动有关的区域也参与进来。

比如，当你读到哈利·波特跃入水下、试图拾起格兰芬多之剑的时候，你大脑中涉及运动控制的部分就真的和他一起跳跃了。当你读到一件丝质的衣物拂过肌肤，或树叶被风吹过的时候，你大脑中涉及感官知觉的部分会被激活，感觉自己真的听到了那沙沙作响的声音。在大脑神经反应的层面上，我们确实经历了与小说人物相同的事情——我们不只是理解一本书，而且活在其中。

塔夫茨大学的儿童发展教授和阅读专家玛丽安·沃尔夫说："当我们阅读小说时，大脑积极地模拟另一个人的意识，包括那些我们甚至无法想象的人。它使我们能够在片刻间尝试体会成为另一个人。"这难道不是一种令人难以置信的移情锻炼吗？

在你们的阅读经历中，都曾遇到这样的情形：哦，这个人物好有趣啊，原来我并不是唯一一个有这种想法的怪人；作者怎么说得那么棒，我以前从未从这个角度考虑过！凡是有过类似体会的读者，都会立即理解沃尔夫的意思。

通过文字，你被传输到另外的人身上。你用他们的眼睛看世界。你理解他们的痛苦和喜悦。只有设身处地为他人着想，才能觉察每个人所拥有的往往是相互矛盾的情感，同时也使我们意识到自己内心的复杂性。小说家普鲁斯特有种形容叫"在独处中产生的交流的丰硕奇迹"，描述了阅读体验中的一个亲密的情感维度：获知他人的观点和感受，而不需要离开我们的私人世界一寸。这也就是狄金森所比喻的书如战舰，带你离开却又扎根不动，既置身自己的栖息地，又闯入其他的生活和土地。这是深度阅读中最深刻的、未被充分宣扬的贡献之一。

所以,读书需要耐心和独处,但这份耐心和独处,却是为了和他人发生联系,尤其是那些和你们毫不相同的人。

另外,真正的读书探险,总是起始于谦卑,懂得这个世界上还有那么多未知。

是的,一个人完全有可能因为错误的原因而阅读,比如像哲学家罗素所说的:"阅读一本书有两个动机。一个是,你喜欢它。另一个是,你可以吹嘘它。"带着第二个动机阅读,只会激发你的倨傲。

那些真正博览群书的人反而在智力上变得更谦逊。他们越来越意识到自己的无知和局限,这使得他们更愿意向他人学习。商界许多最聪明的人,从比尔·盖茨到埃隆·马斯克,都坚持认为变得更聪明的最好方法是阅读。

可但凡认真读书的人都有一个苦恼:好书太多了,读不过来怎么办?有一种很好的思考这一问题的方式,是畅销书《黑天鹅》作者纳西姆·尼古拉斯·塔勒布提出来的。塔勒布从意大利作家翁贝托·艾柯的图书馆中获得了启发:

> 作家翁贝托·艾柯属于博学、深刻并且不乏味的少数学者。他拥有一个很大的私人图书馆(内有3万册书),来宾由此可以分为两类。一类人的反应是:"哇!艾柯教授,你的图书馆多么壮观啊!你读了其中的多少本?"另一类人占绝对少数,他们知道,私人图书馆并不是一个自我膨胀的装饰物,而是研

究工具。读过的书远远不如未读的书有价值。……实际上，你知道得越多，未读的书占据的书架也越多。让我们把这种未读书籍的集合称为反图书馆。

艾柯真的读过所有这些书吗？当然没有，但向来宾炫耀并不是他用大量知识包围自己的目的。通过不断提醒自己所有不知道的事情，艾柯的图书馆让他保持智力上的饥渴和永久的好奇心。这就是"反图书馆"的效用。它是对人的局限性的有力警示——你所不知道的、半知道的或总有一天会意识到自己错了的事情，竟然有那么多。

所有你没有读过的书确实是你无知的一个标志。但如果你知道自己有多无知，你反而会比绝大多数人领先。毕竟，苏格拉底早就告诉我们，一切智慧都是从承认自己的无知开始的。

所以，孩子们，读书吧！阅读是给所有人的礼物，因为它增强了我们的想象力，把不可能变成可能。当我们在书中发现世界还有如此多的可能性时，我们会更加觉得自己在活着。

一本好书，在它的封面与封底之间，向我们不焦虑的独处，施以暂时的庇护。

一次阅读，令我们可以从自我中解放出来，跨越到他人，并在这样做的过程中，学习作为另一个人意味着什么。

而一场探险，每天带着对自我局限性的提醒生活，可以促使自己走向智力上的谦逊，和个人世界的丰富。

我的孩子，你有绿色的拇指！
关于《绿拇指男孩》

二〇一五年 四月

弟嘟，和他周围的世界，从此完全不一样了。

亲爱的未未、末末：

《绿拇指男孩》是然然姐姐推荐阅读的（她常给爸爸开书单），爸爸至今记得第一次给你俩读这本书的情形。那是一个美丽、精彩的故事，讲述了面对平凡事物，甚至是邪恶，美和善的胜利。

弟嘟（Tistou）比大多数孩子都要漂亮，他和比大多数父母都要漂亮的父母，住在比大多数房子都要漂亮的房子里。生活听上去无比美好，对不对？唯一的问题是，当他去法国乡村学校上学的第一天，就得知他和大多数同学不一样。

他在上课时总是陷入梦境般的恍惚之中，三天之后就被学校送回了家。弟嘟的出生地，一切都闪闪发光的地方，突然失去了光泽，冬天的寒冷降临到了这个幸福的家庭。第二天早上,连太阳都不肯升起,"忧忧"好像光临了小镇。

弟嘟的父亲是一位善良、优雅和成功的商人,他非常爱他的儿子,但也格外大胆,相信只要让弟嘟改上"生活学校",就能找到解决办法。如果要从现实生活中学习,从直接观察中学习,还有什么地方比花园更适合呢?

就这样,沉默寡言的老园丁成了弟嘟的第一位老师。这对师生对花和树的语言充满了热爱,很快建立了牢固的友谊。在一天的工作结束以后,老园丁把弟嘟的小手握在自己粗犷的手中,反复摩挲,说出了一句惊天动地的话:

我的孩子,你有绿色的拇指!

弟嘟,和他周围的世界,从此完全不一样了。

神奇的事情开始在米勒波尔小镇上一件件发生——监狱从一个严酷的、没有灵魂的场所,变成了一个到处都是五颜六色的花草的所在;一个小女孩找到了生存的意志,因为她对围绕在病床周围的美丽的植物感到高兴;贫民窟也不再是一个绝望之处,悲惨的命运终于停止在那里轮回。然而弟嘟的努力还更为深远;在正在打仗的沙漠中,他让父亲制造出来的大炮,长出了花朵而不是炮弹。

说一声我们不要战争,

说时请大家举起鲜花。

弟嘟，由于拥有绿拇指，他所接触的一切都能长成美丽的植物。哎呀，这可比希腊神话里那个点石成金的迈达斯有趣多了。爱养花弄草的妈妈说：一株植物不只是一株植物，它可以是心灵的触角，让生活慢下来。植物可以救人。

这本童话的作者莫里斯·杜恩，被称为法国"自大仲马以来最好的历史小说家"（乔治·马丁语），他在2009年，你俩出生的那一年去世。他是个多产作家，写过剧本、散文、政治论文和十几部小说，《绿拇指男孩》是他为我们留下的唯一一本童话。他还干过一件有趣的事：以宙斯回忆录的形式叙述了希腊神话。这个以后爸爸给你们讲希腊神话的时候，有机会再讲。

爸爸是个老师，马上从童话里发现了别的。拿起《绿拇指男孩》，爸爸意识到它可能是最早处理学习问题的书籍之一（法文版首次出版于1957年），而书中揭示的问题远没有得到充分认识。

你俩可能注意到了，弟嘟开始他的"生活学校"之旅，起因是他不能以普通的读书和上学方式学习。

第一天上课回家，弟嘟的口袋里装满了零分。原因从老师的批语中可以知道："要好好看管这个小孩儿，他想得太多了。"弟嘟的小小的头脑不接受按部就班的教育。

一个在富人区长大的少年，父母对他宠爱有加，然而弟嘟丰富的想象力很快把他带往对生活中的大问题的质疑：为什么会有疾病？为什么有人会被关进监狱？为什么会发生最大而最可怕的混乱——战争？他去问大人，然而随即认识到大人们会用不太令人满意的答案来敷衍他。

"别看大人们一副自以为是的样子，对我们是从哪里来的，为什么我们会来到这个世界，我们来到这个世界要做什么这些问题，还是懵懵懂懂、一知半解。"

这时候，我们看到童话作家的"绿拇指"发挥作用了：杜恩为弟嘟设计了一种神奇的天赋，并让他利用这种天赋，开始为所有他认为在受苦的人，带去生活的意义。他让那些常常固步自封的成年人感到羞赧，因为他们脑子里装满了现成的想法。

通过发现弟嘟的真性情，人人都可以了解自己内心的可能性。书中有句话："不管面对什么情况，我们都很容易习以为常，即使是对最不寻常的事情也是一样。"这就是很多成年人的可悲之处。

这本书能够吸引一代代小朋友的原因很简单：一个小孩子也能够颠覆成年人生活的许多层面，并挑战关于世界"应该"如何运作的普遍假设。这是多么令孩子们振奋的事情。

而且，弟嘟以自己的方式学习成功了！他从"生活学校"毕业了！

你俩那时字还识不了几个，初听爸爸讲《绿拇指男孩》，是什么感觉呢？

那是 2014 年春节期间，你俩正好四岁半。爸爸用《绿拇指男孩》给你俩普及了什么是监狱、医院、贫民区等社会常识，特别强调了小男孩弟嘟如何试图改善这世界。你俩听后，开始自由发挥，畅谈你们对改造贫民区的设想。

末末：贫民区怎么改造呢？把贫民区拆掉，搭起漂亮的房子，拿出一些汽车零件，装起车，教贫民区的穷人怎么开车，怎么上来下去。

爸爸：房子是怎么搭的呢？

末末：把破纸板、旧铁皮扔进垃圾车，拿没有洞洞的砖块给每个穷人搭房子。

末末：我就开着卡车来了，有那么多门把手，我又运来了钥匙，门锁。

末末：我跟穷人们说，你们别把钥匙丢了，出不了门了。

末末：我开的是大吊车，未未开的是大吊塔。我又开来了挖掘机，拌起了水泥。

未未：房子第一个和第二个不同。

末末：第一个是高楼，第二个是小房子，第三个是胡萝卜房，第四个是蘑菇房，第五个是南瓜房，还有超市、商店、药店……

未未：还有爸爸房！穷人生病了就会去药店买药。

末末：有葡萄味的药，草莓味的药，樱桃味的药，黄连素，川贝枇杷膏，清心口服液，穷人发烧了就用黄连素来治病。

未未：那里还有体温计，买回来夹在胳肢窝里，就能看见身体里多少度了。把破桌子扔了，安了好桌子。有了新椅子和新桌子，就端上饭来。

未未：教他们用叉子叉东西，勺子是喝汤的。

未未：我每人眼前端了一碗米饭说，必须吃完；我又端了一碗菜说，不能吃剩了。饭粒不能乱扔，不能掉饭粒。

未未：必须没有掉饭粒的才给他们吃饭后甜点，要不然，我发的巧克力也没了，小蛋糕也没了。我的冰箱里冰了好几个小甜点，如果穷人吃完了饭，我就赶紧给他们吃我的甜点。必须不能掉饭粒，否则巧克力蛋糕会化的，必须赶紧吃完。

爸爸：房子搭好以后呢？

未未：房子搭好了，装一部电梯，弄一些"一""二""三""四"的圆圆的按钮，要吃饭去五楼，去高高的六楼坐地铁站，打卡上火车，穷人要去干事呢！我就说你们要去哪里，给他们打卡他们就过去了。

把路灯放进圆洞，插起来，拿了开关安在上边，晚上一下就开了。我用彩笔画上斑马线，安上红绿灯，我就装洒水车。我还安了一辆火车，这个火车一共有28万节车厢。火车通到爸爸的老家。

用虾皮做成了包，好费劲才做成了。

未未：在工厂弄了些料子，涂成黑色，做成一个像妈妈那样的包，给女生的穷人用。

爸爸：包里有钱吗？

未未：有。爸爸挣了钱，我就跟家里要，给穷人了，穷人问我为什么给钱，我说我搭了超市你们进去买。

未未：超市里有奶酪、香肠、面包，还有一捆大火腿，有西瓜、草莓、樱桃……

未未：还有柿子椒、西红柿，还有鸡蛋，可以西红柿炒鸡蛋。

未未：还可以做鸡蛋羹。给了他们火柴，让他们点火，煮饭用的。每个房子台阶两边都种了两棵苹果树，风吹的时候，捡苹果。种子栽在花盆里，它慢慢就长大了。

未未：拿一些种子，种子长大了，就长成花了，有忍冬花，牵牛花，还有爸爸花！

爸爸：什么是爸爸花？

未未：就是爸爸的样子。

未未：我搭了一个洗衣机，我教穷人怎么洗衣服；我搭了一个洗碗机，教他们怎么洗碗洗筷子。我用卡车拉来碗筷，教他们怎么打开洗碗机。

我给穷人的小孩搭个游乐场，出门一拐弯就看见了，里面有个小滑梯，还有长长的轨道，和小汽车。

未未：还有那个转转的旋转木马，唱得那么好，还唱一个爸爸歌，"爸爸爸爸爸爸爸，亲爱的爸爸……"

未未：还有一个小池子，里面有船，他们可以开，大人开，小孩在后头。你猜有什么船，轮船、帆船，还有一种船叫小船。

未未：还有"爸爸船"！

未未：还有一个大水车在转。

未未：如果街道脏，我们就开起洒水车，用扫帚把垃圾扫不见，扫到垃圾车里，空瓶子、破盒子什么的都要扔了，破了的碎渣渣，运到垃圾场去。

未未：不要到处乱扔垃圾，到处都是西瓜皮、瓜子壳什么的。不然路上臭的，臭的话可以用洒水车使劲喷、使劲擦呀。

爸爸：穷人区的大人都干什么工作啊？

未未：我拿电脑，就让他工作啊，给小孩订玩具啊。要是我的巧克力蛋糕吃完了，就得订，要不他们就没有饭后甜点了。

未未：还有照顾小孩做饭什么的，干家务。

未未：对，洗衣服、晾衣服。

这是爸爸当时记录下来的，拿给妈妈看，你俩的创意大大出乎我们的意料。四岁半的你们的爱心和想象力，你们生活至今的很多体验，都表现在这里了，爸爸妈妈每每回忆起来，都感动不已。

从给你们第一次念这本书到现在，每当爸爸看到满是鲜花的花园或田野，就会想起这书。如果爸爸看到一片空地上没有任何美丽的东西生长，就会想，这地方只是在等待着弟嘟的到来吧。

可以说，《绿拇指男孩》是一个关于大自然的治疗和恢复力量的现代童话，一则精美的生态寓言故事。所以阿什利·拉姆斯登在书的序言里才会这样说："凡是关心我们的地球未来的人，都应该把弟嘟的名字挂在嘴边。"

当妈妈说，植物可以让生活慢下来的时候，她其实是在说，植物的生长需要时间，从而需要专注。快乐来自很多细心的专注，正是它们使生活值得一过。诗人赫尔曼·黑塞在二十世纪初写道："高度重视每一分钟的时间，把匆忙作为生活的最重要目标，无疑是快乐的最危险的敌人"，"我对因缺乏时间和陷入冷漠而痛苦的人的建议是这样的：每天尽可能多地寻找小乐趣"。

还有什么乐趣，比"绿拇指"所创造的美丽的花草更怡人呢？艾米莉·狄金森也是个诗人，不过她的园艺比诗艺更精，她如此描绘春日到来的景象：

> 今天如此美丽——一样明亮，一样蓝，一样绿，一样白，一样深红，就像盛开的樱花树，半开的桃花，刚刚摇曳的小草，天空、山丘和云朵，只要它们努力，就能做到……

你们有没有发现，在春天来到的最初几天，某样奇特的东西笼罩着众多的灵魂。疲惫的人，匆忙的人，甚至被剥夺了权利的人，都向一种不具体的快乐投降。人们对你微笑，你也对他们微笑——在春日阳光的祝福下，我们不知不觉地被提醒，每一个人，无数其他生物，以及所有物种共享的这个令人惊叹的、不可替代的星球，都与我们有关。

在自然界最有活力的时刻,我们突然释放出我们自己最好的本性。这也许就是为什么,一个没有鸟鸣和花开的"寂静的春天"令人绝望,这可怕的预言终于唤醒了现代人的环境意识。

4月的黎明时分,在夜间的一场小雨过后,好奇促使着我们前往屋外的花园,季节在那里向我们展示她自己。春天的嫩枝和花蕾格外的绿,只有一朵华丽的郁金香在盛开,像是弟嘟的红拖鞋。也许他最近又来了,带着他的治愈术,经过我们的世界,在他漫长的旅行中,又顺便撒播了更多的希望和欢乐。

偷走时间的窃贼

关于《毛毛：时间窃贼和一个小女孩的不可思议的故事》

二〇二〇年 四月

灰先生可以偷走每个人的时间，为什么毛毛例外？

亲爱的未未、末末：

关于《毛毛》的最神奇的事情之一是，它于1973年出版，从那时起，它所描绘的经常的噩梦就变成了我们的现实。

毛毛的故事发生在意大利一个不知名的城市郊外，那里有一个来历不明、无家可归的女孩，她非常聪明，有一种近乎超自然的能力，能倾听人们的心声，帮助解决他们的问题。在书的开头，她过着幸福的生活，住在一个古老的圆形剧场里，周围有一群朋友，给她带来食物，并与她分享他们的问题。

然而，有一天，成群的皮肤苍白、身穿灰色西装、头戴灰色礼帽的陌生男子出现在城郊，向人们提议将业余时间存入一个账户，以后再连本带利地偿还。这些灰先生声称,他们代表着一个奇怪的机构,叫"时间储蓄银行",他们承诺客户未来必将有更多的时间出现在银行中,但作为回报,客户须加快工作速度,减少社交生活,并在此过程中尽可能削减快乐,来节省尽量多的时间。

他们拿着公文包,吸着雪茄,灰褐色的面孔一本正经,着手指示市民,怎样通过消除无意义的活动(例如闲聊、创造和做白日梦)来提高效率。他们的推销很诱人:"时间就是金钱,节省时间,你就能发财。"

越来越多的人顺从这样的提议,奉献出越来越多的业余时间,并逐渐放弃了任何被认定为不必要的活动,最终失去了所有的情感。很快,这个意大利城市就变得死气沉沉。

当灰先生接近毛毛时,有一个人无意中透露,他们真正的目的其实是将人们的时间偷走,以供自己使用。原来,他们是一伙"时间窃贼"——一个超自然的寄生虫种族。他们接近人类的外表只是一种伪装,不一定代表他们的真实形态,因为类人可能是对他们来说最有用的样貌。

虽然他们数量庞大,而且对所有人类珍视的东西都形成致命的威胁,但除了小女孩毛毛,没有人意识到他们的存在。其实他们的出现,归根到底,是因为人类默许他们这样做。按说人类也不难消灭他们(通过拒绝给他们时间),但由于大家的无知,他们可以始终像罪恶的吸血鬼一样存在着。

问题来了:为什么毛毛就能意识到灰先生的存在呢?

小说作者米切尔·恩德赋予了这个小姑娘一种神奇的天赋,就是倾听,而倾听可以帮助人们获得真相。

前来拜访毛毛的灰先生,自报他是 BLM／553／C 号代理人(灰先生推销大军全都没有名字,只有代号),一开始企图用汽车后备厢里的一堆玩具打动毛毛,他说:"人们必须有越来越多的东西,这样才永远不会感到无聊";接着又指责毛毛没有支持她的朋友们努力节省时间,成了他们的绊脚石,因为生活中唯一起决定作用的是成功,而她只是在令他们虚度光阴。

毛毛觉得自己几乎要被击中了,但还是拼尽了全力抵抗灰先生。为了冲破"那些灰先生们隐身的黑暗与空虚",她轻轻地问了一个问题:"难道没有人爱过你吗?"

可怜的灰先生一下子就垮了!他也许从来没有想过,自己也有压抑的情绪,也渴望对人诉说,最后他忍不住对毛毛敞开了心扉:

> 我们决不能让人家认出来,任何人都不能知道我们的存在,也不能知道我们在干什么……我们担心的是有人会记住我们的形象……只有我们不被人发觉,我们才能开展工作……这是一种艰苦的工作,要一分一秒地挤出人们的寿命……因为他们节省的全部时间,对他们来说已经失去了……我们把那些时间据为己有……我们把那些时间储存起来……我们需要它们……我们渴望得到它们……啊,你们不知道,你们的时间意味着什么!……但我们,我们知道,我们把它们从你们身上,

从骨头缝里给吸出来……我们需要的时间越来越多……越来越多……因为我们的人口也变得越来越多……越来越多……越来越多……

现在毛毛知道了真相,她对灰先生构成了巨大的威胁。他们试图与她做几笔交易,不让她阻止他们,但都失败了。

那么,第二个问题是:为什么只有毛毛对时间窃取的诡计免疫?

爸爸觉得,这其实是小说作者在暗示我们:小孩都不怕灰先生。小孩不需要节省时间,因为他们没有把时间用于功利目的的想法。

大人们则完全不一样:我们似乎永远没有足够的时间去做我们需要或想要做的事情。这为成年人的生活带来了大部分的躁狂:在学校和工作中的压力倍增,白天常感倦怠,夜晚睡眠不足;有人变成工作狂,没有时间与家人和朋友在一起,甚至遭遇过劳死……

就像灰先生们所说:时间就是金钱。在当今社会,时间是稀缺资源,是具有决定性意义的竞争因素,因而被等同于金钱。但是时间又是一种矛盾的货币:有的人会为了节省时间而付出金钱,有的人会为了节省金钱而投入时间。

有的人希望在一定时间内拼命工作,以便以后有更多的休闲。这样的人往往相信:我现在辛苦是为了将来活得好。就像毛毛的泥瓦匠朋友尼科拉,他明明不喜欢盖那些"装人的仓库"(指质量低劣的速成楼房),却自我欺骗说:"等我挣够了钱,我就放弃这个工作,干别的去。"

我们对这样的想法多么熟悉。很多人误以为可以通过现在付出时间来获得将来的享受，其实不然。

时间既不能省，也不能借，我们只能在它行进的过程中充分利用它。你付出的每一秒时间，都是时间的纯粹的消耗，也不可能将来再去支取。

大人们之所以患上"躁狂症"，也是因为现在的工作机构越来越希望雇更少的人，但工作更长的时间。于是，人们不得不拼命加班工作来赚取足够的钱，以维持生活和消费的需要。人们以为这将给生活带来意义，可没有想到，他们却缺乏时间来欣赏这种意义。

这就是时间的悖论。现如今，包括爸爸在内，每个人都很忙，劳累、倦怠、焦虑不安……我们好像陷入了一种群体性的困境，像是被灰先生们攻城略地了一般。

汉字的"忙"，可以理解为心死了。太忙了，心就死了，没有把心保持为一种开放丰富的状态。或许，我们需要不时地问一下自己：这么忙，到底忙些什么呢，是为了什么呢？

"我们一直迷失时间的真实本质，因为我们总是利用当下的时光来获取未来的东西。"佛教哲学学者戴维·洛伊对小说另有一番解释，他说：其他人为琐碎的事情争吵，或像机器人一样忙着完成他们的工作，而毛毛一个人安静地坐着，沉稳的她深得禅宗的精髓。

洛伊引用日本禅宗大师永平道元《正法眼藏》中的《有时》篇来说明为什么毛毛是值得效法的。《有时》记录了禅宗大师坐禅与修观的心得，是对时间与存在的体证，包含着一些最深刻的对时间的佛学思考。

生活中，我们常常把"有时"挂在嘴边，其实这个词原本是佛教用语。

"有时"可以拆成"有"和"时"："有"就是"时"，"时"就是"有"。怎么理解呢？"有"是佛教用语的汉译，其实就是"存在"。

> 我们称之为春天的时间，直接作为一种叫作花的存在而绽放。花反过来又表达了称为春天的时间。这不是时间中的存在，存在本身就是时间。

所以"有时"可以理解为"存在—时间"或"时间—存在"。这个组合词表达了时间和存在的一体性。不仅存在本身就是时间，时间本身也就是存在。

你俩可能会说，这也讲得太玄妙了吧？让爸爸来简单地概括一下就是：人活于世，时间与我们从不分离，当我们存在，时间就不会消失；我们从来都不在时间之外，因为我们就是时间的证明。

我们总是说时间飞走了。但如果时间只是飞走，你就会与时间相分离。禅宗大师认为，人们只看到时间的来来去去，而没有彻底理解时间其实存在于每一个时刻、每一个我。

如果我们认为时间只是在流逝，就容易把它当成一种稀缺商品，所以我们常常用这样的词汇来描述它："花时间""买时间""浪费时间""节省时间""靠借来的时间过活"。同时出现的另一种情况是把时间作为一种财产，例如"我自己的时间""给我一点时间"。

将时间视作一种商品或者一种财产，我们将为一种幻觉所困，这种幻觉使我们终日匆忙，"天下熙熙，皆为利来；天下攘攘，皆为利往"，其实这就是时间窃贼们鼓励大家掉入的陷阱。

在《毛毛》的第六章，作者写道："人们似乎从未注意到，通过节省时间，他们正在失去其他东西。没有人愿意承认，生活正在变得越来越乏味，越来越暗淡，越来越单调……这是因为：时间本身就是生命，而生命存在于人的心中。人们越节省，属于他们自己的时间就越少。"

时间是用心才能感觉得到的。正如毛毛的导师侯拉大师（读者会认作时间之父）告诉她的那样："如果人们知道死亡的本质，他们就不会再害怕死亡了。如果他们不再对时间感到恐惧，那就再也没有人能够偷走他们的时间了。"

所以，我们要拒绝"时间就是金钱"，而选择"时间就是生命"。时间只有在属于一个人时，它才是活的。

在《毛毛》中，时间被形容为"一个伟大而平常的奥秘"。

为了测量时间，人们发明了日历和钟表，但这并不能说明什么，因为谁都知道，一小时可能使人感到漫长无边，也可能使人感到转瞬即逝——就看你在这一个小时里经历的是什么了。

"时间"这个谜团，让所有有思想的孩子，还有那些没有忘记对熟悉之物保持惊奇的成年人着迷。

恩德写的是一个童话故事吗？如果从浪漫主义的角度来理解，我们可以这样称呼它。白天和梦境以一种诗意的方式相互交融。而童话之所以为童话，不是因为它们向孩子们展示了生活是怎样的，而是因为它们通过幻想，将人们对生活的深刻恐惧和长久的梦想赋形。

也许它是一部奇幻小说？如果讲述的故事插上了想象力的翅膀，超出了现实世界运行的一般逻辑，那么当然它就具有奇幻色彩。《毛毛》无疑打破了现实，又深刻洞察了现实，演绎了理性、想象力和爱的奇迹。

追随一部童话或是一部奇幻小说的作者，看他怎样创造一个超越现实的故事，他的想象力如何得到自由发挥，是一件非常奇妙的事。像任何写作一样，作者天马行空的想象也可能卡住，比如《毛毛》曾经几乎进行不下去了，作者恩德如此回忆：

我已经草拟了大多数场景。我已经开发了角色，并完成了一些章节，但是六年来，我一直无法完成小说，因为我缺失基本规则。我不得不解决一个难题：如果灰先生可以偷走每个人的时间,为什么毛毛例外?当然,一个懒惰的作家本来可以走一条简单的道路,赋予毛毛某种特殊的力量——比如一件魔术披风。但是那不会令我满意。我需要找到一种源于故事逻辑的规则。一天早上,我起床对我妻子说:'就是这样!'我找到了答案:只有那些囤积时间的人才会被偷时间。如果一个人允许时间流过自身,并且不试图抓住它,那就没有东西可以偷了。那就是我想到时间银行的想法的一刻,整个故事突然间变得很有意义了。

"时间银行"的背后,是现代人的买卖心态,深层的逻辑是:时间的价值是根据供求关系来确定的。"允许时间流过自身",这是我们绝不具备的本领。现代人引以为傲的,恰恰是把时间切割成一段一段,再将自身生命拆分,投入到这些片段中。

为了衡量时间的片段,人们发明了钟表。最早的钟表是十二世纪由欧洲的天主教修士发明的。天主教有一个修士组织叫本笃会,这些人很奢侈,可以不从事任何农业、手工业活动,他们唯一的任务是解释经书,解释关于耶稣的传言。在天主教被马丁·路德改革以前,它是非常繁文缛节的,这些修士每天要做七段祈祷。为了对一天七段的祈祷仪式做精确的计时,本笃会修士发明了钟表。

但是,钟表发明以后,有一个从未被预料到的事实。修士们没有意识到的是,钟表不仅是一种计时的工具,也开始重新塑造整个人类世界。14世纪中叶，钟表从修道院的深宅大院走出来，流传到世俗社会。那时资本主义萌芽开始，航海贸易已经非常发达。钟表给工人和商人的生活制造了一种有条不紊的规律，进而一切都有了时刻表。

有了准点到站的火车，有了需要按时完成的工作……有了今天的固定生产流程、固定工作时间，以及由此产生的标准化产品。蓝领和白领工人定时上下班，并在固定时间里生产出产品和服务（也就是所谓的"八小时工作制"），这构成了工业社会的基本特征。而在此之前的农业社会，对时间并无苛刻要求，只需日出而作，日落而息。

进入信息社会以后，通信和信息技术的不间断的特性，更是导致生产也变得不间断，人们开始拥有"24/7"的时间观———周七天，每天24小时，全部都可以算作工作时间！如果你们对这个话题感兴趣，以后可以读读思想家乔纳森·柯拉瑞写的一本精彩的著作《24/7：晚期资本主义与睡眠的终结》，这本书分析了当代全球资本主义系统无休止的需求，核心论点是清醒和睡眠的界限正在被侵蚀，与之相伴的是一系列其他重要界限的消失，比如白天与黑夜、公共与私人、活动与休息、工作与休闲。

电子邮件、社交媒体、在线娱乐和网上购物的流行，无处不在的视频对注意力的吸引……让我们的生活陷入一种普遍的无间断状态，受持续运作的原则支配。人类开始进入无眠时代。

当爸爸带你们阅读《毛毛》时，立即意识到智能手机和社交媒体就是今天现实生活中的"灰先生"。本来，我们指望这些设备替我们节省时间，并使人们走得更近，但最终结果却完全相反。

所以，这本 1973 年的书具有很强的开放性和穿透力，它的令人毛骨悚然的故事，仍可以用于描述当今世代的文化正在面临的新的威胁——资本主义和消费主义如何利用金融和技术手段，源源不断地从人们喜爱的事物中抽走时间。

在书的结尾，侯拉大师将毛毛带到一个圆顶大厅里，钟摆在水池上摇摆，每次摇摆都会把一朵独特的花从水中唤出，然后又在回摆时使其凋谢并沉落。侯拉告诉毛毛，这个美丽的场景发生在"你内心深处"。

侯拉大师是一个近似于超人的实体，可能是生与死的主宰；当毛毛问他是否在某种意义上是死亡时，他回答得很含糊。作为时间的供应者，侯拉是灰先生们的终极敌人，他们想找到他，并直接从源头偷走所有的时间。

侯拉大师向毛毛揭示了时间的真实本质。他送给人类的时间，其实是生长在每个人心中的小时花，每朵花都是独一无二的，具有不可言喻的美丽，但只持续一个小时。然而，如果人类无意中允许灰先生进入内心，答应与"时间储蓄银行"进行交易，灰先生就会偷走越来越多的小时花，并将其冻干，卷成雪茄烟吸食，时间因此成为死的时间。

侯拉大师将花朵的丢失描述为一种疾病："感到自己的情绪变得

越来越忧郁，内心也越来越空虚，对自己和整个世界都越来越不满意。然后，连这种感觉也渐渐地消失，陷入麻木不仁。"

任何重度沉迷于智能手机和社交媒体的人，都会意识到这种绝望的感觉。

成为时间，也就解除了时间的束缚。毛毛是自由的，因为她活在没有时间限制的世界里。灰先生们意识到，可以假装用更多的时间来诱惑别人，但却无法打动毛毛——"因为那个小姑娘已经有足够的时间了，想用她绰绰有余的东西贿赂她是没有意义的。"

在两个邻居吵架成仇以后，他们来找毛毛诉说。两个男人谁也不肯先让步，背靠背，阴沉着脸，沉默着。而毛毛什么也没做，只是坐在离他俩一样远的地方，一会儿看看这个，一会儿看看那个。这时书里有一段描写：她只是等待着，看会发生什么事。有些事情需要时间——而时间正是毛毛唯一富有的东西。"

这是一种姿态，表明她的"存在—时间"对其他人的"存在—时间"是开放的。所以，她能够用充满爱的滋养的方式倾听他们。如果说倾听是给了对方时间，那么这个时间就是他们面对自己的时间。

人们对毛毛的倾听能力赞叹不已："小毛毛能做到而别人做不到的只有一点，就是——倾听别人讲话。"这好似没有什么特别，听别人讲话，那还不容易！如果你们这样想的话，那就错了。"真的，只有很少人会倾听别人讲话，而且像毛毛这样懂得怎样听别人讲话的人，简直还从来不曾有过。"

她的会倾听,不是因为她说了什么或者问了什么,或者给了那些述说心思的人什么启发,不,她只是用又大又深的眼睛看着那些人,非常专心,充满同情。突然之间,被看的人觉得仿佛涌现出许多自己从来没有想过的、隐藏在心底的想法,而毛毛就坐在那里听着。她的倾听效用如同奇迹。

她那样会听,能使没有办法的人和犹豫不决的人突然明确自己的目标,能使害羞的人突然感到自由自在、勇气十足,能使不幸的人和心情忧郁的人变得自信而快活起来。如果有人以为自己的生活出了岔子,觉得活着实在没什么意思,天天如此,平凡之极,和千千万万的人一样,最多像一个可以随时更换的破罐子——那么,他到毛毛那里去,对她讲述这一切,随即,他就会感到一边讲,一边不知不觉地认识到自己完全错了,明白即使就是他现在的样子,他也是千万人当中独一无二的存在,因此,他对这个世界来说是重要的,以自己独特的方式。毛毛就是这样倾听别人讲话的!

哲学家韩炳哲评论说,毛毛的倾听让人回想起奥地利作家赫尔曼·布洛赫热情好客的倾听,那是一种解放他者自我的倾听:

人们可以畅所欲言,他接纳一切,人们只有在没有将话说尽、说透之时,才会感到不自在。然而在与其他倾听者的谈话中,有时候会来到某个时刻,此时人们突然收住,对自己说:"停!就到这里吧,不要再说下去了!"人们原本期望吐露心声,此刻却变得危险了——因为,人们如何才能再次回归自己?之后人们又当如何再次独处?——此情此景在布洛赫那里永远不会出现,没什么会喊停,人们不会在任何地方撞上警告牌或警示标识,虽然跌跌撞撞,人们却仍越行越远、越走越快,仿佛喝醉了酒一般。你会惊奇地领略到,一个人到底有多少话去谈论他自己,一个人越敢说,越忘情,说起话来就会越滔滔不绝。

真正的倾听就是这样:将属于每个人的特质,原原本本归还给他。
仅仅通过纯粹的倾听,毛毛就能平息争端,还能达到和解、治愈、救赎之效:"还有一次,一个小男孩将他那不愿意再歌唱的金丝雀带到她面前。对毛毛来说,那真是一个更加艰巨的任务。她不得不耐心地等了整整一个星期,那只鸟儿才终于又婉转地唱起歌来。"

爸爸的切身体会是,真的很少有人能做到耐心倾听。更经常地,我们得到的是这些反应:"我早就跟你说过""谁让你不听我的""你这个和我相比算不了什么"。
但有时候,我们就是只想诉说,想有人倾听,而并不需要抱怨、诉苦、比较和建议。
从《毛毛》中,我们可以勾勒出一套倾听的伦理。毛毛的倾听方式,是让人自动调取早已存在但自己却浑然不知的想法;并且,要帮助对方穿透话语的表面意义，发现隐藏其后的、来自内心深处的真正诉求。

爸爸想到了心理学家卡尔·罗杰斯提出的"深度倾听"的理念：

> 真正的倾听，可以让我与被倾听者紧密联系在一起，从而丰富自己的生活体验。……在真正的倾听中，你还可以得到一种特殊的满足，就好像听到天籁一般，因为你除了能获得关于个人的显而易见的信息，还能获得超越个人的、普适的信息。人际沟通中暗藏着适合于任何人的系统的心理规律、心理面向。所以，倾听不仅让你懂得别人，也让你感觉自己触及了世间的真理。

每个倾听者都要学会问自己，我能够听到一个人的内心世界吗？我能了解吗？我能跟对方达到深层共鸣吗？我能够感知到对方虽然有些担心，但还与我沟通的意义吗？他也能知道这些吗？

罗杰斯叙述了他在心理治疗过程中的体会：

> 基本上，每当个体意识到我的深层倾听时，他的眼眶都会湿润。在某种程度上，我觉得这是开心的眼泪，就好像他在说："谢天谢地，真的有人懂我了，有人体会到我的感受了。"每当此刻，我就会想象有个犯人被关在地牢里，每天发出莫尔斯电码："有人能听懂我吗？有人在吗？"终于，他听到一套微弱

的电码说:"是的。"只是一个简单的回复就能让他逃离孤单的牢笼,使他又成为真正的人。如今,很多人都生活在自己的牢笼中,没有任何迹象表明牢笼外世界的存在,你必须非常敏锐地捕捉到来自牢笼中的微弱讯号。

而与"深度倾听"背道而驰的,是下面这些情况:倾听者自以为确信对方将要说什么,而不去倾听;或者,听到的只是自己确信对方会说的话,而根本没有真正地倾听;更加糟糕的还有,扭曲对方的信息,变成自己希望听到的话。如果这样倾听,可曾想过,在双向沟通的那一头,那个人会有多么沮丧?

因为别人在和你倾诉的时候,他(她)是在经历一场冒险,将自己内心最私密的地方向你敞开,而你却根本没有理解。倾诉者获得的只是评价、劝诫,甚至是责备、原意的扭曲,这样的打击将令人彻底心碎,带来深深的悲哀与孤独。

这让他们希望自己被他人理解的愿望破灭了。一旦他们不抱有希望,他们的内心世界就会越来越混乱。而他们也就只能活在自己的内心世界里,就再也不能活在与别人分享的体验中了。

除了好好倾听别人,爸爸还很赞同罗杰斯提出的另外一条:乐于分享自己,享受他人的倾听。

每个人生活中都可能遇到绕不过去的障碍，有时甚至到了山穷水尽的地步。如果找不到可以分享的人，便会终日盘旋于痛苦的循环之中，觉得自身没有价值，绝望而自闭。而一旦得到了别人的倾听，并且是那种不附带评价、不进行判断、也不想改造你的倾听，那种感觉真是好极了！你的压力会被纾解，体验到的恐惧、内疚、迷惑等情绪都得以抒发，你从混乱不堪中被拯救出来。

无论如何，去倾听别人，或被别人倾听，都能够帮助我们用全新的角度看待自己的生活，并继续坚持下去。我们需要由衷地感谢那些体贴、同情和关怀的倾听，同时真正地倾听别人，这将给我们带来许多快乐。

米切尔·恩德借《毛毛》向读者发出了挑战："现在，谁要是还认为倾听别人讲话并不是什么了不起的事情，那他就试一试吧，看看自己是否也能做得像毛毛那样好。"

爸爸、妈妈和你们，都要勇于接受这个挑战。

韩炳哲说："喧闹的倦怠社会听力全无。相比之下，未来的社会或可称为倾听者与聆听者的社会。如今人们需要的是一场时间革命，开启一种完全不同的时间。"

恩德写道：

毛毛倾听狗叫，猫叫，倾听蟋蟀、青蛙和蟾蜍等一切动物发出的声音，甚至也倾听雨声和树林的风声。世界上，万物都以自己的方式向她讲述着自己的故事。

有时候，她的朋友晚上都回家以后，她仍然一个人久久地坐在那个古老的圆形露天剧场废墟的台阶上，望着头上星光灿烂的夜空，倾听着宇宙那伟大的宁静。这时候，她会觉得自己仿佛坐在一个倾听着宇宙万物的大耳轮中间。真的，她觉得好像听到了一种很轻，但却铿锵有力的音乐似的，那种声音激荡着她的心房。

然然姐姐读到这里，说：毛毛具有一种超越人类的特质。她对这个世界没有任何贪恋和恐惧，对礼物不贪心，对功利不计较。

自己也创作小说的然然，认为这是一种孤儿设定，一个小孩如果父母双全，衣食无虞，儿童冒险故事就不可能开始。由于她没有父母，她可以做任何她自己想做的事情。

但毛毛设定的有意思之处，还不止于此。

剑桥大学儿童文学教授玛丽亚·尼古拉耶娃认为，毛毛在很大程度上属于欧洲大陆的"外星儿童"传统，这一术语来自德国作家E.T.A.霍夫曼19世纪初的同名故事。这样的孩子不知出身，父母似乎出于想象，没有亲属，不遵守任何规矩，穿着奇怪的衣服，可能有超自然的技能。他们从天而降，改变了周围的人，然后又消失得无影无踪。

类似毛毛这样的孩子，还有爸爸前边说到的《绿拇指男孩》里的弟嘟、《小王子》里的小王子和《长袜子皮皮》里的皮皮。这些故事都涉及这样的观念,即儿童可以在没有父母影响的情况下成长。这可能违背了中国父母对亲手养育孩子的重要性的认识,但也正因如此,它们迷倒小读者,也令大人印象深刻。它们的共同点是奇特的、完全陌生的中心人物:

小王子突然出现在沙漠中间,毫不担忧没有食物,也没有水的他能看到看不见的、想象中的东西;他以一种神秘的方式从一颗小行星上降落,最后等着他的星球出现在地球正上方而离开。

弟嘟具有让植物生长、花卉开放的神奇能力,他可以让鲜花在一夜之间奇迹般地长满坦克和大炮,从而阻止一场不可避免的战争。在书的结尾,弟嘟消失了,作者用最后一句告诉大家:"弟嘟是一个天使。"

皮皮一扫女孩子的传统模样,她力大无比,慷慨大方。旧式故事中,孩子们试图寻找和发现他们幸福的来源,而皮皮自己就构成这样的来源。她不是一个满怀欲望的索取者,而是一个给予者、满足需求的人,甚至带有一定的女巫气质。

而毛毛,我们知道,比上面的任何一个人都要神秘,她最亲密的朋友甚至都不是孩子,而且她也比周围的任何一个成年人对即将到来的威胁更加敏感。

所有这些人物的共同特征是:作为孩子,却最终改造了成年人。

皮皮的故事更像是对童年的肯定,她对大人说,虽然长大总会惆怅,但是时候让孩子们离开养育他们的母亲,开始自己应对了。而《小王子》可以解释为对永远失去的童年的怀念,在小王子身上,成年主人公和叙述者,一个被困在沙漠中的飞行员,遇到了自己内心的孩子。《毛毛》则代表着一种警告,其读者越成长,他们的生活就越不像毛毛,而越来越变成僵尸般的成年人,需要靠毛毛来拯救。

许多童年最受欢迎的读物在经历成年的滤网后会失去光泽,然而《毛毛》却永远不失它的冷峻和深刻:你无法轻轻松松地念完它。

通常,童话都意味着孩子对自己身份的追求,但在追求过程中,上面这些孩子却同时发现了让他们失望的成年人。他们看穿成年人的野心:统治、权威、被人敬仰、富足、拥有知识。

所以小王子经常说的一句话是:"大人真是奇怪啊。"

我们在《小王子》中读到,狐狸向小王子解释童年的哲学。这里的关键词是"时间",和《毛毛》一样。在小星球上的时间是童年的时间,由日升日落来调节,是循环的、永恒的、神圣的。而地球上的时间,是《毛毛》中所说的"由钟表和日历测量"的世俗时间,属于成人后的时间,是线性的、加速的。

当小王子在沙漠中游荡,见到一个商人后,更明白了何为童年的时间。商人推销的止渴丸能让人每星期节省五十三分钟的时间。

"这五十三分钟用来做什么呢?"小王子问。

"你想用来做什么就做什么……"

"我啊,"小王子说,"要是有五十三分钟,我宁可慢慢地走向一汪甘泉……"

在你口渴的时候,喝一杯清凉的水,而不是服下一颗解渴的药片,难道不是更有美感和满足感吗?为什么大多数成年人都会被商人说服呢?我们真的需要从一周中节省五十三分钟吗?

《小王子》一开头的献词就意味深长地写道:"所有大人最初都是孩子(但这很少有人记得)。"这些孩子是我们长大后亲手扼死的,并且在我们的余生中后悔这样做。那些在雨中跳舞、看鸟儿飞翔、花时间欣赏日落,并带着微笑走回来、用泪水保存太阳的光芒的人,才是真正活着的人。而我们这些乏味的成年人,早就和内心的孩子一起死了。

圣-埃克苏佩里说:"种子是看不见的。它们隐秘地沉睡在泥土里,直到有的种子突然决定苏醒。"对于我们心中的孩子来说,也是如此。在这个被称为生活的荒凉沙漠中,某个地方藏着纯净的井,我们必须找到它。

只要你敢于想象

关于《绿山墙的安妮》

二〇二〇年 五月十七日

如果你决定要过得愉快，那你总能过得很愉快。

亲爱的未未、末末：

新冠疫情严重的日子，为了减少焦虑，爸爸在家每周末召开读书会，读一本我推荐的书，或者是然然姐姐推荐的书。在妈妈准备的糕点和末末调制的柠檬汁的香气中，全家人轻松地交流读书体会。

这周读完《绿山墙的安妮》，爸爸请你们仨各自说说印象深刻的是什么。

末末说：

安妮一会儿想当海鸥，一会儿想当蜜蜂。马瑞拉笑她是个三心二意的女孩，可她没准就是白日梦多呢！她说："我的内心里存在许多不同的安妮。"所以有人夸她，说她像彩虹一样有好多不同的色彩，每一种色彩出现都是最美丽的。

我喜欢她的出场：宁愿坐在候车室外，因为那儿有更多想象的空间。她还问马瑞拉："如果你可以住到一颗星星上去，你会选择哪一颗？"

另外，觉得她有句话，我不完全懂："生命是一块充满希望的墓地。"

未未说：

安妮似乎永远在闯祸。她把头发染成绿色，从屋顶上摔下来，意外地灌醉了她最好的朋友。不过还好，她最后和戴安娜修复了友谊。她好像是个修复能力超强的人。

她的自尊心有点过强，不过她也找到了抵消负面影响的方法：为了爱妥协自己的自尊。

然然姐姐则给大家念了首顾城的诗《避免》：

你不愿意种花
你说：
"我不愿看见它
一点点凋落"

是的

为了避免结束

你避免了一切开始

然然姐姐说:

这首诗可以用来解释末末不理解的那句话——"生命是一块充满希望的墓地。"其实,怀抱希望是一种很大的勇气,要敢于把自己投入未来的风险之中。当马瑞拉批评安妮对事情的期望过高、有可能给自己的一生带来太多的失望的时候,这代表着一般人的想法:因为害怕失望而降低自己的期望,甚至相信只有降低期望才能带来快乐。而安妮对此的回答是,一生无求比失望更糟糕,而期望也可以得到一半的快乐。其实安妮修复能力强,强就强在:尽管失望多次,始终不灭希望的热情。

爸爸请然然姐姐也说说安妮让自己印象深刻的地方。

然然:太多啦!安妮从来不乏想象力,而想象力是多么宝贵的财富呀!她喜欢给周边的东西起名字,如果不喜欢某个地名或人名,就给他们改名;一旦受到侮辱,就坚决反击,把石板砸在霸凌男同学的头上,真是太爽了;还有,她内心那么渴望友谊,竟同镜中人和水中人说话……

如果你读《绿山墙的安妮》，就会喜欢上安妮，每个人都是这样。

她是一个活泼而乐观的生活幸存者，具有狂热的想象力和不受限制的热情；是一个红头发的外来人，不愿为了入乡随俗而放弃自己的特质；一个无心的女性主义者，一个不悔的浪漫主义者；一个脾气暴躁的小精灵，一时冲动，就上演种种好戏。

她聪明有趣，绝不乏味，相信"如果你决定要过得愉快，那你总能过得很愉快"；她坚持自己是"拼写中带个 E 的安妮"，因为那样看起来"高雅得多"；即使在"绝望的深渊"里，她也用大字眼和惊叹号讲话；她一直在寻找"精神同类"，喜欢大自然、幻想表演、泡泡袖和赤褐色的头发。

光看上边的描述，你难以想象安妮是个饱受虐待的孤儿。父母在她三个月的时候就离她而去，十一岁之前，她已经干了许多工作。先是照顾托马斯夫妇的四个年幼的孩子，等到摆脱掉醉醺醺的托马斯先生，又为哈蒙德夫妇工作，而他们有八个孩子，包括三对双胞胎。哈蒙德先生去世后，安妮被强塞给孤儿院。从降临人世起，就没有人想要她，用马瑞拉的话说，"她的生命是这样的凄凉、无爱——一个苦难、贫穷、被冷落的小生命"。

在童年的黑暗中，安妮发展了她无与伦比的想象力，其实那是一种疯狂而足智多谋的防御机制。她是如此孤独，只能在书橱唯一幸存的玻璃门上想象出一个玩伴，只能对着自己在小河里的倒影讲话。但她却是那样一个小小的发光体，永远用星星般的眼睛看世界。

安妮喜欢故事和大话，可以把任何事情变成冒险，并陶醉于她极度渴望的友谊和爱。

像波莉安娜、海蒂、皮皮这些小女孩一样，安妮的阳光总有办法融化坚硬的心。她在雷切尔·林德太太、约瑟芬·巴里姑奶奶等人身上一次又一次地施展了自己的拿手招数，但她最大的征服对象，当然是养母马瑞拉·卡思伯特。随着时间的推移，安妮几乎赢得了所有的人，她的好动、好奇心和无拘无束，融化了亚芬里这个小小的街区，使成年人找回内心深处的童真。

从十一到十六岁，在打动他人的同时，安妮也为自己重新创造了一个家。但安妮并不是一个完美的孩子：多话、浮躁、性子急，常常有些小虚荣，永远被她的白日梦分心，做的每件事"不是把自己就是把最亲爱的朋友卷入困境"。在他们第一次见面时，安妮就问马修："在不知不觉中变得邪恶是很容易的，不是吗？"

她把脱下来的衣服扔得满地都是；在外面玩，常常超过大人规定的半小时而忘记回家；烹调时粗心大意，该准备下午茶却忘得一干二净；怒斥嘲弄她长相的雷切尔太太为"粗鲁、无礼、冷酷的女人"，没有"一点儿想象力的火花"；在学校里，她在吉尔伯特·布莱思的头上打碎了一块石板，因为他嘲笑她的头发，叫她"胡萝卜"。

然而，当同时代的女孩的故事，如《波莉安娜》和《小公主》，已经从大众的记忆中消失时，安妮却茁壮成长，继续同读者保持亲密联系，就像马克·吐温笔下的哈克和汤姆一样。而正是这位大作家本人，将加拿大作家露西·莫德·蒙哥马利塑造的这个人物盛赞为"自不朽的爱丽丝以来最令人心动和喜爱的儿童形象"。

其实不只是儿童形象，安妮堪称有史以来最受欢迎的文学女主人公之一。如果你们问为什么安妮能长久流行不衰，可以得到多种解释，并伴以大量的形容词。她是想象力的化身。她代表希望。她乐观向上。她是可爱的。她是永恒的。她是不完美的，但又是完美的。

这些都对，但又不充分。这部小说广泛流行，也因为它兼具对青少年和成人的吸引力。让爸爸试图来列举几条从中获得的启发：

女孩和男孩一样棒

一对年迈的兄妹马修和马瑞拉决定收养一个男孩来帮助打理农场，但由于一场误会，迎来的却是个女孩。马瑞拉想把她送回去，因为一个女孩对他们"没有用处"；然而安妮已经爱上"绿山墙"，马修也立即喜欢上了她，马瑞拉则动了恻隐之心。他们决定实行一个让安妮留下来的试验。

冲动而好做白日梦的安妮，惹上了一系列几乎破坏"交易"的麻烦，但这对善良的兄妹很快承认，她给他们带来了比一个男孩多得多的快乐。马修说，他宁愿要安妮，也不要十几个男孩；马瑞拉说，她深深爱着安妮，就好像她是自己的亲骨肉。

安妮很像《小妇人》里的乔·马奇，她知道自己将来并不属于亚芬里。她是学校里最好的学生之一，当她的许多朋友梦想着结婚和组建家庭时,安妮却向往大学。为了达到这个目标,她敢跟男孩较量,从不轻易把第一名让人,最终她的养父母、她的社区和她未来的伙伴吉尔伯特都很珍惜她的聪明才智,她以有头脑而不是漂亮广受欢迎。

对十几岁的女孩子来说,还有什么比这本书传递的信息更鼓舞人心呢?

顺便说一句,爸爸觉得《绿山墙的安妮》是男孩末末也可以读的书。它能让男孩开阔眼界,了解不同类型的女孩。尤其是,听到一个女孩的希望和冒险,对男孩来讲是件好事;长大成人,会更懂得尊重非传统的女性。

爱美与有抱负并不矛盾

女孩可以很聪明,很有抱负,但仍然为一件有泡泡袖的裙子而疯狂。

马瑞拉形容说,安妮有点像孔雀般爱慕虚荣。她为自己的红头发和雀斑烦恼;红发尤其是她的命门,安妮最想做的就是摆脱它。"我不可能非常快乐",在他们第一次去绿山墙的路上,她就以特有的戏剧性表达告诉马修:"任何一个长着红头发的人都不能。"

有一次,她承认她对自己的鼻子感到虚荣,因为鼻子曾被人夸奖过。安妮说,自从她的鼻子被赞美,她就开始过分地关注自己的鼻子。刚到绿山墙时,发现自己不符合马瑞拉的期待,安妮认为那与长相有关。"如果我长得非常漂亮，有深棕色的头发，你会留下我吗？"

在书中，马瑞拉和安妮曾有这么一段对话：

> "像你这么大年纪的孩子，可以自己念祷文了，安妮。"她最后说道，"感谢上帝的赐福，谦逊地向他提出你想要的东西。"
>
> "……我想要的东西，那可就太多了，我得花好长时间才能说完，所以现在我只提两个最重要的。请让我留在绿山墙，请让我长大后变得漂亮。"

马瑞拉拒绝了第二个要求，认为"行为漂亮才是漂亮"。安妮对美貌的痴迷，似乎是一种令人讨厌的虚荣，是一种有损智慧的追求。今天可能也有不少读者赞同马瑞拉的看法，对安妮皱眉头、翻白眼。

安妮还告诉她最好的朋友戴安娜·巴里，她宁可漂亮也不愿意聪明。其实，这说明，安妮和戴安娜都明白，社会上存在着一种对立——美丽和智慧被对立起来，好像它们是相互排斥的一样。被人一夸聪明，仿佛立刻就丧失了美丽。

女孩在长大过程中，她的价值如何被衡量，往往是要么取决于智力，要么取决于美貌。今天看起来，取决于智力，似乎比取决于美貌更胜一筹。但凭什么，一个女性，不可以既爱智慧又爱美呢？

如果《绿山墙的安妮》在今天出版，一定会这么写：随着安妮成长，开始逐渐认识到外在因素都不重要；头发的颜色不重要，衣服的袖子也不重要。

与之相反,在小说的实际的后半部分,如安妮所愿,她的头发变成了令人羡慕的赤褐色,雀斑也消失不见了;而马修在一个特别的时刻,送了她一件打了皱褶、镶了蕾丝、袖子膨大的裙子做圣诞礼物。

《绿山墙的安妮》并没有将内在美和外在美对立起来,强调只有内在的东西才是重要的,而是最终肯定了爱美的追求。

美丽也是一种乐趣,合适的装扮能提供帮助,漂亮的服饰可以改善我们的心情——所有这些,有时成年人也知道是真的,那么为什么不能大大方方地告诉我们的孩子呢?

真挚的友谊金不换

由于安妮是个孤儿,过去的朋友都是她想象出来的。在到绿山墙之前,她对友谊的唯一体验其实是她自己的延伸。当马瑞拉决定收留她的时候,她急切地问:"你觉得我在亚芬里会交上一个知心朋友吗?……一个亲密的朋友,你知道,我可以向她倾诉我最深处的灵魂。我一生都梦想着能够遇到她。"

因为安妮从来没有过朋友,所以她渴望有一种以相互奉献和忠诚为标志的真正的友谊,她也渴望被真正理解。幸运的是,她遇到了戴安娜。两人互相宣誓效忠(这个主意当然是从安妮脑袋里冒出来的),并很快一起沉浸在想象力的游戏中。安妮和戴安娜的迅速结合表明，有时，坦诚、善良和想象力足以成为"知心朋友"的基础。

小说中数次写到戴安娜窗口的灯光。安妮把那束灯光看作是她们俩永恒的友谊的象征。在小说的结尾处，当安妮决定留在亚芬里照顾马瑞拉时，那个"亲爱的老世界"里，戴安娜的灯光在闪烁，安妮由此安心，觉得自己做了正确的事情而得到安慰。这说明，真挚的友谊在人生的关键处有多么重要。

关于友谊，安妮最喜欢的两个词，除了"知心朋友"（bosom friend），还有"精神同类"（kindred spirit）。虽然这两个词在安妮那里可以互换，但它们分别指最好的朋友和有相似志趣的人。随着时间的推移，安妮发现，虽然不是每个人都能成为她的"知心朋友"，但"精神同类"——那些彼此气味相投的人——并不像安妮最初认为的那样罕见。

安妮和戴安娜不小心在半夜跳到约瑟芬姑奶奶的床上而吓坏了她，安妮发自内心地请求原谅，引来老太太意想不到的温暖和幽默感。安妮事后总结说："看着她，你不会这么想，但她确实是精神同类。刚开始你不会发现……可过了一段时间后，你就会看出来了。精神同类并不像我过去想的那么少。发现世界上有这么多同类，真是件美妙的事。"

慢慢地，安妮遇到更多的人，她了解到，真正的友谊比她在孤独的童年所想象的更普遍。此外，一个人不一定能马上判断出一个潜在的朋友，在一个不可能的外表下，很可能潜伏着同类。比如，安妮花了很多年才承认她曾经的对头吉尔伯特是朋友。

"她隐隐约约地意识到,交一些男性朋友或许也可以完善一个人对于同伴的看法,为判断和比较建立起更加开明的立场。……他们可能会就他们周围正在开放的新世界,以及他们的希望和抱负进行许多愉快而有趣的谈话。"随着安妮友谊观念的成熟,她对什么是"精神同类"的标准也发生了变化;她意识到,哪怕曾经是讨厌的对手,那个男孩很可能比她所知道的更了解她。

安妮向女孩们展示了真挚的友谊的样子:

友谊是和某个同伴一起学习,一起游戏,一起幻想,一起外出旅行;友谊是第一次经历某件事时有人在身边;友谊是一起做了错事,但绝不告发对方;友谊是一包巧克力糖分给朋友一半,吃起自己这一半时会感到两倍的甜;友谊是有人劝说你要克服骄傲,告诉你有个男孩有多在乎你,即使她自己对那个男孩有好感。

这正是安妮与戴安娜的那种友谊。它需要努力和承诺,但确实值得。它不是通讯录中的"好友"数,也不是社交网络上的粉丝数。它是只有两个人一起花时间才能建立的纽带。

从早期没有朋友的孤苦日子,到被老少朋友包围的快乐的青少年时代,安妮对其他人的开放态度始终如一。所以我们会发现,愿意信任别人,看到别人最好的一面,以及把自己最好的给他们,是找到真正朋友的关键。甚至也可以因此赢得那些看似不太可能的伙伴,令自己的生活变得更加丰富。

想象力可以改变世界

小说一开始,安妮穿着"很短、很紧、很难看"的黄灰色棉绒裙,独自坐在爱德华王子岛乡下的火车站外,满怀希望地等待着来自绿山墙的马修·卡思伯特。作为一个孤儿,早已习惯于一次又一次的失望,她预料到了他的延迟。而她在等待中,下决心把这种凄苦的情况变成理想的、可爱的回忆,而不是一种绝望的经历。

当马修真的来到,她告诉他:

> 我正担心你不来接我了,我想象了所有可能发生的导致你不来的事情。我已经决定如果今晚你不来接我的话,我就沿铁轨走到转弯处的那棵大洋樱桃树下,爬上去,钻进树里,今晚就待在那儿。我一点都不会害怕,月光下,睡在一棵开满白花的洋樱桃树中,将是多么美妙的一件事啊。你觉得呢?你可以想象成正躺在一座大理石建成的城堡里,不是吗?

你可以想象。在《绿山墙的安妮》中,想象力不仅是安妮快乐的源泉,也是她生存、行动和力量的源泉。在被马瑞拉和马修收养之前,安妮的幻想是一种手段,为的是在精神上为自己创造安全的庇护所和光明的空间。被收养之后,这个奇特、独立的女孩,依靠想象力来改变她周围的现实,打开她所接触的每一个人的心房。

有的时候,一些大人会认为孩子拥有过度活跃的想象力,是一种可怕的缺陷。那些大人担心如果自己的孩子一直做白日梦,会很容易让他们陷入困境，同时也可能造成他们的不合群。然而，安妮的故事却告诉我们，如果以一种积极的方式使用想象力，反而可以帮助青少年度过艰难时期。

通过拥抱想象力，展开个人的发现、探索与梦想，安妮不仅演示了如何从平凡的当下中解放出来，而且还充分验证了，想象月光下盛开的樱桃花，怎样使人变得完整和有活力。

她告诉马修，如果她不喜欢一个地方或一个人的名字，"就给他们起个新名字，而且总觉得他们就是那样的"。当她第一次和马修走近绿山墙时，她兴奋地把邻居的池塘称为"闪光之湖"，把一条林荫大道变成"喜悦的洁白之路"。和戴安娜一起玩耍时，一个白桦林环抱之处化作"悠闲的旷野"；而因为两人正在读一本极其感人的书，于是一条人们驱赶母牛前往牧场的林间小路，就成了"情人的小路"。在这样做的时候，安妮获得了一向被认为是男人的专属特权的东西："为世界命名"。通过改换名称，安妮重构了周围的环境，从而为自己找到了立足点。

要爸爸来说，安妮最迷人的品质就是她的美妙的想象力。因为她常常缺少人类的爱，所以她对自然世界有一种天生的依恋。在蒙哥马利的笔下，大自然让儿童体验到自主性和神秘感，阳光或者月光照射下的每一寸田野都蕴含着深奥的知识。

花园下面是一片绿油油的苜蓿地，一直斜伸到小溪流经的山谷，那里生长着几十棵白桦树，它们从灌木丛中腾空而起，暗示着蕨草、苔藓和树林中的各种令人愉快的可能性。

在安妮眼里，亚芬里的树林和田野成了一个充满魔法的奇幻世界。精灵在她家和戴安娜家之间的森林里游荡；一只漏水的平底船，也可以化身百合少女伊莱恩前往卡米洛的魔船。安妮对自然的想象使她也带上了点小巫女味道，成为毛毛和长袜子皮皮的同类。

安妮对一切地方的好坏，都有一个很简单的评判标准：看那里有没有"想象的空间"。她很容易受到书籍和她周围一切事物的启发。当她一个人住在东山墙的房间里，她想象那是一间非常优雅的房间，地上铺着白色天鹅绒地毯，墙上挂着金银织锦缎的壁毯。家具是红木的，有丝质的沙发靠垫。她自己，不再是安妮·雪莉，而是科迪莉亚·菲茨杰拉德夫人。

对于刻板的房间，安妮会感到"彻骨的战栗"。她用十月的树枝装饰自己的卧房，被实用主义的马瑞拉批评："卧室是睡觉的地方，不应该放那么多户外的杂物。"安妮反驳道："噢，那也是做梦的地方。你知道，一个人如果睡在摆满漂亮东西的房间里，她的梦都会变得美得多。"

安妮还是那么一个会讲故事的人！这既反映了女性神话学家的传统，也和家庭及农村社区的讲故事风俗保持了一致，民间故事往往是由女性讲述的。任何熟读《绿山墙的安妮》的读者都知道，安妮非常健谈。在马修、戴安娜和我们这些读者看来，这是安妮性格中最吸引人的一面。小说中有个被当时的大人奉为真经的育儿格言：

"小孩只应该被看见,不应该被听见。"安妮反驳说:"我已经被人家那样说过一百万回了。"

小说中到处都是大人们对她"舌头"的指责:"管住你的舌头";"斯潘塞太太说我的舌头一定是悬在中间的,但这不对——它的一端明明牢牢地固定在嘴里";"你从巴里家的屋顶上摔下来一点儿也没伤到你的舌头"。

安妮的舌头,不仅用来谈话,还用来编故事。她忘记了盖上布丁酱,是因为她想象自己正生活在与世隔绝的修道院里,用面纱蒙住了一颗破碎的心;被死老鼠污染的布丁酱之所以被端上桌,是因为她转眼又变成了霜神,将棵棵大树染成红色和黄色;把马修的馅饼烤焦,是因为她被一种难以抵挡的诱惑力控制,"开始把自己想象成一位中了妖法、被关在一座孤独的城堡中的公主,一位英俊的骑士骑着一匹煤黑色的马赶来救我"。对安妮来说,她的白日梦中必须有一匹"煤黑色的马"作为坐骑来驰骋。

其实,在她为周围的人和事物重新命名时,在她把日常生活中的平凡现实点化成诗意场景时,在她无穷无尽地编造故事时,安妮通过无视某些社会期望和传统习俗,创造了她自己的愿景。马瑞拉在调查她时,问她是不是上过学,她说"我识很多字,而且还背下了好多首诗"——这显示了安妮是个聪慧的小女孩——然后她反问马瑞拉:"难道你不喜欢那些让你感到脊背上有东西窜动的诗吗?"这句反问暴露了她在黯淡时期的希望来源。安妮对想象力的使用,预示着对当时成年人的既定价值观的不满,比如马瑞拉说,她瞧不起那种受了诗歌的影响而流露出的脆弱,而林德太太则认定,所有的演戏都是极其罪恶的。

尽管安妮有时会过于戏剧化,但她浑身上下都是创意和创造力。如今,孩子们缺乏足够的想象力,所以,有安妮这样的榜样,可以让你们知道:"逃跑"到书中的世界里或虚构的土地上都是可以的。在爸爸看来,这是一种祝福。

安妮的故事开始于二十世纪初。当时,人们仍然认为女孩和妇女都是娇滴滴的生物,没有主见,服从上帝和长辈,生活的唯一目的是寻找丈夫,以及照顾家庭。

女孩和妇女通常都遵守这些期望,但安妮从不认同贴在女性身上的标签。她拒绝对年轻女孩的物化和媚俗化,身上带有一种原初的女性生命力量。例如,她敢于说出自己的想法,尽管每个人总是在告诉她不要多话;她具有牢不可破的自我意识,对任何侮辱她的行为展开反击;她从不怕与男性正面交锋,尤其是在学业上,也正因如此,她毫不掩饰自己的野心;她不在乎做反传统的"非女性的事",当林德夫人对她放弃上大学的决定表示赞赏时,安妮反驳说她要在家里获取更高的学历。

"作为一个女人,你受的教育已足够了,该满足了。我可不相信姑娘、小伙一起上大学,让脑袋里装满拉丁、希腊文之类的东西会有什么好处。"

"可是我还是要学习拉丁文和希腊文的,林德太太。"安妮笑着说,"我会在绿山墙自学文学课程,还有其他任何我会在大学里学到的东西。"

这个聪明的女孩知道,家庭生活永远不会让她满意。然而,为了留在绿山墙照顾生病的马瑞拉,安妮还是放弃了大学的奖学金,回到了亚芬里,没能成为她小时候梦想的"杰出人物"。这也许是一个令人失望的结局——它也预示着在一连串后续作品中,安妮最终被家庭生活所压制——但换一个角度,它也可以看作一个诚实的结局:因为我们仍然生活在这样一个世界,在这里,一个女人的智力并不能够免除她巨大的家庭责任。

在安妮系列小说的后期,安妮与吉尔伯特结婚,并成为七个孩子的母亲。为什么要安妮放弃写作,说她要写"活的书信"(即抚养她的孩子)?——这似乎是一种过分的妥协。评论家们认为,小说结局里安妮的选择破坏了她作为"原初女性主义者"的地位。作家萨拉·梅斯勒这样描绘自己在青春期时,读到安妮顾亲情、舍大学这一段的感受:

> 发现我所爱的角色并不是我想成为的人,感觉被背叛了。毕竟,安妮很聪明,但她更喜欢漂亮;她过于担心她的红头发;她的想象力从来没有让她去任何地方,除了结婚。……在一个已然迫使女性不惜一切代价保持友好的世界里,我们真的需要

安妮这个出奇慷慨的典范吗?

这令爸爸想起波伏瓦读《小妇人》的故事,她爱上了女主角乔:"乔在自己的姐妹中并不是最漂亮的,也不是最善良的,但是她对于学习的热情和写作的欲望,在年少的波伏瓦看来,简直就像是灯塔一般照耀着她。"(《成为波伏瓦》)然而,读到乔的结局,波伏瓦气得把书扔到了房间对面。乔和安妮如此相像,她们都能应对贫困,意志力极强,酷爱写作,志向远大;然而,遗憾的是,两个女孩的冒险最后都以家庭为终点。

没错,尽管拥有了不起的好奇心、想象力和教育,小说还是让安妮这个不守规矩的女孩顺从了传统规定:丈夫、家庭和随之而来的所有责任。这让人想起今天的成年人也常常面临的两难抉择:迫于现实情况,可能不得不放下个人追求去照顾挚爱的亲人,或者修改自己的职业目标以适应孩子的长大。

这种看起来"倒退"了的结局,部分原因在于当时的出版标准要求有一个传统的结尾(《小妇人》作者奥尔科特也饱受这一点困扰),部分可能也反映了作家蒙哥马利自己塑造女性角色时的矛盾心理。

无论如何,这部一百多年前的作品鲜明地肯定了女性的经验和能力,并含而不露地带有女性主义的底色。原本想领养"聪明伶俐的男孩"的马瑞拉和马修,很快就被安妮征服了,最初的"女孩有什么用?"的疑问,逐渐转变为对女孩价值的真正认可。正如卡思伯特兄妹认识到的,她给他们带来的快乐和扩大的情感视野,远比单纯的男性劳动更加举足轻重。安妮用她独有的能量,破坏了传统中关于性别行为的假设,取消了男女的二元对立。

其实,对安妮来说,找到白马王子一直都不是她的动力——真正重要的是,要弄清楚自己是谁,勇敢地做出选择,并去做哪怕让自己害怕的事情。因此,当英俊的吉尔伯特迷倒众女孩,安妮却对他的示好无动于衷。而在过去的小说传统中,从竭力不理会海妖的希腊勇士到无视美丽金发女郎的硬汉侦探,对魅惑的免疫力往往是男性英雄的特质。可见,安妮的内在精神完全独立,除了她自己,没有人会使她偏离自己的路线。

在作家克洛伊·翁焦尔看来,安妮是一个伟大的"隐形女性主义者"。即使她最后看起来是履行了传统的道德准则——面临马瑞拉失明、绿山墙被出售的前景,她毅然决然地选择了返乡教书——但这也是她个人深思熟虑的结果,安妮没有认为自己在牺牲,而是坚信"越过弯道"还会有"全新的风景、全新的美丽"。

正如玛格丽特·阿特伍德在《绿山墙的安妮》出版百年的纪念文章中所说:"主导《安妮》的不是现实主义的灰色天使,而是彩虹般的、有着鸽子的双翼的心愿之神。蒙哥马利的生活并不如意,但她的写作却有意呈现了另一面。"

个性独特的孩子们在读完《绿山墙的安妮》后,会感觉像找到了精神同类一样,这并非偶然。它带给一代代小读者一种神奇的、宾至如归感觉:仿佛自己也身处爱德华王子岛,与安妮和戴安娜在一起。

一位朋友说得好:"人生的每个阶段总有一本《安妮》可读。"

未未、末末,对你们来说,《安妮》可以作为成长指南;对爸爸妈妈来说,每隔几年重读《安妮》,是为了感受生活的美好。

勇敢的红发孤儿安妮在火车站等待她的新生活开始,她说:"你可以想象。"当你在想象的时候,为什么不想象一些有价值的东西呢?安妮会眨着"漂亮的、闪闪发光的紫色眼睛"这样对你说。

每一个女孩都是在逃公主？算了吧
关于《格林童话》

二〇二一年 六月一日

古典童话过于暴力，迪士尼故事美好得一塌糊涂……
童话是一种已经彻底过时的东西吗？

亲爱的未未、末末：

三岁的时候，你俩一起听《白雪公主》，一个甜甜的小女孩声音朗读道："把白雪公主带到树林里，杀死她，拿她的肺和肝来见我。"

那时，爸爸常常纠结于要不要讲古典童话，并因此和妈妈发生争执。

这些童话一代一代流传，似乎变成了永恒的故事。但妈妈认为，一些带有暗黑、暴力元素的童话，在孩子很小的时候，比如三四岁时，是不适合听的。

爸爸则不主张去掉古典童话中的暴力，甚至包括《白雪公主》

里邪恶王后被强迫着穿上烧红的铁鞋、跳舞至死的情节。因为爸爸认为，孩子必须学会面对人类社会、人类本性里的残酷。

如果因为父母的有意庇护和"净化"，使得孩子们相信长大后的世界是容易的，其他人会永远理解你们，或为你们提供便利，那么，这其实并不总是对你们有益。心理学家布鲁诺·贝特尔海姆就认为，令人惊悚的东西有助于儿童的情感成长，使他们能够应对恐惧，这是成长的一部分。

有关古典童话，和爸爸妈妈类似的挣扎，在其他父母那里也常见。比如著名的散文作家龙应台，她发现在小红帽、白雪公主、阿里巴巴的故事里，都不乏各形各式的杀戮方法："我怎么能跟两岁的孩子讲这种故事？在他往后成长的岁月里，他会见到无数的人间丑恶事，没有必要从两岁就开始知道人与人之间的仇恨。"

起初，龙应台下意识的做法是，赶紧把这些书移到书架上最高一格。在《亲爱的安德烈》中，她写道："站在高椅上，妈妈把不让安安看的故事书一一排列，排着排着，她突然笑了出来，心想：我这岂不是和警总一样吗？查禁书籍。妈妈一向对警总那类的机构深恶痛绝，现在，她好脾气地笑笑：警总也没什么，只是把人民都当作两岁小儿看待罢了。"

是呀，刻意禁绝那些丑恶的，但又确实可能出现在现实中的故事，难道不是父母的自欺欺人吗？难道不是对真实的世界的遮蔽吗？这个真实的世界，难道会因父母的遮蔽变得美好吗？

相比于童话的暗黑元素，或许，更应该担心的是另外一方面。如龙应台所描述的：

> 灰姑娘终于嫁给了王子，快乐幸福地过一生。这样的童话，无非在告诉两岁的小女生、小男生：女孩子最重大的幸福就是嫁给一个王子，而所谓王子，就是一个漂亮的男生，有钱，有国王爸爸，大家都要向他行礼。
>
> 故事的高潮永远是——"她终于嫁给了王子！"狗屁王子！这是什么时代了，人人都是王子。现代的姑娘可有不嫁王子的权利。即使是灰姑娘，也不需要依靠"嫁给王子"的恩典来取得幸福。若生个女儿，一定要好好告诉她：这故事是假的……

这样的童话中，虽然情感内容不少，但人物却不深，这也正是它们最大的问题所在。这些故事起源于十七、十八和十九世纪的欧洲，社会远远不够多元化或公平，男男女女都受到严重限制，对被隔离在族裔聚集区的少数族群的歧视很普遍，就更不用说对非洲人的奴役了。

这些故事中的父亲通常都不是好父亲。只有在孩子们从危险境地中安然返回后，父亲们才会忏悔。与往往付出生命代价的继母不同，父亲们通常会被宽恕。他们没有感情，心不在焉，仿佛梦游者。在家庭生活中，他们充其量也是无效的。温顺的他们总是顺从邪恶的继母的意愿，而真正的母亲，在故事中经常缺席。

通常情况下，对女孩施暴的总是年长的女性，无论是邪恶的继母，还是女巫或坏仙女。女孩很少进行抵抗，最后，她们由于美貌、美德或苦难，被某位王子所拯救。这王子也是"纸片人"，除了拯救遇难少女并宣称找到真爱外，没有其他任何能让人记得住的地方。

童话故事中的反派人物尤其单一。坏人是彻底的坏，而除了少数例外，如《白雪公主》中的邪恶王后，坏人也是彻底的丑。这容易给孩子们反复灌输一个错误信息，也就是身体缺陷反映了性格缺陷，导致他们也陷入社会的刻板成见，这不仅是错误的，还具有伤害性。

《灰姑娘》《白雪公主》这些经典童话一代代流传，至今依然风靡全球，迪士尼公司是它们的主要加工者。

迪士尼采用了人们熟悉的古典童话的流行版本，添加了典型的美国家庭价值观；特别是，迪士尼做了巨大的努力，把暴力和攻击性元素从古典童话中剔除出去，以至于童话学者杰克·齐普斯将其称作"二十世纪的保洁员"。

但是这些"洁本"背后的说教依然是成问题的：小红帽仅仅因为好奇、想去森林里采野花，就招来了野狼；灰姑娘一味地哭和被动地等待，终于等来了好的结果；白雪公主被可怕的王后追杀，几乎没有做任何事情来拯救自己，直至陷在玻璃棺材里动弹不得。

女主角往往天真无助，遭遇迫害后，与其说是通过自己的行动，不如说是通过不寻常的代理人，如仙女教母、好仙女或小矮人，保护她们过关；最后，她们被王子拯救，通过婚姻过上了幸福的生活……这些，对于小姑娘的成长而言，本质上都像是"糖衣炮弹"，一种"粉色威胁"。

还有，对美貌的无所不在的强调，凸显美丽的特权，直接为女孩们埋下容貌焦虑的种子——仿佛唯有美貌才是女性权力的中心。但美貌的拥有毕竟是短暂的——男人被女人迷住，直至最终厌倦。《白雪公主》中，王后不停地询问："魔镜啊魔镜，墙上的魔镜，谁是这里最漂亮的女人？"其实她可能是在担心，国王会发现，白雪公主早晚比她更吸引人；王后对魔镜的提问暗藏着对衰老和代际竞争的深深焦虑。

而白雪公主早熟得令人惊叹——"当她七岁时，她就像日光一样美丽，甚至比王后本人还要美丽"——她的美丽激发了猎人、矮人和王子的热情，要保护她免受不公平的、充满嫉妒心的王后的伤害。这是非常传统的关于性别角色的设定，强调女性要依靠她们的外表而不是智慧生存。

说穿了，对美丽的持续强调，不过是社会控制女性的一种方式。现在迪士尼公司发行了超过25000种公主产品，堪称"造梦工厂"。迪士尼解释说，公主形象可以激发女孩的想象力。但《女孩与性》的作者佩吉·奥伦斯坦发现，在幼儿园绘画中，男孩对于自己的想象，包括了从动物、昆虫、食品到超人等各种事物，而女孩的世界则统一为公主、仙女、蝴蝶、芭蕾舞演员。

商业化的童话"保洁"和虚构加工，一方面将女孩们隔绝于暴力，一方面把她们引向一种定型的"公主"形象，反而大大抑制了女孩们的想象力。

沉迷于扮演"公主"的女孩们，倾向于认为自己应该永远保持漂亮，善解人意，避免冲突，并容易因此遭遇压倒性的"完美"的压力：不仅要获得全优成绩，成为学生会主席、校报编辑和游泳队队长，而且要善良和有爱心，让所有人高兴，会打扮，非常苗条，穿着得体。

给这些女孩一颗南瓜和一只玻璃鞋，她们就踏上了灰姑娘的舞旅。只不过，倘若只会扮演，终究无法自我表达。

古典童话过于暴力，迪士尼故事美好得一塌糊涂。那么，童话是一种已经彻底过时的东西吗？

在十九世纪，古典童话之所以夸大暴力，一方面是因为大人想要吓唬孩子，起到训诫的作用：听妈妈的话，不要和陌生人交谈；不要在野外乱跑，尤其小心森林；不要被外表所迷惑——不然的话，就像小红帽的外婆被野狼吞噬，就像《糖果屋》里遇到用糖引诱小孩子再把他们吃掉的老巫婆。

另一方面，也是为了进行品德教育：说出的承诺必须兑现；诚实地努力工作会得到奖励，而欺骗和不诚实会受到惩罚；等等。

原始版本《灰姑娘》的最后一句话，并不是我们熟悉的"他们从此幸福地生活在一起"，而是："她们为自己的邪恶和虚伪付出了代价，从此以后，不得不以盲人的身份，来度过余生了。"惩罚当然要施加于灰姑娘满肚子坏心眼的两个姐姐，在故事结束前，我们得知她们为了穿上水晶鞋，砍掉了自己的脚趾，最后鸽子又啄掉了她们的双眼——坏人们绝不可以过上幸福的生活。

格林兄弟留下了这么"恐怖"的东西，为什么沃尔特·迪士尼会觉得它们适合改编成童年幻想？

在大多数童话故事中，谁是正角，谁是反派，都可以很清楚地解释。善与恶之间的界限泾渭分明，而且，很多时候恶是纯粹的偶然——就像在生活中一样。所以，借着童话故事，孩子们可以学会警惕那些企图闯入我们生活的人，因为我们永远无法知道他们可能怀有什么真正的动机。

迪士尼改编动画的成功表明，人们总是偏好那些具有积极的说教式结局的神奇童话。自然，它们难免有其局限之处。但是，童话的一大好处是讲求公平正义，相信善良最终会战胜邪恶。其实，善与恶的原则也可以在最新的当代童话中找到，例如《哈利·波特》，这说明它是世界上最简单、最基本的原则。

归根到底，童话一向是好工具，可以用来教育孩子们应扮演什么样的角色，以及传输什么是好、什么是坏的理念。至于具体怎么用，则需要仔细分辨。

作为一个父亲，爸爸并不反对童话。它们在今天的儿童生活中仍占有重要的一席之地，不过在你们阅读或观看童话故事时，爸爸坚持与你们互动。

由于童话起源于口头传统，并不断演变，反映了特定的历史与文化，所以爸爸在讲童话时，主张以我为主创造性地讲，而不是顺着前人的意思讲。当你们足够大了，希望了解复杂的世界，而又能把握历史情境，你们就可以自己去探究童话的流变历程。

童话最初起源于世界各地的农民群体的口口相传，有一个从口传到书写的过程。记载童话的典籍几乎不可能完全还原原始的口述故事。我们今天熟悉的许多童话，在中世纪第一次被写下来，由于作者很可能不止一位，故事的版本也就越来越多，渐渐从文盲农民的娱乐之谈，转为可登大雅之堂的道德训诫。

每次，一个童话故事被不同的作家改编时，这些作家都可以变化情节、主题、人物和动机，以适应他们的口味和他们所瞄准的观众的期望。一些故事基本情节要素和主题保持不变，而那些变动了的部分，很可能真实反映了一些重要的时代生活习俗。

例如，《糖果屋》原始版本的真实来源，可能只是中世纪的艰苦生活中，由于饥荒而引发的普遍遗弃行为。原始版本中，并没有继母这个角色，劝说父亲遗弃两个孩子的是他们的亲生母亲。后来的版本修改成继母，应该是考虑了"母爱神圣"的社会观念。同时，这也反映了在那个妇女生育死亡率特别高的年代，鳏夫往往会再娶，孩子们对残忍的继母怀有一种恐惧。

再如，很多口述故事中，原本经常包含一些强大的女主角。1806 年至 1863 年间，格林兄弟走遍德国大地，想把民间故事汇集成书；故事几乎全是从妇女那里听来的（一个讲故事的女人甚至嫁给了格林兄弟中的威廉），她们在烛光下围着壁炉互相讲故事，以减轻重复性工作（如纺纱、剥土豆或做黄油）的枯燥乏味。这些故事中的女性相当起眼，有扮演恶人的，也有女英雄角色。然而，到了格林兄弟的笔下，女性的强大力量却不见了。

还有《小红帽》，曾经我们想当然地认为，这是一则再单纯不过的童话故事。其实，它也有着丰富的历史和不同的改写版本。作家凯瑟琳·奥伦斯汀在《百变小红帽》一书中，就细数了数百年来这个经典童话的演变史，它的多版本流变，折射的是对女性及其自主权的态度的蜕变。二十世纪下半期的西方文化开始重拾女人的力量感，原始口头故事中的一个关键因素——小红帽靠自己的智慧逃脱了大灰狼——被现代改编者所钟爱，于是，小红帽渐渐从一个天真的小女孩，变成了有见识的年轻女人，不仅可以照看好自己，而且也无惧散发自己的魅力。

到了今天，古典童话中的刻板印象经常受到女性主义者的挑战。大家不再热衷邪恶的王后和无辜的白雪公主的对比；或者，如果真的要做对比，今天的女性大概更想做王后，而不是白雪公主。用两位女性主义批评家桑德拉·吉尔伯特和苏珊·古芭在《阁楼上的疯女人：女性作家与十九世纪文学想象》中的精彩描述来说：

> 王后是一个会设置阴谋的人、一个制造故事情节的人、一个幕后策划者、一个女巫、一个工于心计的人、一个乔装打扮的人、一个几乎拥有无限的创造能量的人，她聪明、诡计多端，

自我意识很强，正像过去的所有艺术家那样。另一方面，白雪公主则绝对纯洁、绝对单纯、甜美而空洞……白雪公主不仅是一个孩子，而且（正如女性的天使始终表现出来的那样）孩子气、顺从、恭敬，是从来没有故事的生活中的女主人公。但是王后却很成熟、具有恶魔般的特性，一心一意地希望过上一种拥有"重大的行动"的生活，一种"非女性化的"、有故事并讲述故事的生活。

如果要爸爸用一句话来形容童话的流变，那就是：童话故事从黑暗开始，变得可爱，现在又重新变得黑暗了。

你俩都喜欢罗尔德·达尔，可你们大概不知道他写过一本诗集《反叛的童谣》。他用诗模仿传统的民间故事，对六个著名的童话进行了重新诠释，并以令人惊奇的结局取代了传统的幸福结局。新编的《灰姑娘》一开头是这么写的：

> 我猜你认为你知道这个故事。
> 你不知道。真正的故事要血腥得多。
> 你知道的那个假的故事
> 是多年前编造出来的，
> 听起来软绵绵的，很伤感
> 只是为了让孩子们高兴。

在哄孩子们高兴之前，童话是讲给许多不同的听众听的，特别是在孩子们上床睡觉后，在成人聚会上才讲的，用来娱乐农民，而不是教人学习。只有在它们被格林兄弟这样的早期民俗学家首次记录下来之后，这些故事才获得了道德感，并被赋予了适合儿童的框架，残酷而扭曲的结局被改为因果报应的结局。

然后，是迪士尼为我们今天熟知的"童话"概念树立了模板：一个个异想天开的、适合整个家庭观看的动画故事。它推出了若干经过"消毒处理"的格林童话的动画版本，删除不受欢迎的情节或不愉快的部分，增加糖衣一般梦幻、华丽的表演，使故事对青少年观众（或在其父母看来）更"安全"。

童话的视觉形象也深受迪士尼的影响——白雪公主穿着泡泡袖的衣裙，头发上扎着一个红色的蝴蝶结；小美人鱼有红色的头发、绿色的尾巴和紫色的贝壳胸罩；等等。每个人物都带来一种梦幻的形态。迪士尼的产品究竟有多甜，听听它1950年制作的《灰姑娘》里的一首歌曲就知道了，那首歌叫作《梦想是你心中的愿望》。

可以说，童话眼下经历的"逆向消毒"是对童话起源的回归，尽管格林兄弟、沃尔特·迪士尼等人做出了最大的努力，但童话故事永远无法完全脱离其黑暗的起源。童话不只是对顽皮少年的黑色警告，还包含对事物之本质可怕一面的一瞥。如同作家卡尔维诺所说："我一直坚信这一点：童话是真实的。"

对于这种真实性，很多时候，你们这些孩子，也许并不像我们大人想象的那般脆弱。

然然姐姐十二岁的时候，着迷于暗黑童话的解构，她说外婆很可能是被小红帽的妈妈遗弃的，而小红帽带给外婆的糕饼很可能有毒。

灰姑娘有可能是一个既可怜又有心机、既腹黑又励志的女孩。她装作逆来顺受的样子、柔弱的样子，其实想好了怎么博王子注意。什么舞会迟到啊，落下玻璃鞋啊，都是故意的。她帮两个姐姐打扮，其实心里盘算着自己怎样比她们出彩。

而你俩十二岁的时候，妈妈问你们："还记得贝贝熊的故事吗？"
你俩三岁之前，对"贝贝熊"系列绘本情有独钟。绘本的主角是聪明和理智的熊妈妈，热情但有时夸夸其谈的熊爸爸，以及总会从小错误中吸取大教训的小熊哥哥和小熊妹妹。绘本写到了许多现在的儿童常常面临的问题，比如吃垃圾食品、看太多电视、发脾气、兄弟姐妹打架、说谎话，等等，所有这些问题最后都在爱和团结中最后得到了解决。通常，在每个简单的故事结束后，小熊家庭的纽带会变得更加牢固，大家快乐地生活在一起。

末末：记得。不过，它太多 sunshine 和 rainbow 了。
妈妈：小时候你们不是很喜欢吗？
末末：但是现在看，它不全面。大部分都是好的，坏的很快也变好,太完美了。只有上帝的家庭才会这么完美。

妈妈:举个例子呗。

未未:打个橄榄球,哥哥妹妹都能获得5个touchdown,他们能那么自觉练那么好吗?他们好像一路总能获得上帝的祝福,一切能那么顺利吗?

未未:不过蜂蜜蓝莓吐司,永远成了我们母亲节的经典!

看来,童话的纯真无瑕在十二岁已经被打破。

你们,尤其是未未,爸爸相信,将不会像白雪公主被教导的那样,"活得如黄金般纯良,如羔羊般温驯"。"公主"文化的"粉色威胁"早已遇到了新一代的年轻女战士形象的挑战;像是《饥饿游戏》中的凯特尼斯,或《勇敢传说》中的梅莉达,她们不仅拥有邪恶王后般的创造性能量,还拥有猎手般的对武器的精通。

如果说,白雪公主靠自己的美貌、被动和驯服,不大可能逃脱玻璃棺材;那么,有可能效仿王后式的"邪恶",通过主动的谋划、狂野的梦、翻山越岭的跋涉,以及疯狂的乔装打扮,来逃离拘禁女性的"魔镜"吗?在顺从和邪谋之外,有没有其他选项?女孩们,可不可以既勇敢智慧又美丽大方?

爸爸希望女儿们成年后能独立自强、随心所欲、做自己想做的事,但同时也希望你们能找到爱你们、尊重你们的伴侣(当然,爸爸不会说那是"白马王子"),产生爱情的结晶。这也许是理想的解决方案。可另一方面,爸爸妈妈也无意要求你们"拥有一切"——对今日的女性而言,她们在职业成就、家庭生活和个人幸福等各个方面都被寄予了高度期待。

归根结底,真正困扰爸爸的并不是女孩的"公主情结"。它只是一个更大问题的外在表现,那个更大的问题是:当一个女孩在成长过程中,不可避免地会遭遇到一些困惑或者困难,父母应该如何帮助亲爱的女儿?

女孩们该嘲笑爸爸的患得患失了。让爸爸用自己喜欢的心理学家贝特尔海姆的话安慰一下自己,让自己放松:

> 不要担心那么多。你不需要对发生在你孩子身上的一切负责。

也许,你们这一代人能比我们更好地处理这些问题。

也许,完美的状况并不存在。孩子们不需要追求完美,父母同样如此。

第零名　妈妈的话·叁

一

2011年4月,春天照旧,不暖和。傍晚,风很大,我跑到她床边,家人叮嘱不要把眼泪落到她身上。轻抚她的脸,皱纹消失了,体温已是余温,皮肤像小婴儿一样柔软。

肉身来去时一样柔软吗?奶奶走了。

2月初,我去看她,她问:"你怎么好久没来了啊?"
我惭愧:"带孩子了,没来看你。"
她又问:"孩子多大了?"我答:"快一岁半了。"
她接着问:"是男孩还是女孩?"
我说:"双胞胎,一个男孩,一个女孩。"
她又回了我一句:"噢,我有个孙女也生了一对龙凤胎。"
我泪目,提高了些嗓门对她说:"奶奶,那就是我啊!"

八十九岁,奶奶已是阿尔茨海默病晚期。她曾挪着小脚,站在阳台上,斜探身子,微笑扬手,一直看到我消失:"飞飞,走吧,去上班吧,慢点开车。"我不断回头:"奶奶,回屋吧。"

她针线做得好,衣服上精致的小花朵衣扣,她自己盘的。在最后十几年里,她热衷于给她的五个孩子,以及五个孩子的孩子纳鞋垫,上次给谁做了,下次又要做一双,给那人带走。这让她心安。

鞋垫很少用了,每次收到鞋垫,大家都认真放好。姐姐告诉我:"最后一次给了我好几双,说,眼睛不行了,也纳不动了,这几双你备着吧。"

未未、末末出生的时候,奶奶认人已开始"断片"。

小孙女生了俩娃,她惦记起来:"嗯,现在俩孩子会坐了吧?""他们会爬了吧?""带俩孩子不容易啊。"

她问的时间几乎不差。一个时间、空间已陷入混乱的老人,怎么对小孩每一个标志性的时间,记那么准?

不知从哪个时间节点开始,生命会进入一个逐渐失去的过程,直到归零。但母亲们的记忆,总是排在失去的队尾。

奶奶有句话:人啊,不到闭上眼睛那天,不会停止对儿女的"心事"(青岛话,挂念的意思)。

母亲的角色是终生的。我妈妈五十九岁的时候,日夜辛苦,帮我照看未未、末末,夜里起来两三次给小婴儿喂奶,举着奶瓶都能睡着。她的身份是姥姥,她的感情像是照顾小时候的我。

奶奶走的前几天,不幸起了褥疮,护理人员给换垫子,她几乎不能说话了,努力对护理员说出:"谢谢你。"那人眼圈红了:"你都这样了,还记得谢谢我。"

"谢谢你",是奶奶最后一句话,也是我教给未未、末末的第一个礼貌用语。

二

未未、末末零岁的时候,我的爷爷、他们的太姥爷九十岁。未未、末末长出第一颗牙的时候,太姥爷只剩一颗牙;俩娃半岁,太姥爷看着末末说,"像个军官";俩娃两岁,溜进太姥爷的房间,和他一起偷偷吃冰糖;俩娃三岁,太姥爷认真地和他们捏橡皮泥。

有那么一小段时间,他们如此相似:都为能挪动脚步而欣慰,又摇摇晃晃地怕摔跤;用小勺吃饭的动作缓慢,常常洒得哪哪都是,一水儿戴着饭兜。

2018年1月,去看爷爷,他九十九岁了。起夜的时候,磕了一下,眉骨一侧贴上了创可贴。他让我给拿小镜子,仔细端详自己。我拍下了这个瞬间,连同他捧着小镜子的手:皮肤松弛、青筋显露。像他七十岁告诉我的,"老了,不行了,筋出力尽了"。

2019年2月初,爷爷也走了。他活了接近一百年,直到失去最后一颗牙。

我的至亲,一极从零长大,另一极渐渐归零。这头是人在时间里伸张力量,那端是时间在人身上宣誓它的决绝。从那个最先失去的节点开始,下一秒都要臣服上一秒。

最好的时光是眼前。

三

青岛旧居的一楼，小院里种了一棵杏树。不到两岁的哥哥看到花开花落，往下指着杏树说："花，花闭上眼睛了。"

2019年夏天，7月最早的周四，我带十岁的妹妹重返旧居。抬头看，那棵杏树长得很高了，越过二楼窗户，攀到了三楼。

杏花"闭上"眼睛，再"睁开"，年年变出新果子。树是自由的。

未未、末末喜欢和妈妈比个，面对面站着，看看长到了大人的哪个位置。十二岁，妹妹快到妈妈眉心了，哥哥稍矮一点。

俩娃生来很小，不够打第一针疫苗的体重，50多天的时候，终于达标了。我和爸爸一人抱一个，坐在医院的长椅上等候。不远处有人抱一婴儿过来，爸爸的羡慕毫不掩饰："什么时候，我们的孩子也能长出藕节一样的胳膊腿儿啊？"

我望过去，是个壮实的婴儿，忍不住攀谈："您的孩子多大了？""九个月了。"对方答。我笑了爸爸半天。

爸爸说："我们像两个花匠一样，看着宝宝们一寸寸长。"一转眼，他们的婴儿肥已经不见,瘦成了亭亭少年。

四

照顾末未、末末的日子,显得漫长。

一岁三个月,末末开始涂鸦,之后很长的时间,他举着纸笔追着大人,"妈妈画个小汽车""naonao(姥姥)画个小汽车""nao(姥)爷画个小汽车"。时间久了,姥爷成为陪末末画小汽车最多的人。天天画,天天重复,一画至少20分钟,我和姥姥常巧妙"躲开"找人画小汽车的末末。

童年,他们对大人的耗费不止停留在身体上,开始延展到情感、认知和心理。和妹妹探讨友谊,跟哥哥谈论游戏,有关美德熏染,习惯养成,等等。温柔的对话,激烈的冲突,每个成长阶段都有新课题。

少年,他们总算独立多了,可是,他们会受伤!哥哥在2019年7月被车轮压了脚,一瘸一拐两个月;2020年冬天,妹妹在冻雪上滑倒被划花了脸,半年内脸上带着伤疤。他们受伤的日子,我提心吊胆。闷热的青岛夏天，隔一天带哥哥去换药、敷药；妹妹脸上结痂要掉的那几天，夜里伸手护着她的小脸，怕她睡着了蹭掉它们，留下疤痕。

然而不管是婴孩、儿童还是少年，都过得飞快。早期的天线宝宝和积木让位于手工作品和展示板，让位于钢琴课和合唱团，让位于生日派对和早恋的担忧，最后会让位于空巢。把为人父母视作一个过程，可以让人少些焦虑。认真对待，但不要过于认真。尽管不好的时候很痛苦，但它们会过去——当然，好日子也会过去。

时间如沙漏，末末、末末还会有自己的青年、中年、老年，我们和他们的生命，都会在某处安息。小小哲学家末末说："妈妈你不要怕离开我，那样你就不用看到我们衰老了。"

五

几天前，末末问："妈妈，世界上有没有不可能的事情？"我答："有啊，比如，人都是要死的，永生是不可能的。"末末："我想啊，假使世界上万事可能,那么,不可能不也是一种可能吗?"

罗伯特·弗罗斯特的几行诗:

这里的树林是如此可爱、深邃又深远,
不过我还有未了的承诺要实现,
在我入睡之前还有几里路要赶,
在我入睡之前还有几里路要赶。

养育小孩,我们继续赶路,在无数小星星的注视下。

2013年年底,从幼儿园归来,俩娃娃跑上楼,小女孩说:"我是第一名。"小男孩接上:"我是第零名,0123456789。"

我喜欢这个零。

劭斐

2021 年 11 月 14 日

跋

胡泳

这是未未、末末生命中第一个生肖年轮的探险记录。

它不是一份育儿指南,是两个苦乐兼备、五味杂陈的父母,实实在在的心得体会。

树是未未、末末对爸爸的爱称,樱和梨是未未、末末的昵称。树希望樱和梨知道自由的感觉,知道成为自己意味着什么。

感谢人民文学出版社的曾笑盈编辑,没有她的坚持,这份本来只是自我留存的记录,是不敢拿出来示人的。

探险之时,如果有什么最深切的感受,那就是,教育孩子从来不会立竿见影。好与不好,都在行走之中。

爸爸妈妈只是人类进程的小小节点。在这微小的节点上,尽量做一点改良,让孩子们少走弯路。写给未未、末末的这些真心话,若凑巧启发帮助到其他的父母和孩子,那就算生生不息的传承中,普通人做出的一点微末贡献。

孩子们的身体健康成长,同时需要精神发育。亲爱的未未、末末,我们录下这些文字，是希望与你们心灵对话。

很多时候，我们只有在不再幸福的时候，才知道我们是幸福的。

这句话你们十二岁的时候不会懂，二十岁也未必，但还是让爸爸妈妈现在就把它送给你们吧。